La voleuse d'âmes

Rachel Vincent

La voleuse d'âmes

DARKISS

Titre original :
MY SOUL TO SAVE

Traduction de l'américain par FRANÇOISE NAGEL

DARKISS® est une marque déposée par le groupe Harlequin

Photos de couverture
Halo de couleurs : © SILVER/ROYALTY FREE/FOTOLIA
Lierre : © DENISE TORRES/ROYALTY FREE/ FOTOLIA
Femme : © BERND VOGEL/CORBIS
Ciel étoilé : © ONIMAGE/PLAINPICTURE

83-85 boulevard Vincent-Auriol 75646 PARIS CEDEX 13.
www.harlequin.fr
ISBN 978-2-2802-1204-5

Loi n°49-956 du 16 juillet 1949 sur les publications destinées à la jeunesse.

1

Addison Page avait le monde à ses pieds. Elle possédait tout ce qu'on peut désirer — le visage, le corps, la voix, l'allure et l'argent. N'oublions pas l'argent. Mais de tels avantages se paient. J'aurais dû savoir que tout cela était trop beau pour être vrai…

— Qu'est-ce que tu dis ? criai-je.

J'étais déjà enrouée à force de hurler pour couvrir les clameurs de la foule et les rugissements de la musique déversée par des dizaines de gigantesques enceintes acoustiques.

Tout autour de nous, dans le stade, des milliers de spectateurs bougeaient en cadence, levaient les bras, chantaient à tue-tête en même temps que la fille superbe qui se pavanait sur la scène et dont deux écrans géants reproduisaient l'image en gros plan.

Grâce à son frère Tod, Nash et moi avions eu la chance de bénéficier de sièges bien placés. Mais personne ne songeait à s'asseoir. L'excitation enflait au fil des secondes, au point que le stade sembla bientôt se dilater sous l'effet de l'euphorie collective. Une formidable énergie bouillonnait en moi, une énergie capable de mettre le feu à chaque fibre de mon être et de me propulser de mes années collège jusqu'à l'entrée à l'université.

Je préférais ne pas savoir comment Tod s'était débrouillé pour se procurer des places à seulement quinze rangées de la scène, qui plus est un samedi soir. Cela dit, mes plus affreux soupçons ne m'auraient pas empêchée d'en profiter ; je ne pouvais tout de même pas laisser passer l'occasion de voir Eden en chair et en os se produire sur scène. Même si cela m'obligeait à renoncer à une soirée en tête à tête avec Nash pendant que mon père travaillait en heures supplémentaires.

Et nous n'en étions qu'à la première partie du concert…

Nash m'attira contre lui pour me crier à l'oreille :

— Je te disais que Tod était sorti avec elle !

Le simple fait de respirer son odeur, et l'adrénaline déferla dans mes veines. Cela faisait six semaines que nous sortions ensemble et je ne pouvais toujours pas me défendre de sourire quand il me regardait ni de rougir chaque fois qu'il me dévisageait.

— Tod est sorti avec qui ?

Après tout, il y avait des milliers de suspectes possibles qui dansaient autour de nous.

Nash s'époumona;

— Elle ! dit-il en désignant Addison, sur la scène.

La lumière mouvante d'un projecteur éclaira soudain sa tignasse artistement ébouriffée. Sous nos yeux, Addison Page, guest-star du concert d'Eden, arpentait la scène en bottes de cuir noir, jean taille basse déchiré, débardeur blanc moulant et ceinture pailletée. Et quand elle se tourna pour attaquer son crescendo face au public, de cette voix unique, aux aiguës cristallines, puissantes, atteintes sans aucune difficulté — ce qui l'avait rendue célèbre —, la mèche bleue qui zébrait ses longs cheveux platine accrocha la lumière en accompagnant son mouvement. Sa chanson, une complainte amère, parlait d'amour disparu.

— Tod est sorti avec *Addison Page* ?

Abasourdie, je regardai fixement la chanteuse, soudain pétrifiée tandis qu'autour de moi tous les autres continuaient de se balancer, au rythme du crescendo.

Est-ce que Nash avait pu m'entendre ? J'en doutais ; je percevais à peine le son de ma propre voix. N'empêche qu'il hocha la tête et se pencha de nouveau vers moi. Comme mon voisin, un cow-boy, scandait la chanson en brandissant le poing dangereusement près de mon épaule, j'assurai mon équilibre en enlaçant Nash par la taille.

— Il y a trois ans, m'expliqua-t-il. Elle est originaire de la région, tu te souviens ?

Evidemment. D'ailleurs, le public s'était déplacé au moins autant pour l'applaudir, elle, Addison, notre star montante locale, que pour voir Eden, la vedette du concert.

— Elle vient de Hurst, c'est ça ?

Autrement dit, à moins de vingt de minutes d'Arlington où j'habitais moi-même.

— Exactement. Addy et moi, on était ensemble en troisième, avant que ma famille ne se réinstalle à Arlington. Tod est sorti avec elle presque toute l'année. Il était en seconde, à l'époque.

— Et alors, que s'est-il passé ? demandai-je, profitant de ce que le volume de la musique faiblissait et que l'éclairage de scène s'ajustait au deuxième morceau.

La nouvelle chanson était une douce mélodie chargée de regret et d'angoisse existentielle ; et bien que Nash n'ait plus besoin de me parler à l'oreille pour que je l'entende, je me pressai davantage contre lui.

— Addy a décroché un rôle dans un pilote pour une chaîne de télé qui faisait un tabac. La série a bien marché et Addy a déménagé à Los Angeles.

Nash haussa les épaules avant de poursuivre :

— C'est déjà difficile d'entretenir une relation à distance quand on a quinze ans, alors quand votre petite amie est célèbre… ça devient carrément impossible.

— C'est bizarre qu'il ne soit pas venu ce soir.

Moi, dans la peau de l'amoureuse plaquée, j'aurais été incapable de résister à l'envie de voir mon ex devenu star frimer sur scène et — avec un peu de chance — se planter lamentablement.

— Mais il *est* ici ! Quelque part…, répondit Nash en parcourant du regard la foule qui se calmait un peu pour écouter avec recueillement. C'est juste qu'il n'avait pas vraiment besoin de billet pour entrer.

Comme tous les Faucheurs d'âmes, Tod détenait le pouvoir de décider s'il voulait ou non être vu et entendu, et par qui. Ce qui signifiait qu'en ce moment même il pouvait très bien se tenir sur la scène, tout près d'Addison Page. Totalement invisible.

Et, connaissant Tod, je savais que c'était *précisément* là qu'il devait se trouver.

Après la prestation d'Addison, les techniciens préparèrent la scène pour Eden. Un bref et bruyant entracte au cours duquel j'espérais que Tod se montrerait. Mais il n'avait toujours pas donné signe de vie quand le stade fut brusquement de nouveau plongé dans le noir.

Durant un instant, il régna un silence épais. On n'entendit plus que des chuchotements de surprise. Des bracelets fluorescents et des écrans de téléphones mobiles allumés constellèrent l'obscurité. Puis une lumière bleue jaillit de la scène et la foule explosa en applaudissements frénétiques. Encore un éclair de lumière, et une plateforme dressée au centre de la scène se révéla à nos yeux. Des fusées rouges s'élevèrent près des coulisses et laissèrent sur mes rétines leur empreinte éblouissante en mourant. C'est là qu'*elle* apparut au milieu de la scène, comme si elle s'y était tenue de toute éternité.

Eden. Les hurlements de la foule surexcitée se répercutèrent dans mon crâne.

Elle portait un blouson ajusté sur un soutien-gorge de cuir rose, et une courte jupe rose dont les franges accompagnaient chaque balancement de son célèbre déhanché. Ses longs cheveux noirs suivaient tous ses mouvements.

Soudain, elle s'accroupit, micro en main. Puis elle se releva lentement, roulant du bassin au rythme de sa chanson. Sa voix était grave et rauque — une pure plainte mise en musique — et personne dans la salle n'aurait su résister à la sensualité de son chant de sirène.

Eden était envoûtante. Fascinante. L'entendre une fois, c'était devenir accro.

Les sons s'infiltraient dans mes veines et coulaient comme le sang. Eden continuerait de chanter dans ma tête tard dans la nuit, quand je serais allongée dans mon lit, sans pouvoir dormir, et, les yeux fermés, je la verrais encore.

Elle faisait plus d'effet à Nash, pas besoin d'être extralucide pour s'en apercevoir. Il était hypnotisé, le front en sueur, et ses prunelles tournoyaient sous le coup de l'émotion — et qui sait ? du désir.

Je le vis serrer les poings, les muscles de ses bras saillant sous l'étoffe de sa chemise. Comme s'il avait voulu rassembler ses forces. Le reste du monde n'existait plus pour lui.

J'en étais malade de jalousie, c'était plus fort que moi. Je ne savais plus trop si je devais remercier Tod pour les billets de concert ou le maudire.

Je dus forcer Nash à ouvrir les doigts pour pouvoir lui prendre la main. Enfin, il se tourna vers moi pour m'adresser un sourire et pressa ma main. Les remous qui agitaient ses beaux yeux noisette se calmèrent un peu quand il rencontra mon regard. J'avais rompu l'envoûtement. Le désir était toujours là — pour moi, cette fois —, mais c'était un désir plus profond et, en quelque sorte, plus réfléchi. Qui attendait de moi bien davantage qu'une satisfaction physique. Même si, heureusement, il y avait de ça aussi.

Sur la scène, des lumières douces éclairaient à présent l'arrivée des danseurs. Les écrans géants suivaient la chorégraphie et les déplacements d'Eden. Se déhanchant de concert, les danseurs entourèrent la chanteuse, leurs mains effleurant doucement ses bras, ses épaules et son ventre nu. Puis, deux par deux, ils s'écartèrent pour lui permettre de fendre la foule sur la passerelle qui s'avançait sur plusieurs rangs.

Une chance qu'on n'ait pas été au premier rang ! J'aurais été obligée de ramasser Nash à la petite cuiller ! Il se serait liquéfié devant Eden et j'aurais dû le mettre en bocal pour le ramener à la maison.

A cet instant, je sentis un souffle tiède balayer mon cou, juste avant qu'une voix ne chuchote à mon oreille :

— Salut, Kaylee…

Je sursautai si brusquement que je faillis échouer sur mon siège. Tod le Faucheur venait de surgir à ma droite, et lorsque le bras du type placé à côté de moi le *traversa* littéralement, je compris que personne d'autre que moi ne pouvait le voir. J'étais seule à détenir ce privilège. Tod avait hérité les traits angéliques de sa mère ; néanmoins, le regard malicieux qu'il me décocha me rappela que, même s'il paraissait aussi innocent que l'agneau qui vient de naître, il était source d'ennuis. Toujours. Et que je ne devais pas l'oublier.

— Ne me *fais* pas des trucs comme ça ! sifflai-je entre mes dents.

Il ne m'entendait probablement pas. Mais pas question que j'élève la voix au risque que mon voisin croie que je parlais toute seule. Ou, pire encore, que c'était à *lui* que je m'adressais.

— Attrape Nash et suis-moi ! me lança Tod.

D'une poche de son jean XL délavé, il sortit deux cartes plastifiées attachées à un cordon.

— Qu'est-ce que c'est que ça ? demandai-je.

— Des laissez-passer pour les coulisses !

Mon voisin me regarda avec étonnement. Je fis semblant de ne pas le remarquer — moi qui avais espéré ne pas avoir l'air d'une folle, c'était raté ! — et donnai un coup de coude à Nash.

— *Tod,* articulai-je.

Nash leva les yeux au ciel, puis jeta un regard par-dessus mon épaule. Mais en voyant que son regard ne faisait que fouiller le vide, je me rendis compte qu'il ne percevait pas la présence de son frère. Et que, comme toujours, ça allait le mettre en pétard que Tod se soit montré à moi, et pas à lui.

— Il a des laissez-passer pour les coulisses, lui murmurai-je à l'oreille.

Le masque, comme prévu.

Entre-temps, Tod avait traversé mon voisin pour me prendre par la main. Si je ne m'étais pas dégagée vivement, je me serais retrouvée en contact très intime avec l'un des fans les plus sauvagement enthousiastes d'Eden.

Sur la scène, cette dernière retirait maintenant son blouson, pour se retrouver vêtue de son seul haut de Bikini et de sa jupe microscopique.

— Comment les a-t-il obtenus ? demanda Nash.

— Tu veux vraiment le savoir ?

Vu que les Faucheurs n'étaient pas rémunérés en espèces sonnantes et trébuchantes — du moins, pas celles qui avaient cours parmi les humains —, Tod n'avait sûrement pas acheté les laissez-passer. Ni les billets, d'ailleurs.

— Non, je n'y tiens pas, grommela Nash.

Malgré tout, il m'emboîta le pas.

Suivre Tod était mission impossible. Il n'avait pas besoin de se faufiler dans la foule des fans en délire ni de s'arrêter pour s'excuser s'il lui arrivait de marcher sur les pieds d'une fille ou de renverser la boisson de quelqu'un sur son passage. Il n'avait qu'à traverser les sièges et les spectateurs comme s'ils n'existaient pas dans son monde à lui.

Le milieu naturel de Tod, et de tous les Faucheurs — si on peut appeler ça « naturel » —, se trouvait quelque part entre notre monde, où les humains et occasionnellement les *banshee* cohabitaient dans un état de paix relative, et le monde des ténèbres, où résidaient les créatures obscures et dangereuses. Tod avait la faculté d'exister totalement dans l'un ou l'autre, à sa guise. Mais il le faisait rarement ; car dès qu'il endossait une enveloppe corporelle, il oubliait systématiquement de contourner les obstacles, et se cognait dans les chaises, les tables ou les portes. Et les gens.

Bien entendu, il pouvait facilement se rendre visible à Nash, mais il trouvait bien plus amusant de faire enrager son frère. De toute ma vie, je n'avais rencontré deux frères aussi différents que Nash et Tod. Ils n'appartenaient même pas à la même espèce ; du moins, plus maintenant.

Les frères Hudson étaient tous deux nés *banshee*, de parents *banshee*. Comme moi. Mais Tod était mort deux ans plus tôt, à l'âge de dix-sept ans, et c'était alors que les choses avaient pris une tournure bizarre, même pour des *banshee* : Tod avait été recruté par les Faucheurs d'âmes.

En tant que Faucheur, Tod continuerait de vivre dans son propre corps, sans vieillir. En échange, il travaillait douze heures par jour à récolter des âmes. Du fait qu'il n'avait aucun besoin de manger ni de dormir, il s'ennuyait terriblement pendant ses douze heures de temps libre. Et comme Nash et moi étions parmi les rares à être au courant de son existence, c'était sur nous qu'il se défoulait généralement de son ennui.

Voilà pourquoi, au cours du seul dernier mois, nous nous étions fait flanquer à la porte d'un centre commercial, d'une patinoire et d'un bowling. Et tandis que je me frayais difficilement un chemin à travers la foule dans le sillage de Tod, j'eus le pressentiment que ce concert serait la prochaine cata sur la liste.

Un coup d'œil à l'expression exaspérée de Nash, et je compris qu'il ne voyait toujours pas son frère. Je lui pris la main et l'entraînai à la suite de Tod qui déjà fonçait vers une porte latérale surmontée d'un panneau rouge sur lequel était inscrit le mot « exit ».

Pendant que nous tracions, la première chanson d'Eden s'acheva dans un jaillissement de lumière pourpre qui percuta les milliers de visages autour de moi. Puis les lumières s'éteignirent de nouveau.

Je m'arrêtai net. Je n'avais aucune envie de trébucher sur quelqu'un ni de m'affaler dans je ne sais trop quoi. Ni d'atterrir sur les genoux d'un parfait inconnu.

Quelques secondes plus tard, une autre explosion de lumières tournoyantes secouait la scène. Eden se balançait à présent au rythme de son deuxième morceau, vêtue d'un costume différent mais tout aussi minuscule. Quant à Tod, il venait de disparaître à travers la porte.

Nash et moi nous sommes précipités à sa suite, écrasant au passage quelques orteils et une bouteille de Coca à moitié vide que quelqu'un avait fait entrer en douce. Arrivés à la porte, nous étions hors d'haleine. J'ai jeté un dernier regard vers la scène, puis poussé le battant de toutes mes forces, contente de constater qu'il s'ouvrait sans difficulté. En général, les portes que traversait Tod étaient fermées à clé.

De l'autre côté, le Faucheur nous attendait, tout sourires.

— Qu'est-ce que vous fabriquez ? Vous êtes venus à quatre pattes, ou quoi ?

Nash lâcha ma main et lança un regard furieux à son frère.

— *Certains* d'entre nous sont soumis aux lois de la physique, figure-toi.

La porte se referma derrière nous. A présent, c'était à peine si je percevais la musique alors que, dans le stade, on ne s'entendait même plus penser tant le volume était poussé à bloc. Cependant, le *beat* sourd des basses, je le ressentais encore qui vibrait sous mes pieds à travers le plancher.

— Ce n'est pas mon problème, répliqua Tod en agitant les laissez-passer sous notre nez, avant de nous les lancer. Bouffer, roupiller, toutes ces conneries…

J'enfilai la cordelette de Nylon autour de mon cou puis laissai retomber mes longs cheveux châtains. Maintenant que c'était moi qui la portais, et non plus Tod, la carte était aussi visible que je l'étais moi-même.

Le Faucheur reprit alors son apparence physique. On entendit même crisser ses baskets tandis qu'il nous entraînait dans un dédale de larges corridors blancs. Arrivé devant une porte verrouillée, il nous décocha un de ses sourires espiègles, puis marcha droit sur le panneau, passa au travers et l'ouvrit depuis l'autre côté.

— Merci, dis-je en le frôlant au passage avant de m'engager dans ce énième couloir.

Au volume de la musique, je devinai que nous nous étions rapprochés de la scène. Mon excitation monta en flèche — et tant pis pour l'origine douteuse des laissez-passer — quand nous débouchâmes sur une vaste salle très haute de plafond. Incroyable ! Du matériel de scène s'entassait contre les murs : tables de mixage, haut-parleurs, instruments de musique, projecteurs... L'endroit grouillait de gens qui couraient dans tous les sens, transportant costumes, nourriture, blocs-notes. Ils communiquaient par émetteurs-récepteurs et casques-micros. La plupart arboraient des badges identiques aux nôtres, sauf que les leurs mentionnaient « ÉQUIPE TECHNIQUE » en grosses lettres noires.

Des agents de sécurité rôdaient en T-shirts noirs et casquettes assorties, leurs bras massifs croisés sur la poitrine. Des choristes traversaient le hall en toute hâte, au fur et à mesure des changements de costume, tandis qu'une femme armée d'un bloc-notes talonnait tout son petit monde.

Personne ne semblait nous remarquer, Nash et moi. Quant à Tod, je savais, au silence de ses pas, qu'il s'était de nouveau désincarné. Nous nous dirigeâmes lentement vers la scène, d'où s'écoulaient des flots de lumière et de musique — musique qui couvrait maintenant le vacarme des coulisses. Je me gardais bien de toucher à quoi que ce soit ; j'avais une peur bleue — tout à fait irraisonnée, il faut l'avouer — que chiper le moindre cookie n'attire l'attention sur nous et nos faux laissez-passer.

Nous avons réussi à atteindre le côté de la scène, où un petit attroupement s'était formé pour assister au concert. Tout le monde portait un badge identique au nôtre, et la plupart des gens tenaient à la main du matériel ou des accessoires, notamment un petit singe affublé d'un collier et d'un drôle de chapeau de couleurs vives.

Qu'est-ce que la reine de la pop américaine allait bien pouvoir faire d'un singe sur scène ? Il y avait de quoi éclater de rire !

Depuis notre point d'observation, nous avions vue sur le profil d'Eden. Elle se déhanchait dans un pantalon de cuir blanc très moulant assorti d'un petit haut. Le nouveau morceau était âpre, déchiré de riffs de guitares tourmentés, et la chanteuse y avait adapté sa choré ; elle appuyait chaque pose et ses cheveux battaient le rythme dans son dos. Des garçons en jean et chemise noire ajustés dansaient autour elle, pour la prendre à tour de rôle par la main ou la soulever dans les airs.

Eden donnait tout ce qu'elle avait. Pourtant cela faisait maintenant plus d'une heure qu'elle occupait la scène. D'ailleurs, les magazines et les journaux télévisés insistaient toujours sur son acharnement au travail, son entier dévouement à sa carrière, et les innombrables heures qu'elle passait chaque jour à répéter. Et cela se voyait. Personne n'était capable comme Eden de faire le show. Elle avait tout pour : la voix, le corps, le visage et l'allure. Elle était l'enfant chérie du show-business. La rumeur courait qu'elle venait d'être engagée pour jouer le rôle principal dans un film dont le tournage commencerait dès la fin de sa tournée, laquelle affichait déjà complet.

Tout ce qu'Eden touchait se transformait en or.

Nous l'observions, hypnotisés par chacune de ses attitudes, envoûtés par chaque note de sa musique. Nous étions à ce point captivés que, au début, aucun de nous ne remarqua que les choses se mettaient à aller de travers.

En plein solo de guitare, Eden laissa brusquement

tomber ses bras le long de son corps, et cessa de danser.

D'abord, je crus qu'il s'agissait d'un simple enchaînement scénique entre deux chansons, et quand sa tête roula sur son épaule, je me dis qu'elle était probablement en train de compter tout bas les temps, avant de relever ses envoûtants yeux noirs sur le public pour tous nous ensorceler de nouveau.

C'est alors que les danseurs, à leur tour, se rendirent compte que quelque chose ne tournait pas rond. Certains se figèrent. Puis d'autres. Et lorsque le solo de guitare prit fin, Eden se tenait toujours là, silencieuse, sorte de trou noir virtuel qui aspirait toute l'énergie de la musique.

Soudain, sa poitrine se souleva avec effort. Des tremblements l'agitèrent. Le micro lui échappa des mains et les énormes enceintes acoustiques en répercutèrent la chute, violemment amplifiée. Puis un son aigu de feed-back déchira l'air en traversant le stade, et le batteur suspendit son geste, tout comme les guitaristes.

Eden venait de s'écrouler ! Elle gisait sur la scène dans la flaque noire de ses cheveux répandus autour d'elle.

— Au secours ! Elle ne respire plus !

Dans le silence, un hurlement venait de s'élever dans mon dos et me fit tressaillir. C'était une femme. Elle passa tout près de moi en courant et se rua sur la scène, suivie de plusieurs grands gaillards baraqués. Mais j'y prêtai à peine attention. Mon regard était scotché à la scène où Eden, affalée, demeurait inerte.

A présent, plusieurs personnes se penchaient au-dessus d'elle. Je reconnus bientôt la femme qui m'avait presque bousculée. C'était la mère d'Eden, la régisseuse la plus célèbre du pays. La malheureuse pleurait, tentait désespérément de faire revenir sa fille à elle en la secouant, tandis qu'un agent de la sécurité essayait de l'éloigner.

— Elle ne respire plus ! hurla-t-elle.

De nouveau, son cri résonna distinctement dans le silence de la salle sous le choc.

Et soudain, je cessai à mon tour de respirer.

Ma main agrippa celle de Nash, mon cœur s'affola à la perspective terrifiante de la plainte funèbre qui allait bientôt s'arracher de ma gorge, à l'instant où l'âme de la pop star quitterait son corps — un hurlement de *banshee,* capable de briser le cristal et de vriller les cerveaux. D'une fréquence horriblement douloureuse pour les humains, et dont le son semblait vibrer à la fois à l'intérieur et à l'extérieur du crâne.

— Respire, Kaylee, murmura Nash à mon oreille.

Il m'enveloppa de ses bras en même temps que sa voix m'emmitouflait le cœur et que son influence apaisante me réconfortait. Nash détenait le pouvoir de faire cesser mon cri ou, en tout cas, de diminuer son volume et son intensité. Sa voix de garçon *banshee* jouait le rôle de sédatif.

— Contente-toi de respirer, me répéta-t-il.

Ce que je fis. Blottie contre lui, j'observai la scène par-dessus son épaule, et respirai — en attendant qu'Eden meure.

En attendant, aussi, que le hurlement enfle au plus profond de moi.

Mais le cri ne vint pas.

Sur la scène, quelqu'un heurta du pied le micro qui roula et dégringola dans la fosse du parterre ; personne ne s'en aperçut parce qu'Eden concentrait toute l'attention.

Et toujours pas de plainte funèbre.

Lentement, je lâchai la main de Nash et sentis le soulagement m'envahir. D'autant qu'aucune brume noire translucide n'enveloppait Eden — ce voile mortuaire que portaient les humains sur le point de mourir, et que seules les *banshee* pouvaient percevoir.

— Elle va bien ! dis-je alors, tout sourires au milieu des expressions horrifiées qui m'entouraient. Elle va s'en sortir.

Parce que, si elle avait dû mourir, j'aurais déjà été en train de hurler.

J'étais une *banshee*. Hurler, c'était ce que les *banshee* étaient censées faire, non ?

— Non, tu te trompes.

Nous tournâmes la tête. Tod était là ; les yeux rivés à la scène. Du regard, je suivis la direction qu'il indiquait de l'index. Il désignait Eden ainsi que le petit groupe de gens qui l'entouraient : sa mère, ses gardes du corps et une poignée de techniciens dont l'un ne renonçait pas à la réanimer. Et là, je vis qu'une substance brumeuse commençait à s'élever lentement du corps de la star, comme un serpent charmé hors de son panier.

Au lieu de flotter et de monter vers le plafond, ainsi qu'aurait dû le faire une âme, cette substance semblait *lourde,* partie pour s'enfoncer dans le sol autour d'elle. Elle était épaisse, incolore et traversée d'écharpes de ténèbres qui ondulaient sous l'effet d'une brise imperceptible.

Je retins mon souffle. Car si je n'avais encore aucune idée de ce qu'*était* cette substance, je savais sans le moindre doute ce qu'elle *n'était pas.*

Eden n'avait pas d'âme.

2

— Qu'est-ce que c'est que *ça* ? chuchotai-je, paniquée, en pressant la main de Nash. Ce n'est pas une âme. Et elle est morte, alors comment se fait-il que je ne hurle pas ?

— De *quoi* tu me parles ? demanda Nash avec agacement.

Je me rendis compte, alors, qu'il ne voyait pas la substance d'Eden. J'avais oublié que, sauf aux moments où une *banshee* chantait sa complainte funèbre, les garçons *banshee* ne pouvaient rien percevoir du monde des ténèbres — même pas les âmes libérées, et, apparemment, cela valait aussi pour cette vapeur boueuse qui suintait du corps d'Eden.

Nash jeta un regard autour de lui pour s'assurer que personne ne nous écoutait. Pas de risque ; Eden était le centre de l'attention générale. Quant à Tod, nous le vîmes soudain braquer les yeux sur la coulisse d'en face.

— Regardez là-bas ! s'exclama-t-il. Vous la voyez ?

Des tas de gens se bousculaient aux abords de

la scène, l'oreille vissée à leur téléphone mobile. Des charognards prenaient même des photos de la chanteuse à terre. Mais je cherchai moins à fouiller la masse de la foule qu'à percer l'obscurité de la coulisse, certaine que ce que Tod me montrait n'appartenait pas au monde humain.

C'est alors que je la vis.

Une haute et mince silhouette de femme qui dessinait une tache plus sombre au milieu des ombres épaisses, simple esquisse d'une forme que mon regard ne réussissait pas à accrocher. Ses yeux, telles des braises vertes, luisaient dans les ténèbres.

Je jetai un coup d'œil à Nash, et il me signala d'un hochement de tête qu'il la voyait, lui aussi. Ce qui, selon toute vraisemblance, signifiait qu'elle nous *permettait* de la voir…

— Qui est-ce ?

— C'est Libitina…, me répondit Tod.

Une étrange lueur d'admiration brilla dans les yeux bleus du Faucheur, d'ordinaire si ombrageux.

— Elle est arrivée cette semaine, juste pour cette mission. En même temps que la Liste.

Il parlait de la liste des Faucheurs d'âmes, qui contenait le nom, le lieu et l'heure exacts du décès de tous ceux qui devaient mourir dans le secteur au cours de la semaine.

— Tu étais au courant pour ce qui vient de se passer ?

— Je ne pouvais pas manquer cette occasion de voir Libitina à l'œuvre, répliqua Tod avec désinvolture. Elle est une légende ! Et revoir Addy en plus, c'était la cerise sur le gâteau.

Décidément, Tod et moi avions un rapport très différent à la mort. Personnellement, j'appréhendais encore de voir une âme humaine, dès lors que son apparition signifiait ma propre plongée dans la « folie ». Du moins était-ce ainsi que la plupart des humains considéraient mon besoin pratiquement irrépressible de me mettre à gémir. Ils ne se doutaient pas le moins du monde que mes « hurlements hystériques » maintenaient en réalité l'âme du défunt en suspens au moment où elle quittait son corps.

Parfois, je me surprenais à souhaiter vivre de nouveau dans une bienheureuse ignorance. Hélas, ce temps était révolu pour moi, pour le meilleur ou pour le pire.

— Eh bien, merci de nous avoir entraînés là-dedans ! s'exclama Nash, furieux.

— Qui est Libitina ? demandai-je. Et qu'est-ce que sa mission a de tellement spécial ?

Plusieurs personnes passèrent près de nous en toute hâte — deux gardes du corps et un petit homme mince dont l'attitude exprimait tout à la fois l'inquiétude professionnelle et la curiosité. Probablement un médecin.

— Libitina n'est pas une Faucheuse ordinaire,

répondit Tod. On a fait appel à elle parce que cette…

Il s'interrompit pour désigner la substance que la Faucheuse semblait à présent *aspirer* en douceur du corps d'Eden, à six mètres de distance et par-dessus les têtes d'une douzaine de curieux. Puis il reprit :

— … cette substance n'est pas une âme. C'est du souffle de démon.

A ces mots, je me réjouis que les humains autour de nous ne puissent pas entendre Tod. D'ailleurs, s'ils avaient pu ne pas percevoir ma voix non plus…

— Démon ? chuchotai-je aussi bas que je pus. Tu veux dire : une créature *infernale* ?

Mon sang se glaça. Esquissant son macabre sourire habituel, Tod hocha la tête. Ses yeux étincelaient d'excitation, comme si le danger l'enivrait. Je suppose que c'était ce qui arrivait quand on crevait d'ennui dans son après-vie.

— Elle avait vendu son âme…, expliqua Nash, dégoûté.

— Je ne connais pas les détails, mais ça m'en a tout l'air, en effet, affirma Tod.

Quelle horreur…

Je n'avais jamais rencontré de démon — par bonheur, ils ne pouvaient quitter le monde d'en bas —, mais j'avais une connaissance intime de leur goût pour les âmes humaines : six semaines plus tôt, ma propre tante, Val, avait essayé de troquer les âmes de cinq adolescentes innocentes contre la jeunesse et la beauté éternelles. Son plan avait tourné court mais trop tard : quatre jeunes filles avaient déjà payé sa vanité de leur vie. Quant à Val, elle avait fini par y perdre elle-même son âme.

Nash semblait partager ma répulsion. Tod, lui, n'était nullement ému par ce pacte effrayant.

— Pour quelle raison quelqu'un voudrait-il vendre son âme ? dis-je.

— En général, en échange de la célébrité, de la fortune et de la beauté.

Eden possédait tout cela à la pelle.

— Bon, supposons, concédai-je sans pouvoir y croire. Elle a vendu son âme à un démon. Dans ce cas, j'imagine qu'il vaut mieux ne pas savoir comment le souffle d'un démon est entré dans le corps d'Eden à la place de son âme ?

— Comme tu dis, maugréa Nash.

Mais, comme à son habitude, Tod prit un malin plaisir à me donner un aperçu morbide du monde des ténèbres.

— Quand le démon a littéralement inhalé son âme, il l'a remplacée par son propre souffle. C'est ce qui a maintenu Eden en vie jusqu'à ce que son heure sonne. Et c'est aussi ce qui amène Libitina ici. Le souffle de démon est une substance strictement contrôlée par le monde des ténèbres, et il doit être éliminé avec de grandes précautions. Libitina a été spécialement formée pour accomplir ce genre de travail.

— Une substance contrôlée ? répétai-je, perplexe. Comme le plutonium ?

Tod ricana.

— Je dirais plutôt comme l'héroïne.

Je poussai un soupir et me blottis contre Nash, en quête de réconfort.

— Le monde des ténèbres est vraiment *trop* bizarre.

— Tu n'as pas idée !

Tod se tourna de nouveau vers Libitina. La Faucheuse avait aspiré presque tout le souffle démoniaque. La substance léthargique lui entrait lentement dans la bouche en une longue traînée spectrale.

— On y va. Je veux lui parler.

— Attends ! m'écriai-je.

Mais, sans m'écouter, Tod s'éloigna. Je m'élançai derrière lui, espérant qu'il aurait assez de consistance pour que je puisse l'attraper.

Ce qui fut le cas — pour moi. En revanche, la main de Nash se serait enfoncée dans le corps du Faucheur comme dans du beurre.

Je le tirai en arrière sans me soucier du drôle de regard que me lança un machiniste en T-shirt noir.

— On ne peut pas traverser la scène sans être vus, dis-je au Faucheur.

Dieu sait s'il y avait des moments dans ma vie où j'aurais donné n'importe quoi pour me rendre invisible ! Pendant les cours de gym, par exemple. L'entraîneuse de l'équipe féminine de basket-ball en avait après moi, j'en étais convaincue.

— Et ne va pas t'imaginer que j'ai la moindre envie de rencontrer ta super-Faucheuse, ajouta Nash, les poings dans les poches. Le modèle standard est déjà bien assez glauque comme ça.

Sans compter que la plupart des Faucheurs n'éprouvaient aucune tendresse particulière pour les *banshee*. Les capacités naturelles conjuguées des *banshee* filles et garçons, leur aptitude à ramener une âme dans son corps s'opposaient carrément à ce que les Faucheurs considéraient comme leur objectif principal dans la vie. Enfin, plutôt dans *l'après-vie*.

A la fois *banshee* et Faucheur, Tod constituait une exception à cette aversion mutuelle entre les deux espèces.

— Reste là si tu veux ! me lança-t-il. Mais ne viens pas pleurer ensuite pour que je partage avec toi les trésors de sagesse qu'elle aura pu me dispenser…

Tod braqua les yeux sur moi ; un sourire plein de malice flotta sur ses lèvres charnues au dessin irréprochable. Il savait qu'il me tenait ; que je m'évertuais à apprendre tout ce que je pouvais sur le monde des ténèbres afin de rattraper le retard que j'avais accumulé les seize premières années de ma vie, en demeurant dans l'ignorance la plus totale grâce à ma famille qui avait la mauvaise idée de me protéger. Alors, même si la mort brutale d'Eden m'avait donné la chair de poule, je n'avais pas l'intention de laisser filer l'occasion d'apprendre quelque chose que ni Tod ni Nash ne seraient en mesure de m'enseigner.

Je suppliai Nash et glissai ma main dans la sienne.

— S'il te plaît, allons-y !

J'étais déterminée à y aller sans lui, mais je préférais tout de même qu'il m'accompagne et j'étais pratiquement certaine d'obtenir gain de cause. Nash ne m'aurait jamais laissée seule avec Tod. Pour la bonne raison qu'il ne faisait pas entièrement confiance à son frère encore bien trop vivant.

Moi non plus, d'ailleurs.

Je lus la décision de Nash sur son visage avant même qu'il ne hoche la tête. Hissée sur la pointe des pieds, je l'embrassai. A l'instant où nos lèvres se touchèrent, un frisson me parcourut le dos avant de descendre m'incendier les reins. Lorsque je m'écartai de lui, des remous verts agitaient ses iris, signe incontestable d'intense émotion chez un *banshee*. Même si cela échappait aux humains.

Avec un signe de tête, Nash répondit à ma question muette :

— Oui, les tiens aussi tourbillonnent.

Malgré la solennité des circonstances, j'osai sourire. Tod leva les yeux au ciel, puis sans un mot pour notre étalage de sentiments, il partit à la rencontre de sa très spéciale Faucheuse.

Nous lui emboîtâmes le pas. Je sentis la peur s'installer en moi et me tordre l'estomac à mesure que nous avancions et esquivions des techniciens et des machinistes en état de choc, pour nous frayer un passage jusqu'à la coulisse opposée. D'accord, j'avais besoin de toutes les informations que je pourrais trouver sur le monde d'en bas si je voulais éviter le danger, mais je n'étais pas particulièrement impatiente de rencontrer d'autres Faucheurs que Tod. Surtout pas la créature sinistre et impressionnante occupée à avaler cette inquiétante force vitale qui avait fourni à Eden le pouvoir et l'énergie de devenir une star.

— Qu'est-ce qui rend cette Faucheuse tellement extraordinaire ? demandai-je à voix basse à Tod qui se déplaçait en silence.

Il me regarda comme si je venais de lui demander ce qui rendait l'herbe verte. Puis il sembla se rappeler mon innocente ignorance.

— Elle est très vieille. La Faucheuse la plus âgée encore en activité. Peut-être même la plus ancienne de tous les Faucheurs. Personne ne sait quel nom elle a reçu à la naissance mais, à l'époque de la

Rome antique, elle a pris le nom de la déesse de la Mort, Libitina.

Les yeux écarquillés, incrédule, je fixai Tod.

— Alors, comme ça, tu veux t'adresser à la Faucheuse d'âmes la plus âgée et la plus effrayante de l'histoire ?

Tod eut beau hausser les épaules, je crus le voir rougir. A moins que les panneaux de satin du décor n'aient donné des reflets à ses joues presque diaphanes.

— En fait, je ne lui ai jamais adressé la parole, avoua-t-il. Nous n'avons pas été présentés.

Comprendre : nous escortions Tod-le-Faucheur-groupie en route pour rencontrer son idole. Il ne manquait plus qu'une convention Star Trek et un dictionnaire anglais-klingon pour compléter ce tableau.

Nous tournâmes encore l'angle d'un couloir et mon regard tomba sur Libitina. Elle était en train d'aspirer les dernières particules du souffle démoniaque. L'extrémité de la traînée fouetta l'air et lui gifla la joue avant de disparaître entre ses lèvres pincées. Sur ce, la Faucheuse se frotta la bouche du revers de son bras gainé de cuir noir, aussi naturellement que si elle avait essuyé une goutte de sauce sur ses lèvres.

Je ne tenais pas à savoir dans quel genre de

sauce baignait le souffle d'un démon. Tod, lui, était fasciné.

— La voilà, déclara-t-il d'une voix étranglée par la crainte et l'admiration.

Ce qui m'incita à le considérer plus attentivement. Il avait l'air… vraiment intimidé. Sa nervosité de Faucheur novice était évidente. C'était bien la première fois. Du coup, ma propre peur s'évanouit et je ne pus réprimer un sourire.

— Eh bien, on y va ou quoi ? dis-je.

Je lui saisis la main. Mais nous n'avions pas fait deux pas en direction de Libitina qu'il me fila entre les doigts. Agacée, je m'arrêtai net et baissai les yeux sur ma main : il avait réduit sa présence physique à une quasi-inexistence, et ce juste pour échapper à mon emprise.

— Qu'est-ce qui ne va pas ? chuchotai-je.

— Rien, répliqua-t-il. Mais tâchons de faire preuve d'un peu de dignité, s'il vous plaît. Serait-il possible de ne *pas* nous jeter sur cette Faucheuse trois fois millénaire comme une nuée de préados au concert d'un boys band ?

Il passa ses mains translucides sur son T-shirt qui l'était tout autant et, redressant les épaules, il se dirigea enfin vers Libitina, d'un pas décidé, manifestement satisfait d'avoir recouvré son sang-froid.

Dans le même temps, il reprenait progressivement consistance. Je jetai un coup d'œil alentour, craignant que quelqu'un ne le remarque en train de se matérialiser ainsi. Mais comme ses chaussures étaient toujours aussi silencieuses, je m'avisai qu'il n'était pas redevenu visible aux humains. De toute façon, quelle importance ? Tous les regards étaient rivés à la scène, où le médecin s'escrimait inlassablement — et sans succès — à ramener Eden à la vie.

Nous nous hâtâmes derrière Tod. A la démarche soudain pleine d'assurance de Nash, je compris qu'il pouvait de nouveau voir son frère. Et que, sans doute, il espérait secrètement que Tod allait se ridiculiser devant l'experte la plus éminente dans son domaine.

Nous le rattrapâmes au moment où il atteignait son but. Libitina était de la même taille que lui ; elle planta droit dans les yeux bleus de Tod ses iris verts et brillants. Des iris d'une intensité telle que je me sentis horriblement mal à l'aise.

Tod la salua. Sans bafouiller, je dois lui reconnaître ça.

Ma propre langue, en revanche, était complètement paralysée.

Libitina n'avait pas d'âge, elle était très expérimentée et très puissante ; son maintien seul en témoignait incontestablement. De surcroît, elle était si incroyablement belle que j'eus soudain honte de sentir que mon mascara avait coulé et que mes cheveux s'obstinaient à frisotter en dépit de mes efforts acharnés pour les lisser au fer.

Libitina était sanglée dans un long trench de cuir noir qui enserrait sa taille fine et moulait ses hanches. J'aurais été tentée de dire que ce manteau était l'accessoire banal de quelqu'un qui fréquentait intimement la Mort ; sauf que, vieille comme elle l'était, elle avait probablement porté du cuir noir bien avant que les superhéros et les garces n'en fassent leur matière privilégiée.

Ses cheveux étaient tirés en arrière en une austère queue-de-cheval dont les mèches noires lui retombaient jusqu'au milieu du dos. Sa peau était mate, sans défaut, si lisse que j'eus envie de lui caresser la joue, juste pour me rassurer en vérifiant que cette femme n'était pas aussi parfaite qu'elle en avait l'air.

Qu'elle n'était pas vraie.

— Oui ? dit-elle,

Les yeux braqués sur Tod, elle faisait comme si Nash et moi n'étions pas là. C'était clair, à l'instar de la plupart des Faucheurs, elle détestait les *banshee*. Avions-nous commis une erreur en nous accrochant à Tod ?

Pour autant, elle ne s'était pas rendue invisible à nos yeux…

— Je m'appelle Tod et je travaille pour l'antenne locale.

Il s'interrompit, et je notai avec amusement qu'il

rougissait de nouveau ; cette fois, le décor de la scène n'y était pour rien.

— Puis-je vous poser quelques questions ?

Libitina se rembrunit. Un frisson glacé me parcourut l'échine.

— Est-on mécontent de mes services ?

De colère, elle avait avalé la fin de ses mots, altérant du même coup un accent que je ne parvenais pas à identifier. D'un même mouvement, nous reculâmes tous les trois de quelques pas, redoutant d'affronter sa fureur.

— Non, pas du tout ! affirma Tod.

Il leva les mains en l'air, mais j'étais trop occupée à étouffer ma propre frayeur pour trouver cela drôle.

— Ma démarche n'a pas de rapport avec le boulot. Je ne suis pas en service, cette nuit. Je suis simplement curieux. A propos du processus...

Les fins sourcils noirs de Libitina s'arquèrent ; je crus voir une lueur d'amusement danser dans ses prunelles.

— Pose ta question, finit-elle par lâcher.

Subitement, elle me plut, même si elle n'aimait pas les *banshee*. Il lui aurait été si facile d'humilier Tod si elle l'avait voulu !

Celui-ci fourra les mains dans ses poches et prit une profonde inspiration.

— Quelle impression cela fait-il, un souffle de

démon. Vous le retenez… à l'intérieur. N'est-ce pas ?

Libitina hocha la tête, puis tourna les talons et s'éloigna.

Nous hésitâmes un instant, échangeant des regards interrogateurs. Enfin, Tod haussa les épaules et se précipita derrière elle. Il nous fallut presque courir pour la rattraper, tellement ses bottes foulaient le sol avec une rapidité stupéfiante.

— Il faut l'inhaler profondément dans les poumons, expliqua-t-elle.

Son accent prononcé évoquait des langues mortes, des cultures depuis longtemps disparues dans les ravages du temps et l'inconstance de la mémoire. Sa voix était basse et gutturale. Chargée du poids des ans. *Puissante.* Elle me donnait le frisson, comme si j'avais entendu quelque chose qui passait mes forces. Quelque chose que personne d'autre n'avait entendu depuis des siècles.

— Ça vous remplit tout entier, reprit-elle. Ça vous brûle comme une engelure, comme si le souffle allait vous dévorer les entrailles. S'en nourrir. Mais c'est bon signe. Car si la brûlure cesse, cela veut dire que vous l'avez retenu trop longtemps. Le souffle de démon vous détruit.

Mes frissons redoublèrent, mes mains tremblaient. J'enfonçai la droite dans ma poche et saisis le poignet de Nash de l'autre.

Deux techniciens passèrent près de nous en transportant du matériel ; Tod attendit qu'ils se soient éloignés pour poser une autre question.

— De combien de temps disposez-vous ?

Il marchait maintenant à côté de la Faucheuse tandis que Nash et moi nous contentions de rester derrière eux, juste à portée de voix.

Le profil de la Faucheuse se découpa contre le mur blanc du couloir comme elle se tournait vers Tod.

— Une heure. Si on reste plus longtemps, on risque gros.

— Et qu'en faites-vous ? ne pus-je me retenir de demander.

Libitina se figea. Elle fit lentement demi-tour pour me dévisager et, dans ses yeux, je vis l'éternité. Des années et des années de vie et de mort, d'existence sans fin. Tout mon corps en trembla je n'aurais pas dû attirer son attention sur moi, je le savais !

— Qui est-ce ? s'enquit-elle auprès de Tod.

— C'est une amie. La copine de mon frère.

Il désigna Nash qui ne broncha pas, droit dans ses bottes sous le regard de la Faucheuse. Un regard à vous faire dresser les cheveux sur la tête, à vous mettre les nerfs à vif.

Libitina se remit en marche.

Dieu merci, Tod ne lui avait pas donné mon nom. Nash lui avait fait entrer de force dans le crâne ce principe élémentaire de prudence : ne jamais révéler des noms aux émissaires de la Mort.

Cela dit, si un Faucheur *voulait* vraiment connaître votre identité, il n'avait aucun mal à la trouver par lui-même, surtout de nos jours. Ce qui était aussi la raison pour laquelle mieux valait ne pas se faire remarquer par un Faucheur.

Soudain, des hurlements de sirènes retentirent. Une flopée d'officiels s'engouffra dans le hall et se précipita vers la scène. Libitina ne leur accorda pas un regard.

— Il existe des endroits pour se débarrasser proprement du souffle de démon, poursuivit-elle, avant d'ajouter, comme s'il y avait eu le moindre doute à ce sujet : Dans le monde d'en bas.

— Si un Faucheur veut se lancer dans cette activité — le ramassage du souffle de démon au lieu de la collecte des âmes —, par où doit-il commencer ? demanda Tod.

Dans le sillage de Libitina, nous tournâmes un angle du corridor peint en blanc. Les pas de la Faucheuse ne faisaient pas le moindre bruit.

— Il lui faudrait déjà survivre pendant les mille prochaines années, assena-t-elle du ton cassant de la mise en garde. Si tu es encore en vie à ce moment-là, reviens me trouver. Je te montrerai. Mais ne t'y essaie pas tout seul. N'oublie pas, mon garçon, les imbéciles connaissent toujours des fins misérables.

— Je vous en fais la promesse. En tout cas, c'était génial de vous regarder faire.

Libitina s'arrêta, dévisagea Tod avec une étrange expression, comme si elle n'avait pas vraiment su ce qu'elle allait dire, jusqu'à ce que les mots sortent de sa bouche.

— Tu auras bientôt l'occasion de me revoir. Je reviens dans cinq jours.

— Pour prendre livraison d'un autre souffle de démon ? demandai-je.

De nouveau, son terrifiant regard vert glissa vers moi, se planta dans mes yeux, tel un tison brûlant, et me transperça jusqu'au cerveau.

— Naturellement. L'autre idiote laissera partir le sien jeudi.

— Quelle autre idiote ? s'enquit avidement Tod.

Surprise par la brusquerie de son ton, je lui jetai un regard furtif. Son front s'était rembruni, la peur tirait ses traits.

— Addison Page, la chanteuse, la fille avec qui tu sortais, répondit Libitina comme s'il s'agissait d'une évidence.

A ces mots, Tod recula d'un pas chancelant. Nash lui posa une main sur l'épaule, mais ne fit que le traverser. L'espace d'un instant, je crus que le Faucheur allait s'écrouler et passer à travers le mur.

— Addy a... vendu son âme ? demanda-t-il. Vous en êtes sûre ? Quand ?

La Faucheuse haussa les sourcils, doutant visiblement qu'il soit sérieux.

Elle glissa ses mains fines dans les poches de son manteau. A présent, elle considérait Tod d'un air dédaigneux, comme si l'intuition qui lui avait soufflé que le jeune Faucheur n'était pas encore prêt à assumer le ramassage des souffles de démon venait de se voir confirmée.

— Ce n'est pas mon affaire, lâcha-t-elle. Tout ce qui m'intéresse, c'est de recueillir ce que je suis venue chercher et de veiller à ce que ce soit éliminé correctement. Mais l'heure tourne, mon garçon, et je n'ai pas une minute à perdre.

— Attendez !

Tod l'empoigna par le bras. Qui de Nash ou de Libitina fut le plus surpris, impossible de le dire. Mais, comme si de rien n'était, Tod poursuivit :

— Addy va mourir ?

Libitina hocha la tête.

Puis elle disparut.

En un clin d'œil, elle s'était volatilisée. Cependant, sa voix résonna un moment, comme un écho de son existence même...

— Elle relâchera le souffle du démon en s'ôtant la vie. Et je serai là pour le réclamer.

3

— Addy a vendu son âme.

Tod était-il en état de choc, ou bien l'effet d'écho du corridor désert altérait-il sa voix ? Elle était étrange. Distante.

Mais si une voix n'est pas audible dans le champ auditif humain, peut-elle se répercuter en écho ? Bonne question.

— Hum... ouais, on dirait bien, répondis-je à Tod.

Cette seule pensée me glaça et je me frottai les bras pour essayer de chasser les frissons qui couraient sur ma peau.

— Elle va se suicider, gémit Tod, sidéré d'horreur et de panique.

Je ne l'avais jamais vu céder à la peur, et je n'aimais pas du tout cette façon qu'avait la terreur de crisper ses traits.

— Il faut qu'on l'en empêche. Il faut la prévenir, faire quelque chose.

Sur ces mots, il partit en courant dans le couloir. Nash et moi nous élançâmes aussitôt derrière lui. Si nous le perdions de vue, nous ne le retrouverions jamais : il allait traverser un mur ou autre chose du même genre, et disparaître avant que nous ayons pu le ramener à la raison.

— La prévenir de quoi ? me lança Nash tout en courant. Tu crois qu'elle ignore tout ?

— Peut-être.

Tod se figea à un embranchement du corridor, jeta un regard à droite puis à gauche, indécis sur la direction à prendre.

— Peut-être que ce qui va la pousser au suicide ne s'est pas encore produit.

Il regarda de nouveau vers la gauche, avant de s'engager finalement dans le couloir de droite.

— Attends !

Je me précipitai à sa suite et le rattrapai par le bras. Ouf ! Ma main ne lui était pas passée au travers.

— Sais-tu au moins où tu vas ?

— Aucune idée.

Il haussa les épaules. On aurait vraiment dit son frère.

— Je sais où se trouve sa loge, mais j'ignore comment m'y rendre par les couloirs. Et pourtant je suis bien obligé d'emprunter la voie normale, sinon je vais vous perdre en route, tous les deux.

Je sais où se trouve sa loge… Comment il le savait, moi, je ne tenais pas à ce qu'il me l'explique. Cela dit, compte tenu du nombre de fois où il avait joué les hommes invisibles pour m'espionner, la réponse me semblait évidente.

— Ouais, les lois de la physique sont une vraie vacherie ! déclara Nash.

Il leva les yeux au ciel et s'appuya nonchalamment d'une épaule contre le mur, comme s'il avait l'intention de rester là faute de mieux.

— Bon, alors, ne nous attends pas, suggérai-je à Tod.

Ça aurait été cool de faire la connaissance d'Addison Page ; mais annoncer à une toute nouvelle star du show business qu'elle allait mettre fin à sa carrière et à sa vie dans moins d'une semaine ne faisait pas précisément partie de mes priorités.

— Je crois que je vais en rester là, continuai-je.

Du regard, je cherchai l'approbation de Nash. Etait-il de mon côté ? Et pourquoi Tod et lui affichaient-ils la même expression à la fois amusée et réservée ?

— Quoi ? Qu'est-ce que j'ai dit ?

— Je suis mort, Kaylee, me rappela Tod en s'arrêtant devant une porte. Addy est venue à mon enterrement. Je ne peux pas débarquer dans sa loge deux ans après avoir été mis en terre et lui dire de ne pas se suicider. Ce serait de mauvais goût.

Je ne pus retenir un éclat de rire. Plutôt comique, son idée des convenances post-mortem ! A mon avis, l'expression « de mauvais goût » était encore loin de la vérité. Mais je ne tardai pas à reprendre mon sérieux lorsque je compris où il voulait en venir.

— Hé, attends une minute ! Tu veux que *nous* le lui disions ?

— Si elle me voit, elle va fondre un plomb et passer le reste de ses jours chez les malades mentaux.

Je me renfrognai, agacée par ce rappel de mon bref séjour au pays des sédatifs et des camisoles de force.

— Ça s'appelle un service psychiatrique, merci, grommelai-je. Et il est hors de question que nous allions dire à ta star d'ex-petite amie qu'elle risque de te rejoindre six pieds sous terre si elle ne se secoue pas. Parce que ça, pour le coup, ce serait de mauvais goût.

— De toute façon, elle ne nous croira pas, ajouta Nash, dont l'attitude ferme, les bras croisés, exprimait sa solidarité avec moi. Elle appellera sûrement la sécurité et nous fera arrêter.

— Alors, débrouillez-vous pour qu'elle vous croie ! rétorqua Tod avec un geste d'exaspération, comme s'il n'y avait rien eu de plus facile au monde. Je serai là pour vous aider, mais elle ne me verra pas.

J'interrogeai Nash du regard et constatai avec soulagement qu'il était aussi réticent que moi. Quel que soit mon désir d'apporter mon aide — et, avec un peu de chance, de sauver la vie d'Addison

Page —, je n'avais aucune envie de me faire jeter de sa loge, les menottes aux poignets.

Sans compter que mon père entrerait dans une colère noire s'il devait payer une caution pour me sortir de prison.

Mais avant que j'évalue la gravité d'une telle situation, une autre pensée avait fait son chemin dans mon esprit…

— Ecoute, Tod…, dis-je.

Je m'interposai entre lui et la porte. De mauvaise grâce, il lâcha la poignée.

J'argumentai.

— Qu'est-ce qui nous dit que ça va marcher ? Admettons qu'elle nous croie et décide de ne pas se suicider ; ne va-t-elle pas tout simplement mourir d'autre chose la semaine prochaine, au moment même où elle était censée se supprimer ? Si son nom figure réellement sur la Liste, elle va mourir ! Tu ne peux pas empêcher Libitina de venir la chercher. Et, franchement, je crois que tu serais idiot d'essayer.

La semaine où j'avais découvert ma nature de *banshee* — la semaine la plus éprouvante de ma vie —, Nash et Tod m'avaient expliqué les règles du business de la Mort. Apparemment, chaque être humain venait au monde avec une date de péremption, fixée dès la naissance — un peu comme les denrées alimentaires dans les épiceries. Le rôle des

Faucheurs consistait à veiller à ce que cette date soit respectée, puis à collecter les âmes des défunts et à les emporter pour les faire recycler.

A ma connaissance, le seul moyen de prolonger la vie d'une personne consistait à échanger la date de sa mort avec celle de quelqu'un d'autre, de façon à maintenir l'équilibre entre la Vie et la Mort. En conséquence, si nous sauvions la vie d'Addison Page — ce que, en tant que *banshee*, Nash et moi avions théoriquement le pouvoir de réaliser —, une autre personne devrait mourir à sa place. Et ce pouvait être n'importe qui — Nash ou moi, ou quiconque aurait le malheur de se trouver dans les parages à ce moment-là.

Malgré mon sincère désir de rendre service à Tod et à Addison, je n'étais pas disposée à payer le prix, et refusais de demander à quelqu'un d'autre de le faire.

— Je sais, reconnut Tod, soudain abattu.

Il posa sur moi des yeux tristes.

— Mais comme je n'ai pas encore vu la Liste, reprit-il, je ne vais pas déjà me stresser avec ça. Ce que je vais faire, en revanche, c'est essayer de convaincre Addy de renoncer au suicide. Pour ça j'ai besoin de votre aide. S'il vous plaît, les p'tits loups.

Il nous regarda l'un après l'autre.

— Tod, objecta Nash, l'air buté, c'est toi qui

n'arrêtes pas de dire qu'il est dangereux pour les *banshee* de se mêler des affaires des Faucheurs.

Dos au mur, près de la porte, il avait adopté la posture du gars qui ne transigera pas. Celle à laquelle je m'étais déjà heurtée plus d'une fois lors de nos désaccords.

— Tu dis aussi que connaître l'heure de sa mort ne fait que rendre les derniers instants plus misérables, ajoutai-je avec une certaine perversité.

Pour une fois que je pouvais renvoyer à Tod ses propres arguments, je n'allais pas m'en priver.

Il haussa les épaules.

— Je sais, mais la situation est particulière.

— Pourquoi ? demanda Nash en le fixant d'un regard dur. Parce qu'il s'agit d'une de tes ex, cette fois ? Une que tu n'arrives pas à oublier, apparemment…

Un éclair de colère traversa aussitôt les yeux du Faucheur, en écho à l'exaspération de son frère. Mais une colère qui cachait mal sa souffrance et sa vulnérabilité.

— C'est particulier parce qu'elle a vendu son âme, Nash. Tu sais ce que cela signifie.

Nash ferma les yeux et prit une profonde inspiration. Quand il les rouvrit, on lisait dans ses prunelles plus de compassion que d'exaspération.

— C'est elle qui a choisi.

A ces mots, le Faucheur explosa.

— Elle ne savait pas à quoi elle s'engageait ! C'est impossible autrement !

Je n'avais jamais vu Tod manifester d'émotions aussi vives. Il était si bouleversé que cela me déroutait.

Je voulais en savoir plus. Nom d'un chien ! Pourquoi étais-je toujours celle qu'on ne prenait pas la peine d'informer ?

— A quoi s'engageait-elle ? dis-je, croisant les bras pour bien leur montrer que j'exigeais une réponse.

Finalement, Nash se décida.

— Elle a vendu son âme à un démon, mais il n'en aura pleinement l'usage que lorsqu'elle sera morte. Là, son âme lui appartiendra pour l'éternité. *Pour toujours*. Il pourra en faire tout ce qu'il voudra, et comme les démons se repaissent de souffrance et de chaos, il est probable qu'il torturera l'âme d'Addy jusqu'à la fin des temps. Ou jusqu'à la fin des ténèbres. Selon ce qui se produira en premier.

Quelle horreur !… Je fus prise de nausées. Mon hamburger me pesait sur l'estomac, soudain. Mes mains devinrent moites et froides. Je serrai les poings.

— Est-ce cela qui est arrivé aux âmes que tante Val a vendues à Belphégor ?

Nash hocha la tête sombrement.

— Mais ce n'est pas juste ! m'écriai-je. Ces filles

n'ont rien fait de mal, et maintenant leur âme sera tourmentée pendant *l'éternité* ?

— C'est pour cela que le braconnage d'âmes est interdit, expliqua Tod avec une triste compassion.

— Et vendre son âme, est-ce interdit aussi ? demandai-je, pleine d'espoir.

Peut-être y avait-il moyen pour Addison de récupérer son âme en s'appuyant sur un point de procédure ?

Mais le Faucheur secoua la tête.

— On ne peut pas voler son âme à un vivant. L'âme ne peut être que *donnée* ou *vendue*, et par son propriétaire ; ou bien être subtilisée au moment de la mort, une fois qu'elle s'est détachée du corps. Il existe un marché énorme pour les âmes humaines dans le monde des ténèbres, et ce qu'a fait Addy est parfaitement autorisé. Ça n'empêche qu'elle ne savait pas dans quoi elle s'embarquait. Forcément.

Je ne sus quoi répondre. Quel sort trouvais-je le plus horrible ? Celui de ces quatre pauvres âmes innocentes, ou bien celui de ma tante qui avait sacrifié la sienne pour sauver celle de sa fille ? Ou encore celui d'Addison Page qui connaîtrait bientôt le même terrible destin ?

— Nous devons la prévenir, décidai-je alors en plongeant les yeux dans ceux de Nash. Il faut au moins tenter le coup. Sinon, j'aurai ça sur la conscience toute ma vie.

— Kaylee, nous ne sommes pas responsables de ce qui arrive là ! m'objecta-t-il avec sa logique coutumière. Le démon détient déjà son âme. Que pouvons-nous faire ?

Ses iris s'étaient remis à tourbillonner. Les fenêtres de son âme s'ouvraient sur la peur et le dégoût qu'il éprouvait.

— Je ne sais pas ! Nous pourrions peut-être l'aider à rompre son contrat avec le démon, ou quelque chose dans le genre. C'est possible ?

A contrecœur, Nash confirma d'un signe de tête.

— Il y a effectivement des procédures prévues pour les cas de ce genre, mais, Kaylee, c'est beaucoup trop dangereux…

Cela dit, il protestait pour la forme, je le voyais à son expression. Il savait déjà qu'il ne me ferait pas changer d'avis.

— Je ne peux pas tourner les talons et abandonner son âme aux supplices s'il y a la moindre chance d'empêcher ça. Tu pourrais, toi ?

Il ne répondit pas et, un instant, son silence obstiné m'effraya plus encore que la perspective de ce qui attendait l'âme d'Addison. Enfin, il saisit ma main ; et je fus soulagée.

— Ouvre la voie, Faucheur, dit-il. Et tu ferais bien

de te dépêcher. Maintenant qu'Eden est morte, je doute qu'Addy reste pour le morceau final.

Les concerts précédents s'étaient terminés sur un duo des deux chanteuses, extrait du prochain album d'Addison.

Les minutes étaient comptées. En toute hâte, nous nous sommes faufilés dans les coulisses. De temps à autre, Tod vérifiait que nous allions dans la bonne direction. Il jetait un coup d'œil dans les loges fermées à clé, sondait les couloirs ; à deux reprises, il fit également un saut dans la loge d'Addison pour vérifier qu'elle s'y trouvait toujours.

A mesure que nous approchions, nous croisions de plus en plus de gens. Tous parlaient de l'effondrement d'Eden sur scène. On l'avait transportée d'urgence à l'hôpital quelques instants après notre départ et, malgré le bouche-à-bouche et les que les médecins urgentistes avaient pratiqués dès leur arrivée, personne ne semblait croire qu'elle survivrait.

Nous, nous avions déjà des certitudes sur ce point.

Grâce à notre badge, personne n'essaya de nous jeter dehors ni même de nous demander où nous allions. Si bien que, lorsque nous arrivâmes enfin à la loge d'Addison, je ne pus me défendre de penser que tout s'était déroulé trop facilement pour que cela dure.

J'avais raison. Un agent de sécurité se tenait en faction devant la porte. Il avait un journal roulé dans son poing serré et ses biceps étaient gros comme des canons.

— Et maintenant, qu'est-ce qu'on fait ? murmurai-je, en faisant mine de boire à une fontaine.

— D'abord, je m'assure qu'elle est toujours seule, annonça Tod.

Je faillis lui faire signe de baisser le ton — avant de me rappeler que personne ne pouvait l'entendre à part nous.

— Ensuite, je me débarrasserai du garde.

Et avant que nous ayons eu le temps de lui demander comment il comptait s'y prendre, il disparut.

Main dans la main, Nash et moi avons alors suivi le couloir, l'air de rien, essayant de ne pas nous faire remarquer. Dieu merci, Nash avait accepté de m'accompagner ; même sans lui, je me serais jetée dans l'aventure et, alors, que me serait-il arrivé ?

Devant nous, l'agent de sécurité portait des lunettes noires ; il était impossible de dire s'il nous surveillait ou pas. Toutefois, j'étais prête à parier qu'il nous avait tout de même à l'œil.

Tout à coup, jaillie de nulle part, une main m'effleura le coude ; Tod surgit à mon côté sans crier gare. Je faillis sauter au plafond. Le garde tourna la tête dans ma direction.

— Arrête de faire ça ! murmurai-je.

— Désolé ! répondit Tod qui n'avait pas le moins du monde l'air navré. Sa mère est avec elle en ce moment, mais elle va bientôt sortir pour appeler une voiture.

Il avait à peine achevé sa phrase que la porte de la loge s'ouvrit, et un double d'Addison Page — sa version plus âgée et brune — en sortit. Elle adressa un signe de tête à l'agent de sécurité, puis s'éloigna dans le couloir à grands pas, sans un mot, et sans un regard pour nous.

— O.K..., chuchota Tod comme pour camper l'atmosphère. Vous deux, mes petits canards, allez vous cacher dans les toilettes au bout du couloir pendant que je distrairai le garde. Quand la voie sera libre, je vous ferai signe et vous vous faufilerez dans la loge d'Addy. Ensuite, je vous rejoindrai. Dépêchez-vous de capter son attention et, surtout, débrouillez-vous pour qu'elle ne se mette pas à hurler.

Quelque chose me disait que les choses n'allaient pas se dérouler si simplement.

— Je te préviens, siffla Nash entre ses dents, tandis que, dans les pas de Tod, nous tournions le coin du couloir en direction des toilettes : si ça tourne mal, je te tue !

— C'est un peu tard pour ça, rétorqua Tod.

Et, une fois de plus, il se volatilisa.

J'ouvris la porte des toilettes pour dames afin de m'assurer que l'endroit était désert, puis je fis signe à Nash d'entrer et laissai la porte entrouverte, attendant le signal de Tod.

A peine quelques secondes plus tard, des pas pesants qui fonçaient vers nous résonnèrent en provenance de la loge d'Addison. Tod apparut, complètement matérialisé, cette fois, un sourire sauvage aux lèvres, et serrant triomphalement sous son bras le journal de l'agent de sécurité. Le malheureux lui courait après, mais était visiblement plus robuste que rapide ; chaque foulée de Tod creusait un peu plus l'écart entre eux.

— Reviens ici, sale petit voyou !

Tod me lança un regard en passant devant les toilettes, et j'aurai juré l'avoir vu me faire un clin d'œil. Puis il fila, toujours poursuivi par l'agent de sécurité.

Sitôt après leur passage, Nash et moi avons gagné la loge en courant, le cœur battant à se rompre à l'idée que le garde pouvait revenir à tout moment. Nous sommes restés un instant plantés devant la porte, main dans la main. J'avais tellement le trac ! Nash m'a regardée, puis, d'un signe de tête, a désigné la poignée de la porte.

— Toi, fais-le, ai-je chuchoté. Elle ne me connaît pas, mais peut-être qu'elle se souviendra de toi.

Nash a levé les yeux au ciel mais il a obtempéré. Encore une hésitation, puis, déterminé — ou résigné ? —, il a tourné la poignée et ouvert la porte en grand. J'enviais ses nerfs d'acier.

Il entra en me tirant par la main, puis referma la porte.

A tous les coups, Addison allait hurler.

Sauf que… il n'y avait personne dans la loge.

Une loge juste *géniale*. Un portant croulait sous des costumes flashy. A côté, une psyché voisinait avec une coiffeuse au miroir encadré par plusieurs grosses ampoules givrées. Dans un coin, sur une petite table ronde, il y avait des assiettes de viande froide, de fromages, fruits et mignardises. Et, dans le centre de la pièce, un canapé et deux fauteuils se serraient autour d'un téléviseur à écran plat connecté à une PlayStation3.

Mais pas d'Addison Page.

Aucune trace de la chanteuse.

Nash me lança un regard interrogateur et je ne sus que répondre. Avant de sursauter : on venait d'ouvrir l'eau ! Le bruit du ruissellement nous parvenait d'une porte ouverte que je n'avais pas remarquée en entrant. La loge était dotée d'un cabinet de toilette privé, et c'était là que se trouvait manifestement Addison.

— La voiture est prête ?

La chanteuse entra dans la loge et, sans nous voir, se dirigea vers la coiffeuse, tout en retirant l'une de ses boucles d'oreilles. Puis elle leva les yeux… et se figea. Une seconde, je crus pour de bon qu'elle allait alerter la sécurité. Mais Nash se mit à parler et, aussitôt, son *influence* se répandit dans la pièce, telle une brise tiède et apaisante, lissant l'humeur froissée d'Addison et calmant mes propres nerfs.

— Bonjour, Addison, dit-il.

Les *banshee* mâles se montraient très efficaces en matière d'anesthésie ; les femmes de notre espèce, elles, n'étaient capables que de produire un cri propre à vous faire exploser les tympans.

Injuste, pas vrai ? Mais très commode parfois.

Vaguement contrariée, la chanteuse se fendit cependant d'un gracieux sourire. Son célèbre visage de lutin espiègle s'éclaira aussitôt.

— Hum, vous ne tombez pas vraiment bien, dit-elle. J'allais partir pour l'hôpital prendre des nouvelles d'Eden.

Repoussant sa mèche de cheveux bleue, elle saisit un stylo et ajouta :

— Mais j'ai tout de même le temps de vous signer un autographe.

Elle nous prenait pour des fans… Et elle n'était pas encore au courant de la mort d'Eden… Quel malentendu valait-il mieux dissiper en premier ? Pas certaine de bien faire, je décidai de commencer par le moins grave.

— On n'est pas des fans, expliquai-je en enfonçant les mains dans mes poches.

A ces mots, elle se rembrunit. Forcément, elle avait mal compris ! Je tentai de me rattraper.

— Je veux dire, si, nous sommes des fans, bien sûr ! On adore votre musique. Mais ce n'est pas pour cela que nous sommes ici.

Selon mes estimations les plus optimistes, et même en tenant compte de l'influence de Nash, il nous restait maintenant moins d'une minute avant qu'elle n'appelle à cor et à cri l'agent de sécurité qui avait sûrement déjà regagné son poste.

— Alors, qu'est-ce que vous voulez ? demanda-t-elle moins aimablement, en nous dévisageant de ses beaux yeux bleu cristal.

Son sourire, néanmoins, demeurait amical. Ou du moins prudent.

Je quêtai le soutien de Nash. Mais il se contenta de m'inviter d'un geste à me jeter à l'eau. Après tout, c'était moi qui l'avais entraîné dans ce guêpier.

— Il faut qu'on vous dise quelque chose, répétai-je, avant de m'interrompre, hésitante. Nous pourrions peut-être nous asseoir ?

— Pourquoi ça ?

Cette fois, Addison venait de se montrer ouvertement méfiante. Elle glissa la main dans sa poche. Un renflement trahissait la présence d'un téléphone mobile.

— Qui êtes-vous ?

— Je m'appelle Kaylee Cavanaugh, et voici Nash Hudson. Je crois que vous vous êtes connus dans le temps.

Elle fouilla dans sa mémoire puis conclut, le poing sur la hanche :

— Non.

Avant de se raviser :

— Attendez… Vous avez dit Hudson ?

Je vis à son regard qu'elle se souvenait. Nash hocha la tête.

— Le frère de Tod ! s'exclama-t-elle, la main sur le cœur. Je suis désolée, je ne t'avais pas reconnu. Je ne t'ai pas revu depuis l'enterrement. Que deviens-tu ?

— Je vais très bien, répondit Nash avec un sourire triste. Mais je ne peux pas en dire autant de toi.

Addison se décomposa. De nouveau, elle plongea la main dans sa poche ; le mince bracelet d'or à son poignet cliqueta.

— Qu'est-ce que ça veut dire ?

Avant que j'aie pu répondre, Tod apparut à côté de moi, encore tout essoufflé par sa course-poursuite avec l'agent de sécurité.

— J'ai raté quelque chose ?

— Rien, répondit Nash qui, s'il n'avait pas vu son frère, l'avait manifestement entendu. Nous ne le lui avons pas encore dit.

— Dit quoi à qui ? s'enquit la chanteuse.

Carrément effrayée, à présent, elle sortit son téléphone et ouvrit le clapet d'une pichenette.

Tod me donna un coup de coude et me pressa :

— Dis quelque chose, vite.

Je braquai les yeux sur lui ; Addison suivit mon regard et ne rencontra... que le vide. Elle ne le voyait pas et, à l'évidence, ne l'entendait pas non plus.

— Parle-lui, sinon elle va appeler à l'aide.

— Je le sais ! grommelai-je.

Et je lui rendis son coup de coude.

De toute façon, il ne servait plus à rien de faire comme s'il n'était pas là ; Addison nous prenait déjà pour des cinglés.

— Addison, s'il te plaît, assieds-toi. Nous avons vraiment quelque chose à te dire et ça va te paraître très... bizarre.

— C'est déjà fait. Je crois que vous feriez mieux de vous en aller.

Elle se dirigea tout doucement vers la porte, un bras tendu devant elle, comme pour nous indiquer la sortie.

— Vous me flanquez la frousse.

— *Fais* quelque chose ! cria alors Tod, et à voix haute, cette fois, totalement désespéré.

Nash soupira ; je compris ce qu'il allait faire avant même que les mots ne franchissent ses lèvres. Mais pas assez tôt pour les lui faire ravaler.

— D'accord, dit-il, voilà ce qui se passe. Dans cinq jours, tu vas te suicider. Nous sommes venus pour te persuader de n'en rien faire.

Addison cilla. L'espace de quelques secondes, sa peur fit place à de la confusion. Puis la colère l'emporta en elle, tandis qu'elle empoignait le dossier du canapé.

— Dégagez d'ici ! Tout de suite !

— Qu'est-ce qui te prend ? m'écriai-je, indignée, en fusillant Nash du regard. Tu aurais pu mettre un peu de ton influence, sur ce coup-là !

— Pas si tu veux qu'elle comprenne, répliqua Nash tout en regardant son frère. Je t'avais bien dit qu'elle n'écouterait pas.

— A qui parles-tu ? demanda Addison, d'une voix hystérique.

Elle était au bord de la crise de nerfs.

— Tu vas devoir te montrer, dis-je à Tod. Elle refuse de nous écouter, mais *toi,* elle ne pourra pas t'ignorer.

Tod guetta la réaction de Nash, histoire d'avoir un autre avis sur la question. Mais celui-ci se borna à hocher la tête et à nous faire attendre.

Enfin, il laissa tomber :

— Je ne vois pas d'autre moyen.

Au tour de Tod de soupirer. Et à voir la stupeur se peindre sur les traits d'Addison, je sus qu'elle l'avait entendu. Saisie d'horreur, elle fit soudain un bond en arrière et porta la main à sa gorge.

Maintenant, elle le voyait.

4

— Addy, s'il te plaît, contrôle-toi ! supplia Tod.

— Ah oui ? Et je fais comment ? répliqua Addison.

Elle recula lentement.

— Tu es mort, dit-elle. Je t'ai vu dans ton cercueil.

Je me tournai vers Tod, éberluée.

— Sans blague ? On t'a vraiment mis dans un cercueil ?

— Pas longtemps, marmonna-t-il. Mais la question n'est pas là, Kaylee.

Mais bien sûr, où avais-je la tête ? Il n'était question que d'une star de la pop privée de son âme qui envisageait de se suicider. *Voyons, Kaylee, un peu de sérieux.*

— Qui êtes-vous ? répéta alors Addison.

Elle finit par heurter la coiffeuse et dut se cramponner au bord du meuble pour reprendre son équilibre.

— Et comment faites-vous ça ?

Il me fallut une seconde pour me rendre compte

qu'elle parlait de la soudaine apparition de Tod, surgi de nulle part.

— Addison, c'est vraiment Tod, tu sais que c'est lui ! dis-je avec l'espoir qu'elle me croie.

Il le fallait à tout prix. Qu'elle m'écoute, au moins, même si la présence de Tod continuait de la sidérer !

Sa respiration ralentit, ses yeux bleu pâle s'étrécirent. Elle dévisagea le Faucheur, visiblement tiraillée entre la tentation de craquer et d'appeler au secours et la nécessité de se calmer pour entendre ce que celui-ci avait à dire. Pour parler franchement, je ne sais pas quel aurait été mon choix, à la place d'Addison.

Bientôt, elle secoua la tête.

— Non, conclut-elle, vous n'êtes pas Tod. C'est impossible. Vous me manipulez. C'est pour une émission de télé, c'est ça ? Ashton, si tu es là, je te préviens que je ne trouve pas ça drôle !

Elle était rouge de colère, les larmes perlaient à ses yeux.

— Il faut que tu lui donnes une preuve, murmurai-je alors à Tod.

Le sang-froid du Faucheur m'impressionnait, je dois l'avouer.

— C'est bien moi, Addy, commença-t-il calmement. Nous sommes sortis ensemble pendant huit mois quand nous étions au lycée, à Hurst, avant que tu sois engagée sur le pilote de cette émission. Tu étais en troisième et moi en seconde. Tu te souviens ?

Addy croisa les bras.

— Ça ne prouve rien. Plein de gens sont au courant ! J'ai mentionné le nom de Tod dans une interview, un jour, et les paparazzi m'ont suivie à son enterrement. Alors maintenant, sortez d'ici ou bien j'appelle la sécurité !

Elle avait parlé de Tod aux journalistes ? Woah ! Cela avait dû être vraiment du sérieux entre eux…

— Addy, tu te souviens de notre premier rendez-vous ? poursuivit-il. Tu n'en as rien dit à la presse, n'est-ce pas ?

Elle secoua la tête et, sans désarmer, écouta néanmoins attentivement.

— Nous sommes allés manger des glaces dans le West End, et un type qui avait installé son chevalet sur le trottoir a fait notre caricature. Ce dessin de nous, je l'ai toujours. En rentrant, tu as été malade. Tu te souviens ? Ne va pas me dire que tu as raconté ça à quelqu'un d'autre ?

Les yeux d'Addison s'élargirent.

— Tod…

Sa célèbre voix venait de monter dans les aigus et de se briser sur cette seule syllabe. Tod hocha la tête et, instinctivement, elle s'enveloppa de ses bras.

— Comment est-ce possible ? Je t'ai vu, tu étais mort. *Mort !*

— Ouais, eh bien, figure-toi que ce n'est pas toujours aussi définitif que ça en a l'air, objecta Nash en usant de l'influence de sa voix. Tod était effectivement mort. Maintenant il ne l'est plus.

Addison se détendit. Son regard allait de Tod à son frère.

— Ça ne tient pas debout.

Malgré tout, elle ne semblait pas aussi bouleversée par ces révélations qu'elle aurait dû l'être. Avec un peu de chance, Nash serait capable de moduler sa voix pour obtenir qu'Addy soit à mi-chemin entre « trop terrifiée pour écouter » et « trop décontractée pour comprendre ».

— Ça n'a pas de sens si tu y réfléchis avec ta tête, dit-il, un doigt sur la tempe. Mais je suis sûr qu'au fond de toi tu connais la vérité. Tu as déjà vu des choses étranges, n'est-ce pas, Addy ? ajouta-t-il avec une inflexion particulière.

Puis il recula d'un pas pour accrocher le regard de la chanteuse.

— Tu as vendu ton âme, alors, tu as dû en voir des trucs bizarres, non ?

Déconcertée, elle n'eut pas le temps de demander à Nash comment il était au courant. Déjà, il reprenait :

— Tout était bien réel. Comme ce que tu vois en ce moment même. Comme *Tod*.

Le regard d'Addy glissa de nouveau vers le

Faucheur. A présent que la voix de Nash avait apaisé sa peur et calmé ses angoisses, elle ne se réfugiait plus dans le déni : elle *voyait* réellement Tod, je n'en avais aucun doute.

— Comment… Comment es-tu entré dans ma loge ? demanda-t-elle.

Le Faucheur haussa les épaules ; une lueur espiègle dansa dans ses yeux bleus.

— J'ai détourné l'attention du garde posté devant ta porte, ensuite je suis revenu sur mes pas.

Addison fronça les sourcils, puis un petit sourire flotta sur ses lèvres avant de s'élargir pour éclairer ses iris cristallins.

— Je vois que la Mort n'a pas tué ton sens de l'humour.

Elle rit de sa propre plaisanterie.

— Jamais je n'aurais imaginé dire un jour une phrase pareille !

J'intervins.

— Bon, tu es rassurée, maintenant ? Pas de crise ?

— Je ne peux rien promettre. Cela dit, clairement, Tod est ici, dans cette pièce, et bien vivant. Ça, je ne peux pas le nier.

Cette fille commençait à me plaire.

— Alors, nous pouvons nous asseoir ? suggéra Tod en désignant les sièges.

— D'accord.

Addy s'affala dans l'un des fauteuils verts — qui paraissaient très inconfortables — et désigna le canapé à rayures assorti.

— Seulement, je vous préviens, poursuivit-elle, ma mère va revenir d'ici à quelques minutes, et ça m'étonnerait beaucoup qu'elle prenne les choses aussi bien que moi.

— Sûr, grommela Tod.

Il s'assit dans le fauteuil en face d'Addy, tandis que je m'installais dans le canapé. Sur un signe de Tod, Nash ferma la porte à clé, afin que le retour de Mme Page ne nous prenne pas de court, puis il vint me rejoindre.

— Tu te souviens de mon frère ? reprit alors Tod.

— Bien sûr. Il y a longtemps qu'on ne s'était pas vus.

Elle croisa les jambes et arbora un grand sourire, comme si nous lui faisions une simple visite de courtoisie, alors que, tout de même, nous étions venus lui parler de son âme et de son suicide imminent. A sa place, je n'aurais pas fait preuve d'autant de sang-froid ; et je dois admettre que j'étais jalouse de son flegme. Mais peut-être n'était-ce qu'un masque ? Savoir cacher ses émotions était un des avantages du métier de saltimbanque.

En plus de la célébrité et de la fortune.

Elle se tourna vers moi et planta son regard dans le mien.

— Tu es Kaylee, n'est-ce pas ?

Je hochai la tête et lui adressai un sourire de gratitude. Les gens se rappelaient rarement mon nom. J'étais de celles qu'on oublie facilement. Du moins, tant que la *banshee* en moi ne se mettait pas à hurler.

A cet instant, Tod toussota pour réclamer notre attention puis assena :

— Addy, tu ne dois pas t'ôter la vie.

Il la fixait avec intensité. Nash, Addison et moi, nous restâmes une seconde sous le choc avant d'assimiler cette brutale entrée en matière à laquelle aucun de nous ne s'était préparé.

Addison fut la première à reprendre ses esprits.

— Je n'en ai pas l'intention, répondit-elle avec un sourire, avant de demander : Si tu me disais plutôt par quel miracle tu es vivant aujourd'hui alors que tu es mort il y a deux ans ? Ta mère a piqué une crise ?

Sa curiosité la faisait rayonner, maintenant. Elle était aussi radieuse que sous les effets d'un éclairage scénique.

— C'est compliqué, soupira Tod. Je t'expliquerai tout ça plus tard ; pour l'instant, je veux juste m'assurer que tu ne vas pas mettre fin à tes jours.

Je fus surprise ; jamais je n'avais vu Tod si grave, si sincèrement inquiet pour autrui.

— C'est moi qui te le demande, ajouta-t-il.

Ces derniers mots m'arrachèrent le cœur. Pour qui avais-je le plus mal ? La pop star privée de son âme à qui il ne restait que cinq jours à vivre, ou bien le Faucheur qui allait la perdre une seconde fois ?

L'humeur d'Addison s'assombrit.

— Je t'ai dit que ce n'était pas mon intention. J'adore la vie que je mène, précisa-t-elle en englobant d'un geste toute la pièce autour d'elle. De quoi est-ce que je souffrirais ?

Tod soupira lourdement, le doute et l'inquiétude ne le quittaient pas et cela se voyait sur son visage. Il ne croyait pas au bonheur d'Addison ; comment aurait-il pu, d'ailleurs, compte tenu de ce que lui avait révélé Libby ?

— Si ça se trouve, elle n'a pas encore envisagé de mourir ? dis-je en me blottissant contre Nash.

Il m'enlaça, et mon cœur en battit plus fort.

— Peut-être qu'elle ne sait pas encore pour quelle raison elle va se suicider ? ajoutai-je.

Tod acquiesça d'un hochement de tête. Son regard se fit pensif. Il se tourna vers Addison.

— Y a-t-il quelque chose qui te tracasse, Addy ? Tu dois sûrement être soumise à un stress énorme. Est-ce ta mère qui te force à faire tout ça ? Est-ce que tu prends… des trucs ? Des bruits ont couru, il y a deux mois…

— Non, coupa Addison, dont le sourire se fana aussitôt. Je n'ai aucun problème. Du moins, rien de grave. Bien sûr qu'il y a du stress, mais comme dans tous les métiers.

J'étais bien d'accord.

— Quant à prendre des *trucs*…

Son regard devint dur.

— … je ne peux pas croire que tu me poses la question, alors que tu sais bien que j'ai une mère accro à ces maudits tranquillisants.

Tod soupira puis se pencha en avant, les coudes posés sur ses genoux. Sa tension ne diminuait pas. Son angoisse non plus.

— Elle continue ? C'est grave à ce point-là ? demanda-t-il.

Addy joua nerveusement avec son bracelet.

— J'arrive encore à gérer.

— Tu es sûre ?

Nul doute que Tod pensait la même chose que moi : rien de tel qu'une mère droguée pour vous mettre la pression. Surtout quand, comme Addison, on n'avait à peu près pas de vie privée.

— Aussi sûre que je le suis de ta présence ici, répliqua-t-elle pourtant en riant.

Un rire forcé qui ne convainquit pas Tod.

— Tout va bien, je t'assure, reprit Addy. Sauf

qu'Eden s'est effondrée en plein concert. D'ailleurs, nous partons la voir à l'hôpital dans quelques minutes.

Elle marqua une pause et baissa les yeux sur ses mains, croisées sur ses genoux.

— Vous voulez venir avec moi ? Je ne suis pas sûre qu'ils vous laissent entrer, mais j'aurais bien besoin de compagnie.

— Addison…, commençai-je.

J'hésitai à aller plus loin. De toute ma vie, je n'avais jamais été la messagère de si mauvaises nouvelles. Mais il fallait bien que quelqu'un mette Addy au courant.

— … Eden est morte.

La chanteuse secoua la tête, exactement comme elle l'avait fait quelques instants auparavant pour refuser la réalité.

— Comment savez-vous… ?

Elle se tut. Une pensée venait de lui traverser l'esprit. Elle regarda les deux garçons.

— Est-ce que cela a un rapport avec le fait que je vais… me suicider ?

Ne sachant trop quoi répondre, je m'en remis à Tod.

— Nous n'en sommes pas sûrs, finit-il par laisser tomber. Addy, il faut que tu me promettes…

Soudain, derrière nous, la poignée de la porte tourna, puis il y eut un choc sourd lorsque quelqu'un, qui s'attendait manifestement à la trouver ouverte, heurta le panneau.

— Addy ? Qu'est-ce que tu fais ? Ouvre cette porte ! lança une voix nasillarde de femme.

Addison se mit si vivement debout qu'elle m'en donna le tournis. D'un geste nerveux, elle s'essuya les mains sur son blue-jean.

— Une minute, maman ! Je suis… aux toilettes.

Le cœur battant à se rompre, je me levai à mon tour et arrachai Nash au canapé. Aucune mère humaine — même accro aux tranquillisants — ne pouvait être en mesure d'entendre ce que nous étions venus dire à Addy. Une chance, Tod avait les moyens de se rendre invisible, et Nash et moi pouvions nous faire passer pour des fans !

Sauf que, dans la panique, Addison venait de mentir à sa mère…

Elle braquait sur la porte un regard terrifié. Sans lui laisser l'opportunité de prononcer un mot de plus, Tod lui saisit la main.

— Addy, promets-moi que, quoi qu'il arrive, tu ne te donneras pas la mort. Jure-le-moi.

Le regard d'Addison allait du visage désespéré de Tod à la porte que sa mère martelait maintenant à grands coups.

— Addison Renee Page, ouvre-moi immédiatement ! Je saigne du nez !

— Tout va bien, là-dedans ? cria à son tour l'agent

de sécurité, qui tourna brutalement la poignée de la porte.

Nash m'entraîna vers le mur pour laisser un peu d'intimité à Tod et Addy. Ou peut-être tout simplement pour que nous ne nous retrouvions pas en première ligne au moment où la porte céderait.

— Jure ! répéta Tod en baissant la voix. Je t'assure que ce n'est pas une bonne idée de mourir sans son âme. Crois-moi, je sais de quoi je parle.

Addy cherchait son souffle. Le sang battait dans ses veines sous l'effet conjugué de l'effroi et du désarroi. Sa voix n'était plus qu'un murmure incertain.

— Comment vous le savez, vous autres ?

— De la même façon que nous savons qu'Eden est morte.

Tod l'attira contre lui pour lui parler à l'oreille de sa voix étranglée par la peur.

— Addison, si tu meurs alors que ce démon détient ton âme, il t'emportera dans le monde des ténèbres et tu lui appartiendras pour toujours. Pour l'éternité, Addy. Il se nourrira de tes souffrances. Il te découpera en morceaux et te laissera te vider de ton sang. Il portera tes intestins autour de son cou et t'arrachera la peau centimètre par centimètre en t'écoutant hurler.

Les yeux d'Addison se remplirent de larmes, ses mains commencèrent à trembler. Elle essaya de repousser Tod, mais il n'en avait pas terminé avec ses visions d'horreur.

— Il se servira de tes propres souvenirs pour te rendre folle. Il exploitera chaque peur et chaque remords que tu auras éprouvés. Puis il te guérira et recommencera tout depuis le début.

A présent, Tod la tenait à bout de bras afin de la regarder bien en face.

— Arrête, Tod ! sifflai-je entre mes dents, tandis que Nash s'efforçait de m'empêcher d'intervenir. Tu la terrorises !

Et moi aussi par la même occasion.

Seulement, c'était exactement le but qu'il cherchait à atteindre. Il voulait effrayer Addison pour la garder en vie. Même s'il avait certainement conscience de la vanité d'une telle tentative. Ne m'avait-il pas dit lui-même qu'on ne pouvait tromper la Mort ? Pas sans en payer le prix…

— Addison ! cria de nouveau Mme Page. Ouvre tout de suite ou je demande à Roger de défoncer la porte !

Cette fois, Addy ne prit même pas la peine de répondre à sa mère.

— Tu parles sérieusement ? demanda-t-elle à Tod.

Son regard affolé était rivé à Tod, elle était blanche comme un linge.

Il hocha la tête.

— Il faut que tu te sortes de ce pétrin, Addy. Tu dois à tout prix récupérer ton âme. Il y a une clause de désistement dans le pacte, n'est-ce pas ? C'est la loi, chez les démons.

Il n'essayait pas seulement de lui sauver la vie — ce qui était déjà sans doute impossible —, il voulait *aussi* sauver son âme.

Addison hocha la tête, le visage ruisselant de larmes.

— Eden a fait la même chose, avoua-t-elle en sanglotant. Est-ce qu'elle… Est-ce qu'il… la *tient* maintenant ?

Tod opina, puis entoura la chanteuse de ses bras. Elle s'effondra contre lui.

— Ils ne nous ont pas parlé de ça, gémit-elle dans le creux de son épaule. De la torture. Ils nous ont juste dit que les humains n'avaient pas besoin de leur âme et que, si nous vendions la nôtre, nous pourrions obtenir tout ce que nous voulions. *Tout.*

Elle fut secouée de silencieux frissons, puis posa sur Tod ses yeux remplis d'épouvante et d'indignation. Délirait-elle, maintenant ?

— Il a dit que les âmes n'étaient pas indispensables ! *Mon* âme ne m'est pas indispensable !

— Pas pour te maintenir en vie, en effet, répondit Nash de sa voix apaisante. Ça, le souffle de démon s'en charge. Mais quand une créature infernale détient ton âme, tu n'es plus qu'un jouet, une captive.

— Il faut que tu la retrouves, Addison, ajoutai-je, aussi horrifiée qu'elle.

Pas plus que la chanteuse, je n'avais imaginé les atrocités que Tod venait de décrire.

— Tu dois reprendre ton âme, en faisant jouer cette... clause de désistement. Quelle qu'elle soit.

Tout en dévisageant farouchement Tod, Addison lui empoigna le bras.

— Aide-moi, supplia-t-elle tout bas. Je ne sais pas ce que je dois faire. Il faut que tu m'aides. Je t'en prie !

Elle jeta un regard vers Nash et moi.

— Vous aussi !

Que devais-je répondre ? Tod, lui, n'hésita pas.

— Bien sûr que nous allons t'aider.

Je sentis Nash se braquer, seulement il n'eut pas le temps de protester ; de nouveaux braillements venaient de s'élever dans le couloir.

— Allez-y, enfoncez la porte ! hurla Mme Page.

Addison balaya la pièce d'un regard affolé, cherchant sans doute un endroit où nous cacher.

— Une seconde, je t'ouvre ! s'écria-t-elle avant de me tirer par le bras. Là, murmura-t-elle.

Nash suivit le mouvement, et elle nous plaqua contre le mur, derrière la porte, de façon que nous soyons dissimulés au moment où celle-ci s'ouvrirait. Elle essaya de pousser Tod au même endroit, mais il l'en dissuada d'un sourire.

— Je peux me cacher tout seul, dit-il.

— Ah, oui, c'est vrai, se rappela Addy en essuyant ses larmes d'un revers de main.

Elle hésita encore un instant, fit patienter sa mère, puis chuchota à Tod :

— Je suis descendue à l'Adolphus, sous le nom de Lisa Hawthorne. Appelle-moi demain soir, et je vous ferai monter dans ma chambre en cachette. Tu veux bien ?

Tod acquiesça. Son sourire était plus triste que jamais.

— Je t'appellerai à 20 heures.

Les lèvres d'Addison formèrent un « merci » muet. Alors, Tod nous adressa un clin d'œil et disparut.

Un doigt sur la bouche, Addy nous ordonna le silence puis déverrouilla la porte et l'ouvrit.

— Que se passe-t-il, maman ? Qu'est-ce que tu as ?

Il y eut des bruits de pas sur la moquette ; Addy accompagnait sa mère dans le cabinet de toilette. Mais le panneau de la porte obstruait totalement mon champ de vision et je ne distinguais rien de ce qui se passait derrière, dans la loge. Je sentis la main de Nash prendre la mienne. Nos cœurs battaient la chamade à l'unisson.

— J'ai que je ne m'attendais *pas* à trouver ta porte fermée, s'indigna la mère.

J'entendis de l'eau couler.

— Addy, tu es rouge comme une tomate ! Tu as pleuré ?

— Je suis inquiète à propos d'Eden, c'est tout.

— Dépêche-toi de te laver un peu le visage. Nous ne devons pas tarder plus longtemps.

Des pas se dirigèrent vers nous. Addy appela :

— Roger, pouvez-vous aller chercher des serviettes ou quelque chose comme ça ?

— Bien sûr, mademoiselle Page.

Des pas lourds s'éloignèrent ; Addy fit alors pivoter la porte sur ses gonds. La voie était libre.

Avant de la quitter, je lui adressai un dernier sourire de sympathie. Puis Nash m'entraîna dans le corridor où, Dieu merci, nous ne rencontrâmes personne.

Nous traversâmes au pas de course le dédale des couloirs et la salle de concert déserte, avant d'arriver au parking. Tod nous y attendait, appuyé contre la portière de la voiture de sa mère.

Dès qu'il aperçut le Faucheur, Nash serra les poings. Mais, avant même que nous ne soyons arrivés à portée de voix, Tod levait les mains pour apaiser la colère de son frère.

— Que pouvais-je faire d'autre ? demanda-t-il avant que l'un de nous ne lui fasse des reproches.

— Ce n'est pas mon problème ! s'écria sombrement Nash.

Il essaya de pousser Tod pour ouvrir la portière,

mais celui-ci se dématérialisa à la dernière seconde et Nash ne put que passer au travers. Du coup, il se heurta à la carrosserie du toit. Ses prunelles tourbillonnaient de rage. Il explosa.

— Tu pouvais tout faire, sauf lui dire que nous allons récupérer son âme pour elle !

Nash m'ouvrit la portière et, dès que je fus installée, la claqua furieusement. Il fulminait.

— Comment sommes-nous censés réussir cet exploit, tu peux me le dire ? En sillonnant le monde des ténèbres ? En espérant rencontrer des démons errants à qui on demandera si, par hasard, ils n'auraient pas pris possession de l'âme d'une pop star ? S'ils sont disposés à la rendre, par pure bonté de leur cœur pourri ?

Nash se glissa à son tour en voiture puis claqua de nouveau la portière, au nez de son frère, cette fois. Avant de le planter là, dans cette allée de parking obscur, en compagnie d'une poignée d'humains qui nous observaient avec méfiance. Il tourna la clé de contact, passa la première, et démarra en trombe sur l'asphalte, en direction de la sortie, broyant dans son poing serré son ticket de parking.

Mais à peine avions-nous quitté l'aire de stationnement que quelque chose attira mon regard dans le rétroviseur latéral. Je me retournai — Tod... Tod braquait sur nous son habituel regard farouche, la mine particulièrement sombre.

— Arrête de faire ça ! m'écriai-je pour la millième fois au moins depuis notre première rencontre. Les gens normaux ne montent pas dans les voitures en marche !

Nash lui lança un regard furieux dans le rétroviseur.

— Mais puisque tu es là, mets-toi bien ça dans le crâne, car je ne le répéterai pas : nous n'allons *pas* nous lancer à la recherche de l'âme d'Addison Page. Ce n'est pas à nous de faire ça, et, de toute façon, nous ne saurions même pas par où commencer. C'est vachement trop dangereux.

— Très bien, répondit Tod entre ses dents serrées.

— Pardon ?

Nash freina au feu rouge. Décontenancé par la réponse du Faucheur, il jeta un nouveau coup d'œil dans le rétroviseur. Il s'était attendu à plus de résistance. Tout comme moi, d'ailleurs.

— J'ai dit : « très bien », répéta Tod. C'est mon problème, en effet, pas le tien. Je vais me débrouiller seul.

— Ça ne te concerne pas non plus ! objecta Nash.

Je me tournai de façon à les avoir ensemble dans mon champ de vision.

— Cette fille a vendu son âme de son propre gré pour obtenir gloire et fortune, fit valoir Nash. Le contrat est juridiquement contraignant et il contient une clause de désistement tout aussi exécutoire. Qu'elle s'arrange toute seule pour récupérer son âme.

Le feu passa au vert et Nash écrasa l'accélérateur. Les pneus crissèrent ; je me cramponnai à la poignée.

— Elle ne savait pas ce qu'elle faisait, Nash, elle n'en a toujours aucune idée, plaida Tod sombrement. Et elle ignore tout de ses droits dans le monde d'en bas. D'ailleurs, elle ne sait même pas s'y rendre toute seule. La clause de désistement ne sert à rien si on ne peut pas la faire respecter. Tu le sais bien.

— Attends une minute…

Je desserrai ma ceinture de sécurité pour essayer de trouver une position plus confortable. L'angoisse me nouait l'estomac.

— Elle ne peut vraiment pas se tirer d'affaire toute seule ? demandai-je.

Tod secoua la tête, et j'aurais juré que son menton tremblait. Mais les ombres portées par les réverbères me jouaient peut-être des tours.

— Elle n'a aucune chance de réussir.

Avec un soupir, je me tassai dans mon siège.

Nash détourna son regard de la route le temps de déchiffrer mon expression.

— Non, Kaylee. Pas question. Nous risquerions d'y laisser notre peau.

— Je sais, admis-je, les yeux fermés, en me renversant contre l'appui tête. Je le sais bien.

— *Non,* redit-il avec insistance.

Il serrait si fort le volant que ses doigts en étaient blancs. Il serrait les dents, aussi, de peur de céder. Sans compter qu'il était exaspéré.

— Nash, on n'a pas le choix. En tout cas, moi, je ne me sens pas de ne rien faire.

Je guettai sa réaction. Comment trouver les mots justes pour lui faire comprendre ce que j'éprouvais ?

— Ecoute… Je n'ai pas pu sauver les âmes que tante Val a vendues. Heidi et Alyson, Meredith et Julie. Elles vont subir des tortures épouvantables jusqu'à la fin des temps, et c'est en partie ma faute.

Une boule obstrua ma gorge, ma voix se brisa et je sentis des larmes me brûler les yeux.

— Kaylee, tu n'y étais pour rien…

— Mais maintenant, je peux agir ! Venir en aide à Addison. Je *peux* empêcher qu'il lui arrive la même chose qu'aux autres.

Tod aurait-il offert notre aide à Addison, si nous étions totalement impuissants ? Sûrement pas.

— Je dois le faire.

Nash crispa davantage encore les mains sur le volant ; on aurait dit qu'il voulait le tordre pour lui donner la forme d'un bretzel. Puis il souffla, ses doigts se détendirent. Voilà, il avait pris sa décision. Je cessai de respirer, attendant le verdict.

— Très bien, dit-il enfin. Si tu y vas, j'y vais aussi.

Sur ce, il lança un regard mauvais à Tod dans le rétro.

— Je n'accepte de m'embringuer là-dedans que pour Kaylee, vu ? Pas pour toi, et pas pour ton idiote de princesse pop !

Son visage exprimait à la fois la déception, la colère et l'amour qu'il avait pour moi. Du Nash tout craché. Son regard m'enflamma, et bouleversa les profondeurs de mon corps.

Mais tout de suite après, tandis que Nash se concentrait de nouveau sur la route, une sueur glacée remplaça le feu qui m'avait incendiée : Nash allait s'embarquer dans cette histoire pour l'amour de moi — moi qui, pour dire la vérité, n'avais pas la moindre idée de ce qui nous attendait.

Dans quelle galère venais-je de nous jeter ?

5

— O.K., Kaylee, concentre-toi…

Assise dans le canapé, Harmony Hudson, la mère de Nash, se pencha vers moi et planta son regard dans le mien. Elle portait un jean et un T-shirt moulant, et de ses cheveux blonds relevés en queue-de-cheval s'échappaient des mèches. Harmony était la mère la plus sexy que j'avais jamais rencontrée. Elle paraissait tout au plus trente ans, sauf que je l'avais vue souffler les bougies de son gâteau d'anniversaire un mois plus tôt.

Quatre-vingt-deux bougies.

— Ferme les yeux et pense à la dernière fois que c'est arrivé, poursuivit-elle.

Les yeux clos, je perçus surtout le délicieux arôme de brownies qui flottait dans l'air.

— La dernière fois que tu as pressenti que quelqu'un allait mourir.

A ces mots, je perdis toute motivation. Je n'avais *aucune* envie de penser à cette dernière fois ! Elle me donnait encore des cauchemars !

Harmony s'assombrit — Tod avait les mêmes yeux

bleus, et le dessin de leurs sourcils était rigoureusement identique — et elle me demanda avec une moue contrariée :

— Qu'est-ce qui ne va pas ?

Je serrai mes mains sur mes genoux et baissai la tête, pensive.

— La dernière fois, c'était... avec Sophie et tante Val.

— Oh...

Harmony sourit avec douceur, la sagesse éclaira ses prunelles — une sagesse étonnante compte tenu de sa juvénile apparence. Harmony était présente au moment où la Faucheuse scélérate avait tué ma cousine et essayé de s'emparer de son âme. Elle avait vu ma tante donner sa vie à la place de celle de Sophie — un acte de courage et d'abnégation de dernière minute qui, à mes yeux, avait beaucoup contribué à la racheter.

Jusqu'à ce que j'apprenne que les autres âmes qu'elle avait vendues à Belphégor allaient être suppliciées pour l'éternité. A présent, je penchais résolument pour la thèse selon laquelle « tante Val n'avait eu que ce qu'elle méritait ».

Harmony observa mon visage ; elle guettait les émotions qui le traversaient mais, comme à son habitude, elle se garda d'émettre le moindre jugement. Voilà pourquoi je l'aimais bien.

Pour cette qualité et... parce qu'il y avait toujours,

chez elle, des biscuits juste sortis du four qui n'attendaient que moi ! Je les dévorais à la fin de mes leçons sur l'art et la manière d'être une *banshee.*

— Bon, dans ce cas, reprit-elle, choisis un autre moment. Essaie de te rappeler n'importe quelle autre prémonition de mort. Celle qui a été la moins traumatisante.

La moins traumatisante ? Elles avaient *toutes* été traumatisantes. Jusqu'à présent, chacun des pressentiments qui m'avaient assaillie m'avait totalement fait disjoncter. Et, chaque fois, le hurlement qui était monté en moi s'était révélé pratiquement irrépressible.

D'où les leçons, depuis qu'on m'avait révélé ma nature de *banshee,* six semaines plus tôt.

— D'accord…

Je fermai de nouveau les yeux et me renversai sur les coussins, m'efforçant d'appeler à ma mémoire ma prémonition la plus marquante, si j'exceptais la dernière.

Emma.

La mort de ma meilleure amie, Emma, avait été une expérience insupportable, d'autant plus atroce que j'en avais eu le pressentiment. J'avais vu Emma porter le voile mortuaire pendant deux minutes interminables, avant qu'elle ne s'écroule sur le sol du gymnase, entourée de plusieurs centaines d'élèves et de leurs parents rassemblés pour rendre un dernier hommage à une camarade de classe décédée.

Malgré tout, je décidai de me concentrer sur cette mort-là ; pour la bonne raison que la mort d'Emma avait connu un dénouement heureux.

Ou plutôt une fin douce-amère.

N'empêche, cet épisode était tout de même préférable à la plupart des autres, si macabres qu'ils avaient déclenché en moi panique, hurlements et tentatives désespérés pour m'arracher aux brumes de l'au-delà. Dans le cas d'Emma, j'avais réussi à retenir l'âme, au-dessus du corps, grâce à la plainte funèbre qui gardait à distance la Faucheuse scélérate. Pendant ce temps, Nash déployait tous ses efforts pour lui faire réintégrer son corps.

Et Emma avait survécu.

En contrepartie, une autre jeune fille était morte à sa place.

C'était le prix à payer et le choix que nous avions fait. Une décision qui me restait sur le cœur. Pourtant, si ç'avait été à refaire, je n'aurais pas hésité non plus : je ne pouvais *pas* laisser mourir Emma avant son heure, même au prix de la mort d'une innocente.

Et voilà comment, deux mois plus tard, je me retrouvais chez Nash et sa mère, blottie dans le canapé, à revivre en esprit la mort de ma meilleure amie.

Emma, dans le gymnase, à quelques pas devant moi.

Un brouhaha confus qui nous enveloppe. Le bras de Nash autour de ma taille. Et puis le voile mortuaire.

De fines coulures noires maculaient ses cheveux blonds, pareilles à des traînées de peinture à l'eau. Des écharpes d'ombre s'étalaient sur ses vêtements et ses bras, tandis que le cri de lamentation enflait en moi. Le hurlement me labourait la gorge, me déchirait les chairs, menaçait de faire craquer mes mâchoires tant je faisais d'efforts pour le refouler et l'empêcher de sortir.

Soudain, le souvenir devint réalité.

La plainte monta, me remplit la gorge. Brûlante. Une profonde meurtrissure de tout le corps.

Prise de panique, j'ouvris les yeux. Harmony me regardait calmement. Un sourire à peine esquissé flotta sur ses lèvres — des lèvres sensuelles dont ses fils avaient hérité tous les deux.

— Tu y es ! murmura-t-elle, les yeux étincelant de fierté. Maintenant, nous abordons l'étape la plus pénible.

Encore plus ? J'aurais voulu poser pour de vrai ma question, mais je n'en avais pas la possibilité. Quand la plainte a commencé à s'emparer d'une *banshee,* celle-ci ne peut plus rien faire d'autre de sa gorge et de sa voix que hurler, ou bien réussir à ravaler son cri.

Et comme je ne pouvais pas le ravaler — pas sans que Nash m'apaise de son *influence* — mais que je ne voulais plus jamais, jamais le laisser échapper si j'en apprenais le moyen, la leçon du jour portait sur la meilleure façon d'*exploiter* ma lamentation. De la mettre à mon service, plutôt que de la retourner contre moi.

Je hochai donc la tête pour signaler à Harmony que j'étais prête pour la partie la plus difficile de l'exercice.

— Bien, dit-elle, je veux que tu retiennes le cri de toutes tes forces. Ensuite, laisse-le sortir petit à petit, comme s'il s'écoulait lentement, sans ouvrir la bouche. Mais surtout, maintiens le volume sonore au minimum. Tu dois à peine l'entendre.

L'objectif de la leçon était en effet de m'apprendre comment m'aider de ma plainte pour voir et entendre le monde des ténèbres sans attirer pour autant l'attention des humains. Attirer leur attention en me mettant à pousser des hurlements à les rendre fous, par exemple. Sauf que c'était plus facile à dire qu'à faire, surtout que j'avais déjà passé du temps à essayer de *retenir* mon cri. A l'évidence, chacune des deux options — l'étouffer pour de bon, ou bien le laisser filtrer lentement — relevait de deux tactiques très différentes.

Malgré tout, je tentai l'expérience.

Les lèvres hermétiquement closes, j'arrondis un peu plus la gorge en forçant mes mâchoires à se desserrer. Mais les choses se gâtèrent aussitôt. Au lieu du mince filet de voix espéré, le hurlement éclata de toute sa force dans ma gorge, et ma bouche s'ouvrit en grand malgré moi.

Mon cri emplit la pièce. La maison. Tout mon corps se mit à vibrer et résonner de la lamentation funèbre, criarde et dissonante, et qu'aucune voix humaine n'aurait été en mesure de produire. La tête m'élançait, j'avais l'impression que mon cerveau se cognait partout à l'intérieur de mon crâne.

C'était insupportable, intolérable.

Je fermai les yeux. Des doigts frais et doux m'effleurèrent le bras, et je rouvris les yeux. Harmony était en train de me parler. Mais, comme j'étais incapable de fixer mon regard sur quoi que ce soit, la pièce, autour d'elle, avait pris l'apparence d'une nébuleuse de couleurs et de textures. Une grimace douloureuse tordait le beau visage d'Harmony ; mon cri devait visser dans son crâne des pointes d'acier.

Les *banshee* mâles perçoivent la plainte des femmes de leur espèce comme un chant pour les âmes, magnifique et mystérieux. Ils éprouvent un besoin irrésistible d'entendre cette mélopée qui les attire. Les envoûte presque.

Les femmes *banshee*, elles, l'entendent telle qu'elle est. Telle que les humains la perçoivent. Assourdissante. Perçante. Vibrante et aiguë à faire voler en éclats une vitre, mais aussi bien l'équilibre mental de n'importe qui.

Harmony jeta un coup d'œil à la fenêtre de son séjour. Le carreau de verre tremblait dans son encadrement. Parce que nous appartenions au même sexe et à la même espèce — bien que je n'aie encore qu'une idée vague de la façon dont tout cela fonctionnait exactement —, je pouvais distinguer ses paroles à travers le vacarme de mes propres braillements. Si ce n'est qu'elles avaient l'air de provenir de l'intérieur de ma tête même.

Calme-toi. Respire. Ferme la bouche…

Je refermai mes mâchoires d'un coup sec et réussis à étouffer le son, sans toutefois le faire taire. A présent, il bourdonnait dans ma bouche, se jetait contre la barrière de mes dents, et continuait de sourdre, pareil à un crissement violemment amplifié. Mais, au moins, pouvais-je à présent entendre clairement les paroles d'Harmony.

— Respire à fond, Kaylee, chuchota-t-elle d'une voix apaisante tout en me frictionnant les bras. Ferme les yeux et ravale complètement le cri. Excepté le dernier souffle.

Je fermai de nouveau les yeux pour accroître ma concentration. Ce tout petit effort physique me demandait beaucoup de courage ; car fermer les yeux, cela signifiait me couper d'Harmony et affronter seule ma propre obscurité et ma mélopée funèbre. Avec le souvenir de la mort d'Emma, vivace, intacte, en attendant que se produise le moment où je comprendrais, de nouveau, que cette mort n'était que transitoire.

Néanmoins, j'obéis.

— Bien, maintenant, aspire-le. Tout au fond de toi. Imagine-toi en train d'avaler ton cri de lamentation — de le faire descendre de force dans ta gorge jusqu'à ton cœur. Là, tu pourras le relâcher. Le laisser rebondir. Faire des ricochets. Le cœur humain est fragile, tout en vaisseaux sanguins ténus et en pompes délicates. Mais le cœur des *banshee* est blindé. Il le faut bien, pour que nous puissions survivre.

Je me représentai mon cœur bardé de fer. Je forçai mes bras à se décontracter, mes mains à retomber sur mes genoux. J'écoutai ma plainte s'écouler peu à peu de ma gorge, m'obligeant à prêter l'oreille à chaque note discordante, une à une. Et lentement, péniblement, je les fis rentrer en moi. Les contraignis à descendre jusqu'au plus profond de mon être.

Je sentis le gémissement se retirer dans ma gorge. Il était tangible, et cette sensation avait quelque chose d'angoissant. De carrément terrifiant. C'était comme avaler de la fumée. Mais de la fumée coupante. Piquante, comme hérissée d'épines.

Lorsque j'eus tout avalé, qu'il ne resta plus qu'un infime filet, je sentis un sourire s'étirer lentement des coins de ma bouche vers mes joues, puis jusque dans mes yeux. Je n'entendais plus qu'un son si faible qu'il aurait pu être le fruit de mon imagination. Mes épaules se détendirent tandis qu'une paix étrange pénétrait en moi. J'avais réussi. J'avais mentalement évoqué mon chant de lamentation au moment où j'en avais eu besoin et je lui avais imposé *mes* conditions.

Je rouvris les yeux, un sourire tout prêt sur les lèvres à l'intention d'Harmony. Mais avant même que j'aie pu rencontrer son regard, mon sourire se figea. Puis se disloqua.

Harmony me souriait en retour, son beau visage auréolé de mèches blondes, ses joues creusées par des fossettes, des joues que la satisfaction et la jeunesse auraient dû rosir. Mais elles étaient grises. Comme tout le reste, d'ailleurs. Une sorte de rideau flou et brumeux s'était tendu devant mes yeux pendant que je modulais ma plainte.

La brume de l'au-delà. Un voile entre notre monde et le royaume des ténèbres.

Le cri de lamentation d'une *banshee* lui permet — ainsi qu'à tout *banshee* mâle se trouvant à proximité — de percer ce brouillard pour apercevoir simultanément le monde humain et l'autre, celui qui est en quelque sorte plus profond. Ou encore de voyager entre les deux.

La tête me tourna, mes yeux s'agrandirent d'horreur. Bien sûr, je voulais apprendre à connaître le monde des ténèbres, mais je n'avais aucune intention d'y *aller* !

— Kaylee ? Tout va bien, Kaylee. Tu le vois ?

La voix d'Harmony était douce et chaleureuse, comme celle de Nash, mais elle ne m'apportait pas cette quiétude surnaturelle qu'il savait si bien m'insuffler. En fait, Harmony et moi partagions un certain nombre de compétences mais, alors que la voix de Nash avait le pouvoir d'apaiser et de consoler aussi bien les *banshee* que les humains, la nôtre faisait surgir l'obscurité et annonçait la douleur et la mort.

Nash et moi étions les deux faces d'une même et étrange médaille, et je n'aimais pas pousser mon cri funèbre sans lui.

Mon cœur galopait dans ma poitrine, s'arrêtait de battre l'espace d'une seconde avant de se remettre à cogner de plus belle, incapable de suivre un rythme régulier. Les paumes de mes mains étaient moites de sueur. Je les frottai sur les coussins, autant pour les essuyer que pour me raccrocher au réel et pour résister à l'autre vérité.

— Kaylee, regarde-moi ! dit Harmony en me tapotant les mains et en se plaçant dans mon champ de vision. Ce qui arrive est tout à fait normal. Je suis avec toi et tout va bien.

Non, non, non, non, non ! Mais ces mots, j'étais incapable de les prononcer tant que le dernier filet de son continuait de suinter de ma gorge. Tout ce que je pouvais faire, c'était jeter des regards affolés autour de moi, sur le brouillard qui enveloppait la maison comme une couche de poussière trop fine pour se déposer. Il restait suspendu dans l'air au-dessus de la table basse déglinguée et du vieux téléviseur d'Harmony, assombrissant mon univers, ma vision et mon cœur.

Mon pouls s'accélérait, ma respiration se faisait de plus en plus haletante. Je connaissais le scénario par cœur. D'abord venaient les ténèbres, ensuite les créatures. Je les avais déjà vues. Des êtres à qui il manquait des membres ou qui, au contraire, en avaient en trop. Dont les articulations se pliaient dans le mauvais sens ou bien ne fléchissaient pas du tout. Certains avaient une queue, d'autres n'avaient pas de tête. Mais les plus affreux étaient ceux à qui il manquait les yeux ; je me rendais parfaitement compte qu'ils m'observaient, sauf que je ne savais pas *comment*…

Cependant, aucune créature ne se montra. Harmony et moi étions seules dans sa maison, dans le monde humain, et, en quelque sorte, seules aussi dans le royaume des ténèbres.

Soulagée, je recouvrai un peu du calme dont j'avais tant besoin. La tension qui m'oppressait se relâcha, ma plainte s'estompa. Les souvenirs de la mort d'Emma se fondirent dans ma mémoire. Je les rappellerais plus tard, lorsque j'en aurais besoin. Ou, mieux encore, je les oublierais.

La brume se dissipa lentement. Le visage d'Harmony redevint net. Ses cheveux paraissaient plus blonds que jamais, ses yeux, beaucoup plus brillants que dans mon souvenir. Les mornes tons grisâtres qui l'avaient recouverte quelques instants plus tôt s'étaient déchirés.

— Ça va ? demanda-t-elle, visiblement inquiète.

— Oui, désolée.

Je me passai les deux mains sur le visage, repoussai derrière mes oreilles quelques mèches mouillées de sueur.

— J'avais beau m'y attendre, j'ai eu vraiment très peur ! Je crois que je ne m'y habituerai jamais.

— Bien sûr que si, répondit-elle avec un sourire avant de se relever et de me faire signe de la suivre dans la cuisine. Ça deviendra de plus en plus facile avec un peu de pratique.

La pratique… C'était précisément la pratique que je redoutais !

Harmony me désigna la table ronde sur laquelle elle prenait d'habitude son petit déjeuner. Je tirai vers moi une chaise dont le vernis s'écaillait sur le dossier et à laquelle il manquait un barreau. Harmony se dirigea vers le four. Le minuteur qui clignotait au-dessus de la cuisinière effectuait son compte à rebours. Il ne restait que trente-huit secondes.

Comment Harmony savait-elle exactement à quel moment le minuteur allait sonner ? C'était un de ces mystères qui m'épataient toujours. Pas une seule fois, cet appareil n'avait interrompu nos leçons, et aucune des gourmandises préparées par Harmony n'était jamais sortie du four trop cuite ou pas assez…

Pas comme les biscuits que j'avais fait cuire, moi, deux jours auparavant.

— Il y a du soda dans le frigo, Kaylee.

Elle glissa une main dans une manique et ouvrit la porte du four.

— Je peux avoir du lait ?

J'aime bien le lait avec le chocolat.

— Sur la clayette du haut.

Une fois les brownies sortis du four, elle les mit à refroidir sur une grille posée sur le comptoir. Je pris un verre dans le placard au-dessus de l'évier et me servis, avant de retourner à ma place.

Ce lait frais… quel bonheur ! Je me sentais pleine de gratitude pour tout ce qui était *naturel* en ce monde.

— Pourquoi est-ce que j'ai besoin d'apprendre à faire tout ça ? demandai-je.

Harmony me sourit avec gentillesse.

— Pour t'aider à maîtriser ton cri. A te retenir de hurler comme une damnée devant tout le monde.

Parce que les humains ont tendance à faire enfermer

les filles qui beuglent sans pouvoir s'arrêter. Je sais de quoi je parle.

— Mais pas seulement, poursuivit Harmony. Il est également utile de pouvoir entrouvrir les portes des ténèbres si besoin est. Encore que je ne te le conseille pas, à moins que ce ne soit absolument indispensable. Moins tu te feras remarquer par les habitants d'en bas, mieux tu te porteras.

Ce n'était certes pas moi qui allais prétendre le contraire. N'empêche, une question titillait ma curiosité...

— Pourquoi... n'y avait-il que nous deux ?

— Pendant que tu poussais ta plainte ?

Harmony vint s'asseoir sur une chaise à côté de moi.

— Eh bien, pour commencer, nous n'étions pas vraiment là. Nous nous contentions d'observer discrètement. Comme quand on regarde à travers une vitre épaisse. On les voit et ils nous voient aussi, mais personne ne peut franchir la barrière.

— Alors, les habitants d'en bas pouvaient nous voir ?

— S'il y en avait eu, sans aucun doute.

Elle but une petite gorgée de son verre.

— Comment se fait-il qu'il n'y en avait pas ?

— Parce que nous sommes ici dans une résidence privée. Les endroits de ce genre n'existent que sur un plan à la fois. Seuls les grands bâtiments publics très fréquentés peuvent se trouver dans les deux mondes en même temps.

— Comme les écoles, vous voulez dire ?

Je me rappelai toutes les créatures surnaturelles que j'avais entraperçues, le jour où Emma était morte dans le gymnase du lycée.

— Exact. Les écoles, les bureaux, les musées, les stades… Tous les endroits très animés.

Soucieuse, je me rafraîchis d'une gorgée de lait. Une nouvelle pensée inquiétante venait de me traverser l'esprit.

— Comment devrais-je m'y prendre si je voulais y aller pour de bon ?

— C'est hors de question !

Le regard d'Harmony se durcit subitement, ses yeux bleus s'assombrirent d'un seul coup, comme si le ciel s'était brusquement obscurci. Si ses prunelles ne se mirent pas à tournoyer, c'était tout bêtement parce qu'elle avait plus de quatre-vingts années d'expérience dans l'art de dissimuler ses émotions. N'empêche, une vive angoisse s'était emparée d'elle, je le voyais bien.

— Kaylee, tu n'as rien à faire dans le monde des ténèbres.

Si seulement elle avait eu raison !

— Je sais, répondis-je avec un sourire que j'espérais rassurant. Je veux juste m'assurer que je ne vais pas me retrouver en bas sans le faire exprès ; par exemple, en mettant maladroitement en pratique ce que j'ai appris aujourd'hui.

Mon explication sembla l'apaiser, elle se détendit. La lumière inonda de nouveau ses yeux.

— Ça n'arrivera pas. La différence qu'il y a entre regarder à travers la vitre et la franchir est une question d'*intention*. Il faut que tu *veuilles* y aller pour y être.

— C'est tout ? m'étonnai-je.

Elle se leva pour fouiller dans un tiroir ; j'entendis un cliquetis de couverts.

— Il suffit vraiment de le vouloir ?

Ça ne pouvait pas être si facile, tout de même ? Ni si effrayant.

— En effet. Et de chanter pour les âmes, cela va de soi.

Oui, bien sûr. Je sentis la tension se relâcher dans mon corps et bus une autre gorgée de lait.

Entre-temps, Harmony avait découpé les brownies en gros carrés réguliers.

— Harmony ?

— Hmm ?

Elle fit glisser la spatule sous le premier carré et le souleva avec précaution avant de le sortir du moule et de le déposer sur une petite assiette en carton. Elle adorait faire des gâteaux, mais elle détestait laver la vaisselle.

— Comment peut-on vivre sans son âme ?

A ces mots, elle se figea et suspendit son geste.

— Pourquoi cette question, Kaylee ? Que se passe-t-il ?

Ses yeux s'étrécirent, et j'eus soudain honte de lui causer tant de soucis. Alors, je décidai de lui dire la vérité. En tout cas, une partie de la vérité.

— Nash et moi, nous sommes allés au concert d'Eden à Dallas hier soir, vous vous rappelez ?

— Evidemment.

L'appréhension quitta ses traits. Elle posa un carré de brownie sur une autre assiette, puis apporta tout. Sans fourchettes. Les Hudson dégustaient leurs brownies dans les règles de l'art : avec les doigts. Ma tante aurait piqué une crise si elle avait vu ça. Quant à moi, je m'étais volontiers laissé convertir à cette pratique.

— J'ai vu… qu'Eden est morte, aux informations ce matin, dit-elle.

Elle posa une assiette devant moi, puis s'installa. A la lueur de ses yeux, je vis qu'elle avait compris où je voulais en venir.

— Tu veux dire qu'Eden est morte sans son âme ?

Je hochai la tête, tout en mordant dans le gâteau pour me consoler de ma toute récente expérience.

— C'était bizarre, répondis-je enfin. Elle est tombée raide. Au début, j'ai cru qu'elle s'était simplement évanouie parce que je n'avais pas eu de prémonition. Pas vu de voile mortuaire. Pas éprouvé d'envie irrésistible de pousser des hurlements. Mais Tod a dit qu'elle était morte ; et là, quelques secondes plus tard, un drôle de truc noir est sorti de son corps en flottant. Ça semblait trop sombre et trop lourd pour être une âme.

— Un souffle de démon…

— Tod pense la même chose, confirmai-je en jouant avec mon verre. Il dit qu'Eden a vendu son âme à un démon.

— C'est la seule explication qui me vienne à l'esprit, en effet, déclara Harmony. Il est impossible d'arracher une âme à un être vivant ; en revanche, lui-même peut la donner de son plein gré. Mais, dans ce cas, il faut la remplacer par autre chose, pour maintenir le corps en vie. En général, il s'agit d'un souffle de démon.

— Mais je croyais que l'âme d'une personne était ce qui décidait de sa durée de vie ? Puisque celle d'Eden n'était plus à sa place, comment les Faucheurs ont-ils su à quel moment elle devait mourir ?

Harmony me fit signe de patienter ; j'en profitai pour mordre à pleines dents dans mon gâteau.

— Ce n'est pas l'âme d'une personne qui détermine combien de temps elle va vivre, m'expliqua-t-elle après avoir pris le temps de la réflexion. C'est la Liste.

— Et cette Liste, d'où émane-t-elle ? Qui décide à quel moment chacun doit mourir ?

Harmony haussa un sourcil, comme impressionnée par ma perspicacité.

— Bonne question... Malheureusement, je n'ai pas la réponse. Et cela vaut sans doute mieux.

— Que voulez-vous dire ?

— En réalité, personne ne sait qui établit la Liste. Personne dont je connaisse l'existence, en tout cas.

Elle s'interrompit un instant, puis poursuivit :

— Peut-être que les Parques ont échangé contre un stylo et du papier les fils du destin et leurs ciseaux ? Peut-être que la Liste sort d'une imprimante automatisée dans une salle placée sous haute sécurité à laquelle aucun de nous n'aura jamais accès ? Peut-être qu'elle vient directement de Dieu ? Quoi qu'il en soit, il doit y avoir une bonne raison pour que nous ne connaissions pas les détails, et, franchement, je suis plutôt heureuse de mon ignorance à ce sujet.

— Moi aussi.

Je ne tenais pas particulièrement à savoir *qui* avait tracé ma ligne de vie. Même s'il était très probable que je vive plus longtemps qu'un être humain.

— Tout ce que nous savons avec certitude c'est qu'il ne faut pas rompre l'équilibre entre la Vie et la Mort, reprit Harmony. Pour chaque nom sur la Liste, quelqu'un doit mourir. Heureusement, il est prévu une certaine marge de manœuvre pour les situations particulières.

Harmony hésita, puis me regarda droit dans les yeux avant de reprendre :

— Ce qui explique que ta mère ait pu échanger la date de sa mort contre la tienne.

Ma mère… Je ravalai comme je pus mon sentiment de culpabilité. Normalement, j'aurais dû mourir à trois ans, mais ma mère avait pris ma place. Un secret qu'on ne m'avait révélé qu'au moment où j'avais enfin découvert que j'étais une *banshee.* Ma famille avait été bien obligée de parler. Ils avaient fait leur possible, dans le même temps, pour me convaincre que je n'étais pas responsable de ce qui était arrivé à ma mère. Il n'en restait pas moins que, sans moi, elle aurait été encore en vie aujourd'hui.

Comment, dans ces conditions, ne pas me sentir responsable ?

— Quand je pense au sacrifice que ta mère a consenti pour toi, je comprends mal qu'Eden — ou qui que ce soit d'autre, d'ailleurs — ait pu considérer sa propre âme comme une monnaie d'échange.

— Je ne crois pas qu'elle ait compris à quoi elle s'engageait. Les humains ne savent rien de tout ça.

— Ils sont *censés* le savoir, avant de signer le contrat. La loi des démons exige une transparence totale. Mais qui sait si cette pauvre idiote a bien lu son contrat avant de le signer ? Quel gâchis !

Harmony secoua la tête de dépit.

— Tout ce potentiel gaspillé ! Et pour quoi ? Tu le sais ?

Non, je ne savais pas. Et, en plus, j'avais perdu l'appétit.

A mon avis, Eden avait vendu son âme en échange de la célébrité et de la richesse, mais je n'en aurais pas mis ma main au feu. Tout ce que je savais avec certitude, c'était qu'elle regrettait sûrement sa décision, à présent, et que, si nous ne récupérions pas l'âme d'Addison avant quatre jours, celle-ci subirait le même sort.

Et ça, je ne pouvais le laisser faire.

6

— Pourquoi a-t-elle donné un faux nom à l'hôtel ? Elle veut éviter les journalistes ?

Je tapai le mot « démon » dans la barre de recherche, tout en haut de l'écran de mon ordinateur portable, puis appuyai sur la touche Entrée. Des liens remplirent l'écran plus vite que je ne pouvais lire les adresses, et ma vue commença à se brouiller de fatigue. Je n'avais pas très bien dormi la nuit précédente, hantée par d'horribles cauchemars à propos de filles mortes que l'on torturait interminablement dans le monde des ténèbres. Et j'avais mis tout ce qui me restait d'énergie dans ma leçon de *banshee* de l'après-midi.

— Je suppose, répondit Nash en s'installant confortablement sur mon lit.

Je le regardai dans le miroir. Mon cœur battit plus fort quand, tandis qu'il croisait les mains derrière sa tête, les muscles de ses bras saillirent. Avoir un petit ami sur qui les filles se retournaient comportait des avantages indéniables. L'inconvénient, c'était que j'éprouvais quelques difficultés à me concentrer quand il était près de moi. Et puis, parfois, ça me faisait encore tout drôle de sortir avec un joueur de football.

Mais Nash Hudson n'avait rien d'un athlète ordinaire. Avec son ascendance *banshee,* son père décédé, son frère Faucheur pas-si-mort-que-ça et sa connaissance intime d'un monde qui aurait valu à la plupart des humains de se retrouver dans une camisole de force, Nash n'était pas plus ordinaire que je ne l'étais moi-même.

Seulement, il le cachait mieux que moi.

Concentre-toi, Kaylee... Je pris une profonde inspiration et remis mes pensées sur les rails.

— Tu ne trouves pas que cette histoire de faux nom, ça fait cliché ?

Il haussa les épaules.

— Du moment que ça marche...

Sur l'écran, la page avait fini de s'afficher, et je parcourus rapidement les résultats. Le premier concernait un type de moteur turbo pour Mustang, le deuxième était un lien pour un wiki de bandes dessinées. Les autres liens étaient tous à peu près du même tabac. *internet.*

— Redis-moi pourquoi on fait ça ? demanda Nash d'un ton légèrement cassant.

Sa voix, d'ordinaire envoûtante, trahissait même une certaine réticence. Et peut-être un peu de contrariété.

— Parce que Addison a besoin d'aide et que je crois au karma, rétorquai-je en jetant un coup d'œil dans le miroir.

Nash me lança alors un regard amusé.

— Je voulais parler du dîner.

— Oh…

Je repoussai ma chaise, me levai et tirai sur mon T-shirt avant de venir m'asseoir en tailleur sur le lit, face à Nash.

— Parce que mon père s'escrime à assumer au mieux son rôle de père célibataire, et que mon oncle Brendon est la seule personne à qui il puisse parler.

Après la mort de ma mère, mon père m'avait envoyée vivre chez mon oncle et ma tante, dans l'intention de me soustraire à la soif de vengeance du Faucheur qui avait emporté l'âme de ma mère à la place de la mienne. Mais il y avait une autre raison à cette séparation, et mon père et moi en avions tous les deux parfaitement conscience : cette autre raison, c'est que je ressemblais beaucoup à ma mère. Chaque fois que mon père me regardait, c'était elle qu'il voyait, et son cœur se brisait un peu plus.

Cependant, il était revenu, supposant qu'il lui serait plus facile de me protéger lui-même dès lors que j'avais découvert le grand secret de mes origines. Et j'étais pratiquement certaine qu'il éprouvait des remords d'être resté absent si longtemps. Mon père avait quitté un job intéressant en Irlande pour un boulot minable dans une usine du Texas, et ensemble nous tâchions de ne pas briser notre relation. Alors, quelle importance si cela impliquait d'habiter une maison minuscule, de manquer d'argent et de dîner une fois par semaine avec mon oncle et ma peste de cousine ?

Les genoux de Nash frôlèrent les miens, il prit mes mains dans les siennes et les posa sur ses jambes.

— Je sais, mais Sophie devient vraiment casse-pieds.

En quoi il n'avait pas tort.

Sophie n'avait pas compris ce qui s'était passé le soir où Val était morte. Quand ma cousine s'était réveillée, on lui avait dit qu'elle s'était tout simplement évanouie à la suite d'un choc. En fait de « choc », il s'agissait de sa propre mort, une mort momentanée. A côté d'elle gisait Val. Quant à moi, je brandissais encore l'arme avec laquelle j'avais neutralisé la Faucheuse.

Le coroner avait conclu à un arrêt cardiaque ; cependant, Sophie restait convaincue que, d'une manière ou d'une autre, j'étais responsable de la mort de Val. Je ne pouvais pas vraiment lui en tenir rigueur, étant donné la tournure pour le moins confuse et effrayante qu'avait prise sa vie depuis lors. Ma cousine ignorait complètement que son entourage familial n'était pas humain ; elle ne se doutait pas une seconde que le monde renfermait des dangers plus terribles encore que les crimes dont se chargeait le FBI. Malgré tout, elle pressentait que nous lui cachions quelque chose et elle nous en voulait à tous de notre silence.

Pendant les dîners de famille, elle se gardait bien de me faire des reproches ouvertement, ou même de me balancer la moindre vacherie ; en revanche, au lycée, à l'école, elle s'en donnait à cœur joie. Et Nash n'était pas le seul à l'avoir remarqué.

Un fracas métallique retentit brusquement dans la cuisine. J'éclatai de rire. Ç'avait été plus fort que moi. Mon pauvre père était vraiment un piètre cuisinier ! N'empêche, je devais reconnaître qu'il se donnait beaucoup de mal.

— Qu'est-ce qu'on mange ce soir ? demanda Nash.

De son pouce, il caressa le dos de ma main, et un frisson de plaisir me parcourut tout entière.

— Des lasagnes et de la salade en sachet.

— Ça me va !

Les couleurs de ses iris tournoyèrent avec une indolence malicieuse.

— Et je sais déjà ce que je veux comme dessert…, ajouta-t-il.

Il se pencha en avant, ses lèvres rencontrèrent ma bouche, d'abord doucement, puis avec avidité. Je lui rendis son baiser, comblée par la sensation — ses lèvres sur les miennes, sa main sur ma nuque. Mes doigts trouvèrent son torse, l'effleurèrent. Sous son T-shirt, ses muscles étaient fermes.

Mon cœur s'emballait, l'adrénaline pulsait en moi à un rythme régulier, puissant, qui laissait mes membres alourdis, mon corps enfiévré. Ma bouche s'ouvrit sous celle de Nash. Il gémit. Ce gémissement échoua sur ma peau, chauffant mon sang à mesure qu'il glissait le long de mon cou, de mes épaules, et entre mes seins.

J'étais en feu. Nash m'attira sur ses genoux, et je croisai les jambes derrière son dos pour le tenir étroitement enlacé, cependant que ses lèvres butinaient mon cou. Je percevais sans peine ce qu'il désirait vraiment. La tête me tournait à la pensée que c'était moi, moi seule, qui l'excitais.

Nash Hudson aurait pu avoir toutes les filles qu'il voulait — et il en avait déjà profité plus d'une fois — mais c'était avec *moi* qu'il était.

C'est parce que tu es une banshee, siffla une voix perfide. *L'attrait de la nouveauté. Tu es une proie nouvelle et inattendue. Mais une fois qu'il t'aura attrapée pour de bon, la partie sera terminée. Il s'en ira courir un autre gibier.*

Et alors, qui m'aiderait ?

Non ! Nash n'allait pas me plaquer comme ça. S'il n'avait pas eu autre chose en tête que de coucher avec moi, pourquoi aurait-il accepté de prendre des risques ? de me prêter main-forte pour secourir Addison ? Franchement, je n'avais rien d'une belle prise. Rien qui puisse flatter son ego. Et il existait des moyens plus faciles de mettre une fille dans son lit que de jouer avec la vie et la mort. Surtout pour un garçon aussi beau que lui.

Sans compter qu'il n'avait jamais exercé la moindre pression pour que nous allions plus loin ensemble.

Nash attira mon visage jusqu'à ce que nos bouches se rencontrent de nouveau. Je chassai les doutes de mon esprit. J'enroulai mes bras autour de son cou. Ses mains trouvèrent mes hanches, les étreignirent en même temps que notre baiser se faisait plus profond. De nouveau, il m'embrassa les joues, la gorge ; pendant ce temps, je sentis ses mains remonter le long de mes flancs, se tracer un chemin vers mes épaules. Je renversai la tête en arrière, cherchant mon souffle mais respirant sans bruit, tout entière concentrée sur le plaisir.

Il repoussa l'encolure de mon T-shirt et ses lèvres se posèrent au creux de mon cou. Il mordilla doucement ma peau. A peine. Je pressai son bras. Juste pour… attendre.

Il glissa la main sous mon T-shirt. De ses lèvres brûlantes, il me donna un nouveau baiser, me caressa juste au-dessous des seins. Mon souffle s'accéléra, mon cœur cogna à coups redoublés, le désir incendia mes reins.

J'avais l'impression que mon corps entier palpitait de fièvre, j'avais un besoin impérieux de…

— Ne vous dérangez surtout pas pour moi !

Je sursautai, et Nash s'écarta de moi avec une telle vivacité que j'en eus le tournis. D'un seul coup, mon sang se glaça.

— Bon sang, Tod ! s'écria Nash tandis que, les joues en feu, je rajustai mon T-shirt.

Evitant le regard du Faucheur, j'enjambai Nash pour aller fermer la porte. Au cas où mon père pourrait entendre nos voix et, surtout, le contenu de la conversation. Puis je fusillai l'intrus du regard.

— Si tu n'apprends pas à frapper aux portes comme tout le monde, je te jure que je… je dirai à ton patron que tu abuses de tes pouvoirs de Faucheur pour mener une vie de voyeurisme et de débauche.

Tod nous décocha un sourire ironique.

— Il est déjà au courant.

Je poussai un soupir d'exaspération et me laissai retomber sur le lit à côté de Nash. Il m'enlaça par la taille. Je me détendis.

— Qu'est-ce qu'il y a ? Et fais vite, parce que mon père est à la maison.

Et même s'il était reconnaissant à Tod de nous avoir aidés à sauver Sophie, mon père ne se sentait pas trop rassuré de savoir que je fréquentais un

Faucheur, ou — comme il les appelait — un des valets de la Mort.

Et pour parler franchement, moi non plus, parfois.

Tod leva les yeux au ciel et jeta un coup d'œil vers la porte. Puis son regard se reporta sur moi.

— Je viens de parler avec Addy. Elle s'est arrangée pour avoir un peu de tranquillité ce soir, à 20 h 30. Elle sera seule dans sa chambre à l'Adolphus pendant une heure à tout casser.

20 h 30 ? Cela ne nous laissait qu'une heure et demie pour dîner et foncer à Dallas. Nous n'y arriverions jamais !

— Mon oncle Brendon et Sophie vont débarquer d'une minute à l'autre. Je ne pourrai pas m'éclipser avant la fin du repas.

— Quatre jours, Kaylee, rappela le Faucheur, plus sombre encore qu'à l'ordinaire. Il ne reste plus que quatre jours à Addy.

— Comme si je pouvais expliquer ça à ma famille ! Tu te sens de le faire, toi ?

Tod tressaillit. La menace que représentaient pour lui les forces combinées de mon père et de mon oncle devait sacrément l'intimider ! Les *banshee* ne possèdent pas de capacité offensive ; néanmoins, à eux deux, mon père et son frère avaient acquis presque trois cents ans d'expérience. Et ils n'étaient pas précisément ce que l'on appelle des gringalets.

— Bon, d'accord. Mais débrouillez-vous pour être là-bas le plus tôt possible.

— Est-ce que tu as un plan, ou seulement l'intention de nous faire foncer dans le mur tête baissée ? demanda Nash.

Au contact de ses doigts qui traçaient paresseusement des arabesques dans le creux de mes reins, j'éprouvai une brusque envie de me lover dans ses bras. Ou, mieux encore, de reprendre notre conversation là nous avions été interrompus.

D'un air las, Tod se laissa choir à califourchon sur la chaise de mon bureau, les bras croisés sur le dossier.

— Evidemment, nous devons d'abord découvrir à quel démon elle a vendu son âme.

— Alors, je te souhaite bien du plaisir ! m'exclamai-je en pointant du doigt l'ordinateur derrière lui.

Le Faucheur pivota sur son siège pour regarder l'écran. Lorsqu'il se tourna de nouveau vers moi, un sourire railleur retroussait un coin de sa bouche, ses yeux bleus brillaient d'une joie sombre.

— Tu croyais pouvoir trouver la réponse sur internet ? Je doute que les démons soient très branchés réseaux sociaux.

— Tu as une meilleure idée ? demanda Nash.

Il m'attira tout contre lui, et les battements de mon cœur s'affolèrent.

— Ouaip ! Demander à Addy.

— Ça, tu peux le faire tout seul, rétorqua Nash.

Tod secoua la tête.

— J'ai besoin de Kaylee. Addy l'aime bien.

— Et Addy obtient toujours tout ce qu'elle veut ?

— Ça te va bien de dire ça ! répliquai-je aussitôt avec un sourire amusé.

La mauvaise humeur de Nash était perceptible.

Il haussa les sourcils, me dévisagea de son regard brûlant, qui glissa ensuite sur mon corps.

— Je n'ai pas tout ce que je veux. Pas encore.

Comme le feu me montait aux joues, je vis que Tod levait les yeux au ciel.

— En tout cas, déclara Nash, il n'est pas question que vous alliez voir Addy sans moi. Mais crois-tu vraiment qu'elle connaisse le nom de son démon ?

— Ça vaut le coup d'essayer..., assura Tod.

Avant qu'il ait pu achever sa phrase, la porte de ma chambre s'ouvrit en grinçant et mon père apparut dans l'entrebâillement. Il fit une mine sévère en constatant que Nash et moi nous étions allongés ensemble sur le lit. Pas besoin d'être une *banshee* aguerrie pour comprendre que, sans toute la maîtrise dont mon père était capable, ses prunelles auraient tournoyé de furieuses émotions.

— Kaylee, j'ai beau être un père débutant, je ne suis pas complètement idiot : je veux que cette porte reste ouverte quand vous êtes seuls tous les deux dans la chambre.

Je jetai un coup d'œil à Tod qui me lança un petit sourire en coin.

Manifestement, mon père ne pouvait pas voir le Faucheur et je n'avais pas du tout intérêt à remédier à ce que ça change. Mieux valait encore qu'il croie que Nash et moi transgressions les règles humaines plutôt que de découvrir que nous jouions dangereusement avec celles des ténèbres.

— Nous ne faisons rien de mal, affirmai-je mollement.

— Nous étions juste en train de bavarder, monsieur Cavanaugh, ajouta Nash sans même regarder son frère qui s'appliquait à présent à faire des gestes obscènes.

Sceptique, mon père hocha sèchement la tête, puis disparut dans le couloir, à l'instant même où le carillon de l'entrée sonnait.

— Kaylee, tu peux aller ouvrir ? J'ai mon pain qui brûle dans le four.

— Dépêchez-vous de dîner ! dit Tod.

Et, sans me donner le temps de lui répondre, il s'évanouit dans les airs. Du moins eus-je l'impression qu'il était parti, car il était toujours difficile de savoir à quoi s'en tenir avec Tod.

Nash me suivit jusqu'à la porte d'entrée, derrière

laquelle la voix de ma cousine résonnait, haut perchée :

— … vois pas pourquoi on ne pourrait pas faire ça chez nous. On a à peine la place de se retourner dans leur cuisine, et puis il y a une drôle d'odeur dans toute la maison.

— Il n'y a pas de drôle d'odeur, et c'est nous qui les avons reçus la semaine dernière, répliqua mon oncle Brendon.

Au son de sa voix, je le devinai totalement épuisé, ce qui ne l'empêchait pas, toutefois, de faire preuve envers sa fille unique d'une patience dont j'aurais été bien incapable. Surtout compte tenu de toute la souffrance qui l'avait accablé à la mort de sa femme. Mais Sophie ne semblait pas du tout tenir compte du chagrin de son père.

Je lançai un regard résigné à Nash et ouvris la porte, rassemblant mes forces pour affronter la présence corrosive de ma cousine.

— Bonjour ! Entrez donc !

Dédaignant la courtoisie de mon accueil, Sophie s'engouffra dans la maison sans nous accorder un regard, grommelant entre ses dents quelque chose à propos de la façon dont elle aurait *préféré* passer sa soirée de dimanche. Elle nous planta là, asphyxiés par le nuage de parfum qui submergea sans pitié notre entrée.

— Je suis désolé, s'excusa oncle Brendon en

refermant la porte derrière lui. Elle… elle a encore beaucoup de peine.

Et elle s'employait à faire profiter tout le monde de sa colère.

Une demi-heure plus tard, nous étions tous les cinq assis autour de la table de jeu pliante installée dans le coin repas de notre cuisine. Comme il n'y avait pas assez de place pour y poser les plats, chaque fois que quelqu'un voulait une portion supplémentaire de lasagnes, il devait se lever pour aller se servir sur le comptoir. Cela ne risquait pas de gêner Sophie puisqu'elle n'avalait rien. En revanche, évidemment, elle s'était sentie obligée de faire la grimace en retirant, lambeau après lambeau, le papier sulfurisé que mon père avait étourdiment omis d'enlever entre les couches de ses lasagnes.

Sophie… Elle mangeait moins qu'un écureuil ; elle avait perdu plusieurs kilos après la mort de sa mère.

On ne peut pas dire que la conversation fut animée ; mais, de temps en temps tout de même, mon oncle Brendon étouffait un rire en ôtant de ses pâtes un morceau de papier, qu'il repliait dans sa serviette. Sa gentillesse allégeait un peu la tension ambiante et je lui en étais profondément reconnaissante.

Sitôt le dîner terminé, Nash et moi avons filé. Comme Harmony avait besoin de sa voiture pour la soirée, je fus obligée de prendre la mienne. J'avais rarement eu l'occasion de conduire dans le centre-ville de Dallas et je n'étais jamais allée à l'hôtel d'Addison. Du coup, je m'estimai heureuse d'arriver entière à destination.

Le hall de l'hôtel Adolphus regorgeait de meubles de bois sombre tarabiscotés et de lustres ultrachic. Avec mon blue-jean et mes baskets, je ne me sentais pas très à l'aise de traverser un endroit pareil. Ni de m'adresser au réceptionniste, hautain et posté derrière son gigantesque bureau, pour lui demander le numéro de la chambre de « Lisa Hawthorne ». Heureusement, avant que j'aie pu prendre mon courage à deux mains, Tod surgit de nulle part. Il nous désigna d'un signe de tête les ascenseurs à l'autre extrémité du hall. Alors, sans demander notre reste, nous nous engouffrâmes à sa suite dans la première cabine qui s'ouvrit.

— Elle est plutôt angoissée, alors vas-y doucement, s'il te plaît, dit Tod en plantant son regard dans celui de Nash dès que les portes se furent refermées.

L'ascenseur s'ébranla.

— Elle n'est pas la seule !

Je me sentais très nerveuse. Peut-être aurais-je mieux fait de détacher mes cheveux ? Ou de m'essuyer les pieds avant d'entrer dans le hall ? Non, c'était ailleurs que se situait la cause réelle de ma nervosité. Pas dans ma tenue ni dans les tarifs astronomiques de l'hôtel.

J'avais entrouvert le monde des ténèbres l'après-midi même et je n'avais aucune envie de recommencer avant longtemps. Seulement, plus grande encore que la terreur qui me saisissait à cette perspective, l'horreur d'imaginer Addison Page condamnée me poussait à agir. Même si elle avait renoncé par écrit à tous ses droits sur son âme.

Tod avait raison. Elle n'avait pas compris à quoi elle s'était engagée.

Avec un *ding* en guise d'avertissement, l'ascenseur ralentit avant de s'immobiliser en douceur. Les portes s'ouvrirent presque sans bruit. Tod sortit le premier, et Nash et moi lui emboîtâmes le pas dans un couloir au sol recouvert d'une épaisse moquette. Nous dépassâmes au moins une douzaine de portes avant que Tod ne s'arrête devant la dernière, la plus proche de l'escalier de secours.

— Attendez-moi une minute.

Sur ces mots, il se volatilisa sans que nous ayons pu protester, nous abandonnant dans le couloir comme deux imbéciles. Pourvu que personne ne vienne nous demander si nous avions perdu notre clé ! ou n'appelle la sécurité !

Angoissée, moi ?

Et comment !

Quelques secondes plus tard, la porte s'ouvrit de

l'intérieur et, pour la deuxième fois en deux jours, nous entrâmes dans les appartements privés de la rock star. L'espace d'une seconde d'affolement, j'eus la certitude que, cette fois encore, elle ne nous attendait pas. Que Tod avait inventé toute cette histoire de rendez-vous. Mais non ; debout au milieu du salon, Addison nous regardait, les yeux rougis, et elle n'avait pas l'air surprise de nous voir. Ouf…

— Merci d'être venus ! dit-elle tandis que nous avancions vers les canapés disposés autour d'un téléviseur à écran plat. Vous devez penser que je ne mérite pas votre aide, et, pour vous dire la vérité, je n'en suis pas trop sûre moi-même, continua-t-elle.

En réalité, moi non plus je n'en étais pas sûre, mais le fait qu'elle doute d'elle-même m'incitait à vouloir l'aider pour son *propre* bien, et non plus seulement pour me racheter de n'avoir pas été capable de sauver les filles que ma tante avait condamnées à la torture éternelle.

— Bien sûr que tu mérites notre aide ! assura Tod.

D'une main dans le creux de ses reins, il la poussa vers un fauteuil à gros motifs fleuris. Elle ne fit pas mine de résister et, une fois encore, son sang-froid m'impressionna. Je n'aurais sûrement pas été aussi calme si j'avais eu affaire à un ex-petit ami *mort*.

Ou bien à la consternante destinée de mon *âme*.

Nash se laissa tomber sur un canapé couleur crème

et me tira par le bras pour me faire asseoir près de lui. Il gardait les lèvres serrées, se retenant d'exprimer à haute voix les objections que je lisais clairement sur son visage. Il n'était toujours pas convaincu que nous ayons à nous mêler de cette affaire. Ni qu'Addison ait droit à une aide quelconque.

Tod s'installa dans un autre fauteuil, le buste penché en avant, les coudes plantés sur ses genoux. Son regard n'avait pas quitté Addy depuis que nous étions entrés dans la pièce.

Addison se tordait les mains à se casser les doigts.

— Alors… qu'est-ce qui va se passer, maintenant ? demanda-t-elle. Qu'est-ce que je peux faire ?

— Nous avons besoin de savoir qui…, commença Tod.

Mais Nash lui coupa sèchement la parole.

— Addy, avant que nous nous lancions là-dedans, il faut que tu comprennes à quel point tout cela est dangereux. Pas seulement pour toi, mais pour nous aussi.

Sa voix était plus dure et implacable que je ne l'avais jamais entendue. Il serra ma main dans la sienne et poursuivit :

— Nous allons mettre nos vies en danger à cause de toi, et, pour être tout à fait franc, c'est uniquement pour Kaylee que je suis ici. Parce que je ne veux pas qu'il lui arrive malheur.

Mon cœur bondit dans ma poitrine, malgré la gravité de la situation. Nash tenait à moi.

— Je comprends…, répondit Addison.

Mais Nash ne la laissa pas poursuivre.

— Ça m'étonnerait. Parce que tu ignores encore que nous sommes des *banshee*.

Nous guettâmes sa réaction ; mais rien ne vint.

— As-tu une idée de ce que sont les *banshee* ?

— Vaguement, admit-elle en jetant un coup d'œil vers le Faucheur. Tod m'a parlé de… certains trucs.

Ses joues s'empourprèrent. Qu'est-ce que Tod avait bien pu lui raconter ?…

— Très bien, dit Nash, visiblement soulagé d'entendre enfin quelque chose qu'il approuvait. Est-ce qu'il t'a dit que le monde des ténèbres est un endroit très dangereux pour les *banshee* ? Que nous ne possédons aucun moyen de défense contre les créatures qui y vivent ? Que nous ne pourrions même pas nous volatiliser, comme lui le fait sans arrêt, si les choses tournaient mal ?

Elle hocha de nouveau la tête timidement. D'un air coupable. Addison Page n'avait pas pour habitude de demander de l'aide. Elle paraissait… humiliée. Comme si l'aveu de sa propre impuissance pouvait la briser.

Et cela seul me fit comprendre qu'elle était moins

frivole que je ne l'avais pensé. Et plus forte que Tod ne l'avait cru.

Tant mieux. Elle allait avoir besoin de courage.

— Dans ce cas, ce que nous voulons tout d'abord savoir…

Il m'interrogea du regard pour avoir mon accord, et j'opinai, malgré la méfiance que je vis briller dans les yeux de Tod. Nash et moi avions déjà discuté de tout cela.

— … c'est comment tu t'es fourrée dans ce pétrin. Qu'est-ce qui t'a pris de vendre ton âme ? Tu sembles pourtant posséder tout ce dont on peut rêver.

Addison esquissa un sourire mélancolique, cependant que Tod nous fusillait du regard.

— Maintenant, oui, répondit-elle. Mais quand ils sont venus me proposer ce marché, tout ce que j'avais, c'étaient des rêves et du désespoir. Je sais que ça fait mélo, mais c'est la vérité. Ils ont dit qu'ils pouvaient assurer ma réussite ou causer ma perte, et ils avaient raison.

— Qui ? demandai-je.

— Dekker Media.

Un frisson me secoua, me laissant glacée.

Dekker Media était un *géant* du divertissement. L'entreprise possédait des parcs à thème, des studios de cinéma et des chaînes de télévision et avait plus de poids dans le domaine du marketing qu'aucune autre société dans le monde. Dekker Media trempait dans toutes les affaires juteuses imaginables. Tous les gosses du pays écoutaient leurs CD, s'amusaient avec leurs jouets, portaient leurs chaussures et leurs vêtements sous licence, et dormaient dans leurs draps à l'effigie de leurs stars gentillettes.

L'entreprise était envahissante. Omniprésente. Détestable.

Ils recrutaient la plupart de leurs futures vedettes dès la sortie du collège, produisant à la chaîne des vaches à lait encore adolescentes.

— Attends un peu, répliqua Nash, qui avait manifestement repris ses esprits avant moi. Tu as vendu ton âme à Dekker Media ?

Il me lança un bref coup d'œil, puis reporta son regard vers son frère.

— Je croyais qu'elle l'avait vendue à un *démon*.

— C'est exact, répondit Tod, qui réprimait mal sa colère. Mais le marché a été conclu par l'intermédiaire de John Dekker en personne.

Woah ! Je demeurai muette de stupéfaction.

John Dekker était le P.-D.G. et la figure emblématique de Dekker Media, petit-fils du fondateur légendaire de la firme, plus célèbre parmi les préados du monde entier que le président des Etats-Unis lui-même.

— Bien, est-ce que tu peux tout nous raconter en commençant par le début ? demandai-je en me calant dans le canapé.

Ce trop-plein d'informations me faisait tourner la tête.

Addison opina et, une fois qu'elle fut lancée, le flot de ses paroles se déversa avec une telle rapidité que je fus obligée d'écouter très attentivement pour ne pas perdre le fil.

— C'était il y a deux ans, juste après mon seizième anniversaire. La première saison de *La vie privée de Megan Ford* venait de se terminer et la série allait reprendre. John Dekker est venu me trouver sur le plateau le premier jour du tournage de la deuxième saison et m'a emmenée dans son bureau. Seule. Il m'a dit que les indices d'écoute étaient tout juste corrects, jusqu'à présent, et qu'il ne tenait qu'à moi que l'émission continue ou non. C'était à moi de décider. Si je le voulais suffisamment, *Megan Ford* pouvait devenir un succès énorme. Me rendre célèbre. Me rendre *riche*.

— Tu as vendu ton âme pour la gloire et l'argent, récapitula Nash avec mépris.

Addison tressaillit. Mais ce fut Tod qui reprit la parole, sa colère rivalisant d'intensité avec celle de Nash.

— Ce n'est pas ça du tout ! affirma-t-il. Tu ne te rappelles pas sa famille ? Son père s'était cassé depuis longtemps et sa mère était au chômage. Toujours défoncée ! Addy faisait bouillir la marmite. Dekker lui a dit que si elle ne signait pas, il lui couperait les vivres et veillerait à ce qu'elle reste sur le carreau. Il a dit que, sa mère irait en prison pour fraude aux médicaments délivrés sur ordonnance et pour négligence, et qu'Addy et Regan seraient séparées et placées en familles d'accueil.

Posées sur ses genoux, les mains d'Addison tremblaient ; mais elle n'ajouta rien aux explications de Tod. Ni n'en démentit aucune.

— Il lui a flanqué la trouille de sa vie, Nash.

— En as-tu parlé à quelqu'un ? demandai-je doucement, essayant de ne pas la bouleverser plus qu'elle ne l'était déjà. A ta mère, peut-être ?

Mais, à peine prononcés ces derniers mots, je m'avisai que sa mère ne lui aurait été d'aucun secours.

— Un ami ?

Addison hocha la tête d'un air malheureux.

— Je l'ai dit à Eden, murmura-t-elle avec un effort visible pour retenir ses sanglots. Elle avait fait une apparition dans un épisode de la série en tant que guest-star et nous étions devenues amies. Elle disait que j'avais de la chance. Qu'ils n'offraient ce marché qu'aux meilleurs d'entre nous. Ceux qui avaient un réel potentiel en tant que vedette. Elle a dit qu'elle avait signé deux ans auparavant et qu'elle ne l'avait jamais regretté une seule minute. Et elle venait de recevoir un disque de platine pour son premier CD. De *platine* ! répéta-t-elle.

Elle lança un regard désespéré en direction de Tod, comme pour le supplier de la croire. De comprendre sa décision.

— J'avais le choix entre accepter de signer et devenir une star, ou bien mettre toute l'équipe du tournage au chômage et laisser ma famille mourir de faim. Je l'ai fait pour eux...

Je vis que Nash se livrait un combat intérieur. Il comprenait la démarche d'Addison. En même temps, il ne voulait pas reconnaître qu'il la comprenait.

De mon côté, je commençais à avoir une meilleure vue d'ensemble de la situation.

Ils n'offraient ce marché qu'aux meilleurs d'entre nous. Les paroles d'Addison, et d'Eden, résonnaient dans mon cerveau, la pensée de ce qu'elles impliquaient me glaçait. En somme, Dekker Media n'en était pas à son premier *deal*.

Ils l'avaient déjà fait ! Et pas qu'une fois. Dekker Media passait des marchés avec les démons et en faisait payer le prix à ses jeunes vedettes.

7

— Tu veux dire que Dekker Media fait du chantage à des gosses pour qu'ils vendent leur âme ? demanda Nash, affichant le même sentiment d'horreur que j'éprouvais moi-même.

— Franchement, ça m'étonnerait que nous ayons tous eu besoin de chantage, répondit Addison, qui se laissa aller dans son fauteuil en frottant nerveusement les mains sur son jean.

Nash la considéra un instant, puis reporta son regard sur Tod.

— Mais quel est l'intérêt pour la compagnie ?

— C'est une question de cupidité pure et simple, non ? avançai-je en interrogeant Addy du regard pour avoir confirmation.

Elle déglutit péniblement, comme prise d'un haut-le-cœur.

— Je suppose. Je veux dire, si nous sommes riches et célèbres, toute la compagnie en profite, depuis les types en costard-cravate jusqu'aux gratte-papier.

— Et que se passe-t-il si leurs stars essaient de quitter Dekker Media, comme Eden ?

Addison croisa les bras sur sa poitrine pour s'empêcher de trembler.

— Eden s'est fait un nom au cinéma mais d'abord elle a renouvelé deux fois son contrat avec Dekker. En six ans, elle a rapporté des millions de dollars plus vite que n'importe quelle autre lolita dans toute l'histoire du show-biz. Cela dit, elle travaille toujours pour leur maison de disques. Comme moi, d'ailleurs.

La chanteuse inspira profondément, comme si les mots qu'elle s'apprêtait à prononcer lui coûtaient.

— Quand on signe avec Dekker, même si on ne vend pas son âme, on se trahit soi-même. Ils nous attrapent avant la puberté et font de nous exactement ce qu'ils veulent. Ils nous créent un look, nous font monter sur scène ou entrer en studio, et nous donnent un rôle dans au moins une série télé par an. Les films ne rapportent pas beaucoup en eux-mêmes, mais la vente des produits dérivés fait gagner énormément d'argent.

Elle soupira et commença à compter sur ses doigts.

— Ils décident des chansons que vous allez enregistrer, planifient vos apparitions publiques, organisent vos tournées. Ils choisissent même votre coupe de cheveux, à moins que vous n'ayez un vrai requin comme agent. Mais la plupart des agents aussi sont à la botte de Dekker, pour la bonne raison qu'ils veulent des clients dont la carrière offre toutes les garanties de succès.

Trop flippant. Vu sous cet angle, Dekker Media paraissait plus terrifiant que le monde des ténèbres.

— J'ai peut-être mal compris, mais nous parlons bien de *la* Dekker Media, n'est-ce pas ? insistai-je. Ceux qui produisent des sitcoms familiaux, avec des héros tous aussi riches et beaux les uns que les autres ? Des dessins animés avec de gentils écureuils et des contes de fées bien comme il faut en films d'animation ? C'est *cette* Dekker Media-là qui, en réalité, fauche les âmes de ses stars en échange de gros succès commerciaux ?

Les lèvres d'Addison se retroussèrent en un sourire amer.

— Ironique, non ?

Je demeurai estomaquée. A l'exception de celles qui avaient atteint l'âge adulte et connu la consécration, les stars de Dekker ne dévoilaient même pas leur nombril. Et, malgré tout, elles n'étaient plus que des coquilles vidées de leur âme et de leur humanité… Ironique ? Ce n'était rien de le dire !

Et moi qui trouvais déjà très « space » les histoires de *banshee* !…

Tod adressa un sourire compatissant à Addison tandis que Nash se passait les deux mains sur le visage. J'avais l'impression qu'on torturait mon estomac à l'acide, qu'on me dévorait de l'intérieur et que l'air était chargé d'aigreurs. N'empêche, il fallait que je sache…

— Addison, depuis combien de temps cela dure-t-il, ce trafic d'âmes ?

Elle se tortilla nerveusement les cheveux.

— Je ne sais pas, mais il paraît que deux de leurs stars des années cinquante se sont vendues, à l'époque où les émissions de télé étaient encore diffusées en noir et blanc. Comment s'appelait cette fille qui a fait tous ces films d'horreur ?

— La série *Campfire Stalker*, s'enquit Tod doucement.

— Oui, c'est ça. Cette fille a vendu son âme. Et maintenant, elle vieillit…

La voix d'Addison s'étrangla dans sa gorge ; l'horreur se peignit sur ses traits.

Je regardai tour à tour les visages sombres et consternés de mes trois compagnons.

— Tout cela est beaucoup plus grave que nous ne l'avions cru, conclus-je. Trop énorme pour nous.

C'était déjà bien assez terrifiant comme ça de nous lancer à la poursuite d'un démon détenant une âme d'occasion ! Je n'avais aucune idée de la façon dont il fallait s'y prendre pour affronter à la fois le monde des ténèbres *et* le géant Dekker Media ; de surcroît, pour contrecarrer un arrangement qui, selon toute vraisemblance, durait depuis plus d'un demi-siècle.

Tout ce que nous pouvions faire, c'était conduire Addison dans le monde des ténèbres pour qu'elle puisse faire jouer la clause de désistement de son contrat.

— Bon, alors, c'est quoi cette histoire de clause de désistement ? enchaînai-je. Que se passerait-il si tu demandais qu'on te rende ton âme ?

— Ils reprendraient tout, répondit Tod en désignant d'un geste du bras la suite luxueuse, symbole de la réussite d'Addison, avant de traverser la pièce en direction d'un petit réfrigérateur installé contre un mur. Tout ce travail, tout le mal qu'elle s'est donné n'auraient servi à rien.

— Si elle n'était pas prête à l'accepter, elle n'aurait pas dû vendre son âme, objecta Nash.

Ses iris formaient une vague tourbillonnante de verts. Malgré tout, je savais que ce n'était pas tant la colère que l'inquiétude qui l'animait ainsi. L'inquiétude à notre sujet. A son avis, risquer trois vies innocentes pour une âme compromise n'avait aucun sens.

D'ailleurs, je commençais à trouver qu'il avait raison. J'aurais bien voulu aider Addy ; mais pas si elle n'était pas disposée à s'impliquer. Que valaient donc la célébrité et la richesse à côté d'une éternité de torture ?

— C'est plus ou moins ainsi que ça marche avec tous les contrats, Addison, expliquai-je. Si tu ne le remplis pas, tu dois leur rembourser tout ce qu'ils t'ont donné. Tu ne trouves pas que ton âme en vaille la peine ?

Elle cligna des yeux, ses larmes finirent par déborder.

— Ce n'est pas une question d'argent, ni même de renommée, se défendit-elle. Il y a des jours où j'échangerais volontiers mon visage pour celui d'une inconnue.

De ses deux mains, Addison essuya ses joues, les barbouillant du même coup de maquillage. Je fis glisser vers elle une boîte de mouchoirs en papier sur la table basse.

— Alors, de quoi s'agit-il ?

Elle prit une profonde inspiration.

— Si je réclame mon âme, non seulement ils me reprendront tout, mais ils pénaliseront aussi ceux qui ont quelque chose par mon intermédiaire. Ils me ruineront, et les conséquences retomberont sur mon agent, mon avocat, mon attachée de presse et sur tous ceux qui ont, à un moment ou à un autre, travaillé à ma réussite. Ma famille sera anéantie.

Une pointe de colère perçait désormais dans sa voix.

— Ma mère. Ma petite sœur Regan. Mon père et la nana de vingt ans avec laquelle il s'est mis en ménage cette semaine, quelle qu'elle soit. Et je ne parle pas seulement d'argent. Nous savons ce que c'est d'être pauvres, nous pouvons le redevenir. Je parle des dettes, de la honte, de l'humiliation publique, et c'est bien pire que ce que nous aurions tous enduré si j'avais refusé le contrat.

Tod se servit en Coca Light dans le minibar et nous distribua les cannettes.

Addison laissa échapper un rire amer.

— Tu te souviens de Whitney Lance ? reprit-elle à l'adresse du Faucheur. Et de Lindy Cohen ? A elles deux, elles cumulent trois divorces, sept arrestations, cinq cures de désintoxication et deux enfants retirés à leur mère par ordre du juge. Et ça peut être encore bien pire. Il y en a qui ont été impliqués dans des scandales pour avoir posé nus, qui ont pété les plombs en public ou qui ont passé des semaines en hôpital psychiatrique. Caroline Burke a fait deux ans de prison pour fraude fiscale et Denison Clark a été arrêté pour conduite en état d'ivresse deux mois avant son vingt et unième anniversaire. Et six mois plus tard, pour détournement de mineure.

— D'accord, mais ils étaient tous coupables de ces délits, non ? répliqua Nash dont l'indulgence semblait diminuer à mesure que le temps passait. J'espère que tu n'as pas de casier ni d'enfant illégitime caché quelque part.

— Bien sûr que non !

Les yeux d'Addy étincelèrent, ce que je notai avec une certaine satisfaction. Si elle avait été incapable de nous tenir tête, comment aurait-elle rassemblé suffisamment de courage pour réclamer la restitution de son âme ?

— Dans ce cas, si tu ne leur as pas donné la corde pour te pendre, ils ne pourront rien contre toi.

— Je ne suis pas parfaite, Nash ! admit Addy en prenant appui sur les bras de son fauteuil pour se remettre debout. Ne me dis pas que tu n'as jamais bu un verre. Ou que tu es encore vierge.

Nash se rembrunit mais il ne broncha pas.

— Avec ce contrat, c'est un peu comme si je vivais dans une bulle ; si je reprends mon âme, ils vont non seulement faire éclater la bulle, mais aussi s'acharner à me détruire. Ils déformeront tous les faits, interpréteront en mal tous mes gestes et ma vie entière se retournera contre moi. Chaque verre que je boirai, ils le transformeront en beuverie. Chaque liaison que j'entretiendrai tournera au désastre et s'affichera en gros titres dans les kiosques à journaux du monde entier. Mes ex vendront leur histoire et leurs photos aux magazines.

A présent, elle tournait comme un lion enragé dans sa cage, les mots tombaient de ses lèvres à toute allure et nous avions du mal à la suivre.

— Les paparazzi prendront des clichés de ma mère complètement défoncée. Elle ira probablement en prison pour avoir acheté ses foutus stupéfiants sur internet, ou quelque chose du même genre. On ressortira toutes les arrestations pour conduite en état d'ivresse que mon père a collectionnées, et si je ne suis pas là pour le sortir d'affaire quand il se mettra dans le pétrin, ses créditeurs ne feront qu'une bouchée de lui. Et je ne veux même pas penser à ce qui arrivera à Regan.

Addison s'affala de nouveau dans le fauteuil et son visage se décomposa.

— Ils vont me rendre folle, et cela ne fera qu'alimenter le tapage médiatique.

Je me carrai dans mon siège, m'efforçant d'assimiler ce que je venais d'entendre. Tâchant d'imaginer ma propre vie sous le feu des projecteurs, chacun de mes faux pas exposé au grand jour.

— Bon, d'accord, ça serait moche, répondis-je en ouvrant ma canette pour en boire une gorgée. Mais il faut reconnaître que tes parents ont fait le lit de ces tourments qui les attendent. Tu ne dois pas te sentir responsable, s'ils plongent. Crois-tu que la pauvreté et la honte soient vraiment pires que la damnation éternelle ? ajoutai-je en conclusion.

Addy secoua la tête sans conviction.

— Non. Je sais que je mérite ce qui m'arrive. Mais pas Regan, ni aucun de ceux à qui je vais faire beaucoup de mal au bout du compte.

Son regard plongea dans le mien ; ses yeux bleu pâle débordaient de larmes.

— Vous vous rappelez, l'année dernière, quand

Thad Evans a fait des tonneaux avec sa voiture ? Il a tué deux personnes et a été si gravement blessé au visage en passant par le pare-brise qu'il en est resté complètement défiguré. Ensuite, il a perdu presque tout ce qu'il possédait dans des procès que lui ont faits les parents des deux victimes. Le reste, ce sont les comptables et les avocats véreux qui le lui ont volé. Et puis, il y a aussi…

— Hé, attends une minute !

Me frottant les tempes à deux mains, je tentai de réprimer le mal de tête que me causait ce déferlement d'informations. Quelque chose venait de faire tilt dans mon esprit, à force de révélations.

— Es-tu en train de nous dire que toutes les créatures de la Dekker, ces petites stars proprettes et irréprochables, ne sont en réalité que des coquilles vides et sans âme ? que les brebis galeuses d'Hollywood sont en fin de compte des gens bien parce que… parce qu'ils ont repris leur âme ?

Elle baissa les yeux.

— Je n'irais pas jusqu'à les appeler des « gens bien » sous prétexte qu'ils ont fait jouer leur clause de désistement.

— Qu'est-ce que ça veut dire ? demanda Nash.

Il retira l'un des coussins sur lesquels il était adossé et le laissa tomber à côté du canapé.

Au lieu de répondre, Addison lança un regard à

Tod. Le Faucheur poussa un soupir. Son regard alla de Nash à moi, puis de nouveau à Nash.

— Il y a une petite complication à propos de cette clause.

Je sentis mon estomac se nouer. Quelque chose me soufflait que ce que Tod appelait une « petite complication » avait à voir avec une « énorme complication ».

— Laquelle ?

— Addy ne possède pas de copie de son contrat…

— Je n'avais que seize ans, expliqua Addison, les joues rouges de confusion. Il ne m'est pas venu à l'idée de demander à garder une copie.

Nash la foudroya du regard. La colère qui montait en lui faisait tournoyer ses prunelles.

— Ni de lire ce foutu document avant de le signer, j'imagine ! lança-t-il.

— La permission des parents n'est pas indispensable, pour signer un contrat, quand on est encore mineur ? demandai-je à tout hasard, dans l'espoir d'avoir fait la brillante découverte d'une lacune juridique à laquelle personne n'aurait songé.

Le regard bleu de Tod sembla s'obscurcir.

— Dans le monde des ténèbres, on considère que les humains atteignent l'âge adulte au moment de la puberté.

Je fronçai les sourcils.

— Ça craint !

— C'est comme ça. Les démons n'ont pas la réputation de vous expliquer tous vos devoirs et tous vos droits d'emblée.

Il posa calmement son regard sur moi et reprit :

— Quoi qu'il en soit, je me suis un peu renseigné, aujourd'hui…

Mieux valait sans doute ne pas savoir à *qui* il avait parlé, ni ce qu'il avait dû faire pour obtenir les informations en question.

— … et, si le contrat d'Addy contient exactement les mêmes termes que tous les autres — et, pour moi, ça ne fait aucun doute —, il est indispensable de procéder à un échange pour bénéficier de la clause de désistement.

— Un échange ? m'exclamai-je, atterrée.

J'avais dû mal comprendre ! Ou alors quelque chose m'avait échappé.

— Un échange… du genre que celui que ma mère a été obligée d'accepter ? Une vie contre une vie ?

Une horreur indicible s'empara de moi. Des frissons glacés me parcoururent et rien ne semblait pouvoir me réchauffer.

— Ame contre âme, rectifia Tod.

Il marqua une pause et ajouta :

— Addy ne pourra récupérer son âme que si elle la troque.

Nash se frappa le front.

— Il est impossible de voler une âme, nous rappela-t-il. On ne peut la prendre que quand la personne meurt, ou alors c'est le propriétaire lui-même qui doit la céder de son plein gré. Alors ?

Luttant contre la nausée, je scrutai le visage d'Addison.

— Ça veut dire que tous ces gens dont tu viens de parler, Addy, ont dû *tuer* quelqu'un afin de remplir les conditions ? afin de reprendre possession de leur âme ?

— Ou engager un tueur, précisa Tod, imperturbable.

— Et tu appelles ça une *petite* complication ?

Tod jeta un coup d'œil à Nash, comme s'il avait voulu entendre un autre avis.

— Je sais que nous ne disposons que de très peu de temps et j'aurais préféré éviter d'avoir recours au meurtre, ne serait-ce que pour simplifier les choses, mais je suis certain qu'Addy connaît quelqu'un qui aimerait un petit coup de pouce pour lancer sa carrière…

— Non !

Addison et moi nous étions récriées d'une même voix, dardant sur le Faucheur nos regards horrifiés.

— Je ne peux pas faire jouer la clause de désistement ! continua Addison. Je n'ai pas le droit moral d'infliger ça à qui que ce soit !

— Tu préfères mourir sans ton âme ? objecta Tod.

Pour la première fois, je remarquai qu'il semblait éprouver un certain agacement vis-à-vis de son ex-petite amie. Etait-il réellement prêt à jeter quelqu'un dans la fosse aux lions pour sauver Addison ?

Evidemment ! Je le voyais clairement dans ses yeux, à la façon dont ils s'éclairaient chaque fois qu'Addison prononçait un mot, à sa manière de ne jamais détacher d'elle le regard ! Il était prêt à tout pour elle.

Cette pensée m'épouvanta presque autant que l'idée d'aller traîner mes baskets dans le monde des ténèbres.

Addison fit pivoter lentement sa canette sur le plateau de la table basse.

— Non, répondit-elle enfin. Je ne veux pas mourir sans mon âme. C'est pourquoi j'ai besoin de votre aide. Il faut que je récupère mon âme sans faire appliquer la clause de désistement.

— C'est pas vrai ! tonna Nash en reposant avec fracas sa canette sur la table.

Ses yeux lançaient des éclairs ; dans ses iris, les couleurs se mélangeaient furieusement.

— Elle a raison, dis-je avec douceur avant de darder mon regard sur Tod. Je ne t'aiderai pas à mener un autre agneau à l'abattoir. Si nous nous lançons là-dedans, on laisse tomber cette histoire d'échange.

Tod se renfrogna et, une fois de plus, son empressement à choisir la solution la plus facile me fit froid dans le dos. Mais le désespoir d'Addison acheva de le convaincre.

Je saisis la main de Nash et l'a serrai dans la mienne.

— Nash ? Si tu veux changer d'avis, je comprendrai.

Il poussa un profond soupir.

— Comme si je pouvais te laisser t'aventurer là-dedans toute seule ! Je te suis.

Mon soulagement eut un goût amer. Je n'avais pas plus que lui envie de me jeter dans la gueule du démon. Mais je voulais encore moins le faire sans lui.

— Alors… par où commençons-nous ? demanda Addison en nous regardant tour à tour. Que puis-je faire ?

Je respirai un grand coup, puis avalai une gorgée de mon soda.

— En premier, nous devons découvrir l'identité de ce démon, proposai-je. Car il s'agit bien d'*un* démon, n'est-ce pas ? ajoutai-je, m'avisant soudain que je n'avais jusque-là envisagé que la possibilité d'une entité mâle.

— Oui, c'est un démon… euh… de sexe masculin,

répondit Addy en rougissant. Mais je ne connais pas son nom. Je ne savais même pas qu'ils avaient des noms.

— Mais tu l'as bien rencontré en personne ? répliquai-je, un peu frustrée à l'idée que ce ne soit pas le cas.

— Oui, répondit Tod à sa place, les poings serrés. Le transfert se fait… par *contact direct*.

Woah ! Ces simples mots pouvaient signifier tellement de choses…

— Très bien. Raconte-nous tout ce dont tu te souviens.

Je frottai mes mains moites sur mon jean, osant à peine imaginer ce que nous allions entendre. Mais si, moi, je le redoutais, Addison, elle, semblait tout à fait terrorisée. Les lèvres serrées, les yeux affolés, elle lança un regard craintif à Tod.

Le Faucheur se pencha pour lui caresser le bras.

— Ça va aller, lui murmura-t-il pour l'encourager. Nous avons besoin d'apprendre tout ce que tu sais.

Malgré le réconfort qu'il s'efforçait de lui apporter, les mains d'Addison commencèrent à trembler.

Je donnai un coup de coude à Nash. Il leva les yeux au ciel puis lança sèchement :

— Dis-nous simplement ce que tu te rappelles.

En dépit de sa répugnance à la dorloter, il usait

de son influence. Sa voix engendrait maintenant une impression de sécurité et de chaleur qui nous enveloppait tous comme des bras bienveillants.

— Ferme les yeux, si ça peut t'aider. Fais comme si nous n'étions pas là.

Au bout de quelques instants, Addy hocha la tête et se renversa dans son fauteuil, les paupières closes.

— Remonte jusqu'au moment où tu as signé le contrat, chuchota Nash d'une voix apaisante. Où te trouvais-tu ?

— Dans le bureau de John Dekker. Il avait fermé les doubles rideaux et ça empestait. J'étais gelée.

— Bon, très bien…, l'encouragea Nash.

Je jetai un coup d'œil à ma montre. Addison ne disposait plus que de vingt minutes de tranquillité, et je n'avais aucune envie d'être obligée de déguerpir en catastrophe une fois de plus.

— Tu as donc signé le contrat. Que s'est-il passé ensuite ?

Un contrat passé avec un démon, ça se signe avec de l'encre ou avec du sang ?

— Dekker a emporté le contrat dans une autre pièce. Quand il est revenu, il était accompagné d'une femme. Elle était grande et jolie, mais elle m'a regardée d'un drôle d'air. Comme si elle avait faim et que j'étais son dîner.

Mal à l'aise, je me trémoussai sur le canapé jusqu'à

ce que Nash me prenne de nouveau la main et la serre doucement. Le contact de sa peau sur la mienne eut presque le même effet apaisant que sa voix.

— Et cette femme, qu'a-t-elle fait ? demanda-t-il.

Addy s'éclaircit la voix et poursuivit, les paupières toujours closes :

— Elle m'a tenue par les mains et j'ai commencé à avoir la tête qui tournait. J'ai fermé les yeux et quand je les ai rouverts…

Elle ouvrit les paupières pour nous regarder, comme pour mimer ses souvenirs.

— … le bureau de Dekker avait disparu.

Le regard des deux frères me confirma dans mes soupçons. Dekker avait un Faucheur scélérat à sa botte !

— Où étais-tu ? voulus-je savoir.

Je n'avais pu me retenir de poser la question. J'avais déjà eu l'occasion de regarder furtivement dans le monde des ténèbres à plusieurs reprises, mais je n'y étais jamais entrée pour de bon.

— Je ne sais pas.

Son regard se perdit dans le vague tandis qu'elle replongeait dans sa propre mémoire.

— Nous étions dans une pièce au sol de marbre blanc, si vaste que je n'en voyais même pas les murs. Pourtant, j'étais sûre qu'il y avait des murs, parce qu'ils renvoyaient un écho. Et, pendant une ou deux minutes, une espèce de brume grise a tout recouvert. Puis elle s'est dissipée d'un seul coup, comme si elle n'avait jamais existé. Mais je l'ai vue, j'en suis certaine…

Nash et Tod échangèrent un regard et quelque chose sembla passer entre eux. Je donnai un coup de coude à Nash dans l'espoir d'obtenir une explication, mais il se contenta de lever un doigt pour m'intimer de patienter. D'un signe de tête, j'acquiesçai à contrecœur, puis me remis à siroter mon Coca en silence, tandis qu'il demandait :

— Que s'est-il passé ensuite, une fois que le brouillard s'est levé ?

Les yeux d'Addy devinrent fixes, son regard soutint le mien un instant avant de glisser vers Tod.

— Au début, rien. Puis j'ai entendu des pas sur le marbre et j'ai vu quelqu'un arriver derrière la femme et s'avancer vers nous.

— C'était le démon ? demanda Tod, d'une voix rendue saccadée par la rage, ou bien était-ce par la peur ? A quoi ressemblait-il ? Essaie de te souvenir.

Dans un effort de concentration, Addy referma les yeux.

— Il avait l'air plutôt normal. Il ressemblait à n'importe quel homme d'affaires. Il portait un costume noir uni et avait les cheveux châtains. Comme il n'était pas particulièrement effrayant, j'ai commencé à me détendre. Mais ensuite j'ai vu ses yeux. Ils n'avaient pas d'iris. Aucune couleur.

Elle rouvrit alors les yeux. Ils brillaient d'une frayeur si intense qu'elle en était presque palpable.

— C'étaient des globes tout noirs enfoncés dans sa tête, sans pupille ni iris. C'était… *glauque*. Je n'arrivais pas à savoir s'ils bougeaient ni s'ils me regardaient ou pas.

Tod et Nash se consultèrent encore une fois du regard avant de reporter leur attention sur Addison.

— Qu'a-t-il fait ?

— Il m'a embrassée.

Sur ces derniers mots, la voix d'Addy se brisa. Elle se mit à trembler de tout son corps. Tod se leva et se faufila entre le fauteuil et le canapé. Elle le suivit des yeux.

— Ça va aller ? lui demandai-je, tandis que Tod ouvrait la porte coulissante d'un placard encastré dans le mur et prenait une couverture sur l'étagère du bas.

— Oui, oui.

Elle remercia Tod d'un sourire lorsqu'il lui recouvrit les genoux de la couverture et la borda sur les côtés.

— C'est juste que je n'aime pas penser à ce que j'ai fait. A ce que je l'ai laissé faire.

Je hochai la tête avec bienveillance.

— Donc, il t'a embrassée… ?

— Oui, sauf que ce n'était pas vraiment un baiser.

Addison avala une gorgée de sa boisson, puis reposa la canette sur la table et serra la couverture autour d'elle.

— Il a ouvert la bouche, et il a… sucé.

— Il a *sucé* ? répétai-je, déconcertée par cette formulation.

Elle commença à claquer des dents et, de toute évidence, il lui fallait faire de gros efforts pour articuler clairement.

— Il a sucé comme si ma langue était un cône glacé. J'avais l'impression d'avoir un ouragan dans la bouche. Pire, c'était comme s'il avait remué quelque chose en moi et que je sentais ce truc me donner des coups de fouet à l'intérieur. Ensuite, la chose a… franchi mes lèvres et est entrée en lui.

— Quand ça a été fini, j'étais glacée à l'intérieur. Je grelottais tellement que je pouvais à peine tenir debout. Je me sentais *vidée,* au point que j'avais l'impression que mon corps allait s'effondrer sur lui-même, comme si je n'étais plus qu'une sorte de béance impossible à combler. Alors, j'ai compris que j'avais commis une terrible erreur. Mais il était trop tard.

Addy se pencha pour attraper sa canette, mais sa main tremblait si violemment qu'elle renversa du soda. Elle la reposa d'un air dégoûté et pressa ses mains l'une contre l'autre entre ses genoux, s'efforçant vainement de faire cesser ses tremblements.

— L'homme — enfin, le *démon* — a reculé d'un pas et s'est léché les lèvres, comme s'il avait trouvé ça bon. Il m'a souri, et je me suis sentie sale. J'avais l'impression que je pourrais me récurer pendant des heures sans jamais réussir à me débarrasser de sa souillure.

Ses mains se remirent à frotter avec frénésie les jambes de son jean, si fort que ses doigts en blanchirent.

— Ensuite, il s'est penché vers moi et m'a embrassée encore une fois, seulement cette fois il a soufflé dans ma bouche. Et son haleine était lourde et épaisse.

Elle s'interrompit et ferma les yeux, se passant avec brusquerie les mains sur le visage, comme pour chasser les souvenirs de son esprit. Sauf qu'ils refusèrent de partir. Je le savais par expérience : les pires souvenirs vous collent alors que les plus agréables semblent toujours vouloir vous échapper.

— Je croyais savoir ce que c'était que d'avoir froid, avant ; mais ce n'était rien à côté de cette sensation d'être remplie de son souffle. Remplie de *lui*. Le démon a pris une partie de moi et l'a remplacée par une partie de lui-même. Je pouvais littéralement le sentir onduler en moi. M'explorer de l'intérieur, si froid qu'il me brûlait partout où il me touchait. Les premières fois que j'ai expiré de l'air, mon haleine était toute givrée, comme en plein hiver. Je n'ai pas cessé de claquer des dents pendant deux jours après ça.

Elle frissonna et agrippa la couverture avec encore plus de force.

— Ce froid atroce, profond, qui m'engloutissait tout entière…

— A quel moment cela a-t-il pris fin ? demandai-je d'une voix si basse et si épouvantée que je l'entendis à peine moi-même.

Addison me regarda et esquissa un pauvre sourire. L'expression vide de son visage en parut d'autant plus terrifiante. Puis elle leva une main et tira sa paupière gauche vers le haut. De sa main libre, elle pinça le devant de son œil, et quelque chose tomba dans sa paume.

— Quand l'impression de froid s'est-elle estompée, tu veux dire ?

Elle cligna des paupières. Quand elle releva la tête pour me regarder en face, je m'aperçus que, sans sa lentille de contact, son œil gauche était… entièrement blanc, sans pupille, sans iris.

— Jamais, dit-elle.

8

— Incroyable..., murmura Nash.

Si je n'avais pas été aussi occupée à considérer avec effarement l'œil vide d'Addison, la curiosité sans peur de Nash aurait eu de quoi m'étonner.

— C'est le démon qui a fait ça à ton œil ? demanda-t-il.

Addison hocha la tête.

— Aux deux.

Elle tendit la main pour nous montrer la lentille qu'elle tenait dans le creux de sa paume.

— C'est de la pure technologie démoniaque. Dekker nous les fournit pour que nous ayons l'air encore humains.

Le cœur affolé, je me penchai pour examiner l'objet. La lentille reproduisait avec une minutie extrême tous les détails d'un iris humain. L'étrange prunelle bleu pâle d'Addison se trouvait juste là, dans sa main, entourant une pupille noire à peine plus grosse qu'une tête d'épingle.

— Les pupilles sont même capables de se dilater et de se contracter selon l'intensité de la lumière, précisa Addy avec un sourire amer, en clignant ses yeux dissemblables propres à vous glacer le sang. C'est tout de même beau, le progrès, non ? laissa-t-elle tomber.

J'espérais que sa remarque se voulait ironique car, pour le coup, je ne savais quoi répondre. Je n'appréciais pas particulièrement les technologies qui permettaient à des individus du royaume des ténèbres de se dissimuler dans notre monde.

— Pourquoi a-t-il fait ça ? Est-ce que les démons n'ont pas plutôt intérêt à ce que vous ne vous fassiez pas remarquer ?

— Il n'avait pas le choix, répondit Tod. C'est un effet secondaire du processus. Tu sais qu'on dit que les yeux sont les fenêtres de l'âme ?

Je ravalai péniblement ma salive avant de hocher la tête. Je voyais où il voulait en venir, et ça ne me plaisait pas du tout.

— Une fois l'âme partie, il n'y a plus rien à voir à travers les fenêtres.

Nash émit un léger sifflement.

— C'est sûrement la chose la plus dingue que j'aie vue de toute ma vie.

Ce qui, venant d'un *banshee,* n'était pas peu dire !

— Tu veux que je remette la lentille de contact ? demanda Addison avec un pauvre petit sourire.

— Oui, ça vaudrait mieux, merci, acquiesça Nash d'un ton résolu.

Addy se leva et gagna la salle de bains attenante. Elle revint moins d'une minute plus tard ; son œil avait repris son aspect humain. Si ce n'est que je lui trouvais encore un air un peu bizarre, probablement parce que je savais désormais ce qui se cachait sous ses lentilles de contact.

— Ses yeux redeviendront-ils comme avant, une fois qu'elle aura repris possession de son âme ? s'enquit Nash.

Il s'était adressé à son frère, plutôt qu'à Addison. En fait, il évitait de la regarder. A moi aussi, les yeux de la jeune rock star faisaient froid dans le dos, mais je ne pus m'empêcher de trouver drôle que Nash se sente plus à l'aise d'avoir affaire à un Faucheur d'âmes — un garçon mort vivant qui tuait les gens et moissonnait leurs âmes — qu'à une jeune fille, par ailleurs tout à fait normale, qui avait perdu la sienne.

— Normalement, oui, répondit Tod.

— Hé, attendez une minute ! intervins-je. J'ai déjà vu plusieurs morts et…

Si je m'étais attendue à prononcer ce genre de phrase, ne serait-ce que quelques mois plus tôt !…

— … et aucun n'avait des yeux pareils, même après que le Faucheur avait emporté leur âme.

Tenant la main d'Addy entre les siennes, Tod hocha la tête.

— Quand le cœur et le cerveau cessent de fonctionner, les yeux meurent. Ils reflètent juste l'état dans lequel se trouvait l'âme au moment où la personne est morte. C'est un peu comme quand la pile d'une pendule est déchargée. Les aiguilles qui indiquent les heures et les minutes ne disparaissent pas, mais elles ne continuent pas non plus à tourner. Elles s'immobilisent sur la dernière minute écoulée.

— O.K., ça tient debout, convins-je.

De façon un peu tordue, tout de même, mais je n'avais pas envie de m'appesantir sur la question. Je préférais rendre à Addison sa tranquillité et aller réfléchir à son problème dans un endroit où les fenêtres vides de son âme ne me fixeraient pas, dissimulées derrière leur sinistre façade. Mais avant, nous devions obtenir l'information que nous étions venus chercher.

— Addison, as-tu remarqué quelque chose à propos de ce démon qui puisse nous aider à l'identifier ? Un nez tordu ou une fossette au menton ? ou de vilaines dents ?

Cependant, alors même que je posais la question, j'avais conscience que sa réponse ne nous serait probablement d'aucune aide, quand bien même elle *aurait* noté quelque chose. Je ne m'y connaissais pas beaucoup en démons, mais je *savais* qu'ils étaient capables de revêtir diverses apparences et que la description qu'elle nous en donnerait pouvait très bien ne pas correspondre au démon tel qu'il était devenu, quelques instants seulement après leur rencontre.

Elle secoua lentement la tête.

— Non. A part ses yeux, il avait l'air normal. Des cheveux châtains. Taille moyenne. Des vêtements ordinaires. Et je n'ai vu aucune tache de naissance ni quoi que ce soit d'autre.

— Et tu es certaine de ne pas avoir entendu son nom ? insista Nash.

— Si je l'avais entendu, je ne crois pas que j'aurais pu l'oublier.

— Et ton contrat ? continuai-je, frappée d'un soudain éclair de génie. Il l'a signé, lui aussi, non ? As-tu vu ce qu'il a écrit ?

Elle secoua la tête d'un air malheureux.

— Ils ont dû le faire après mon départ. L'emplacement réservé à son nom était encore vide quand j'ai signé.

Ma main se crispa sur de celle de Nash ; ma frustration devenait de plus en plus difficile à maîtriser.

— Bon, alors, réfléchis bien. Est-ce qu'il t'a dit quelque chose ? A-t-il parlé à la femme qui t'avait amenée auprès de lui ?

Inutile de lui préciser que la femme en question était une Faucheuse. Je n'étais pas sûre de ce qu'elle savait à propos de Tod et du monde des ténèbres en général.

— Hum…

Addy ferma les yeux dans un effort pour se concentrer. Mais elle les rouvrit au bout de quelques secondes seulement.

— Non. Il n'a pas ouvert la bouche. Je n'ai même pas entendu le son de sa voix.

— Et la femme ? s'entêta Nash.

Ses pieds trépignaient sur la moquette, son genou martelait le dessous de la table basse. Il était manifestement aussi impatient que moi de partir.

— A-t-elle dit quelque chose à l'un de vous ?

— Non, répondit Addy sans hésiter cette fois. Personne n'a prononcé un mot tout le temps que nous étions dans… cet endroit.

Son nez se plissa de dégoût, ou peut-être d'effroi.

— Et quand tu es rentrée ? interrogeai-je tout en posant ma main sur le genou de Nash pour qu'il se calme. Elle n'a rien dit quand vous êtes retournées dans le bureau de Dekker ?

— Si !

Les yeux d'Addy s'agrandirent, et je remarquai distraitement que les pupilles se rétrécissaient bel et bien sous l'effet de la lumière. J'aurais trouvé ça plutôt cool, si ça n'avait pas été aussi flippant.

— Quand nous sommes rentrées, Dekker était toujours là. En partant, la femme lui a effleuré le bras et lui a souri, comme si elle l'avait trouvé appétissant. Elle a dit : « Voilà de quoi satisfaire votre avarice pendant encore un an. » Ensuite, elle est sortie de la pièce.

Avarice... Je pouvais pratiquement entendre les rouages grincer dans la tête de Tod tandis qu'il fouillait dans sa mémoire. En tout cas, s'il découvrit quelque chose, je n'en sus rien.

— Ça te dit quelque chose ? demanda Addy en scrutant d'un regard plein d'espoir le visage du Faucheur. Avarice veut bien dire la même chose qu'avidité, non ?

Tod garda le silence.

— Oui, c'est ça, répondis-je à sa place tout en caressant de mon pouce les doigts de Nash toujours enserrés dans les miens.

— Et alors, est-ce que ça va nous permettre de savoir qui est ce démon ?

— Non, admis-je, encore qu'à contrecœur. Mais ça peut nous aider à condition d'effectuer quelques recherches, ajoutai-je en me levant pour signaler aux garçons que j'étais prête à partir. Tod, peux-tu essayer d'obtenir une copie du contrat d'Addy ?

Dekker en conserve sûrement une dans un dossier quelque part.

Cela me semblait la façon la plus simple d'identifier le démon, alors autant mettre à profit le pouvoir du Faucheur d'aller fouiller à sa guise dans les endroits les plus improbables.

Il acquiesça d'un hochement de tête, mais son visage trahissait le peu d'espoir qu'il nourrissait à ce sujet.

— Très bien ! dis-je avant de me tourner vers Addy pour lui adresser un sourire d'encouragement. Nous te tiendrons au courant de ce que nous aurons trouvé.

J'ouvris la porte d'entrée, fourrai mes clés dans ma poche puis jetai un coup d'œil dans le séjour et la cuisine, afin de m'assurer que Nash et moi étions bien seuls. La plupart du temps, mon père travaillait une demi-journée supplémentaire le lundi et il ne rentrait pas à la maison avant 21 heures. Ce qui nous donnait, à Nash et moi, quelques heures d'intimité après le lycée.

Pour autant, je n'arrivais pas à m'habituer à avoir la maison pour moi toute seule — tante Val avait presque toujours été là —, aussi appelai-je mon père à voix haute, juste au cas où. Nash ferma la porte derrière nous.

— Papa ?

Pas de réponse. Je laissai tomber mon sac à dos dans le fauteuil de relaxation de mon père, puis vérifiai sa chambre, histoire d'être tout à fait sûre. Il m'aurait *tuée* s'il avait découvert que je me mêlais des affaires des Faucheurs. Une fois de plus. Sans parler des histoires de démons.

La chambre de mon père était vide. Le temps que je regagne la cuisine, Nash avait retiré son blouson et sorti deux canettes de soda du frigo. Je me débarrassai de mon propre manteau d'un mouvement d'épaule et le jetai sur le dossier d'un fauteuil au tissu déchiré.

Cela aurait coûté beaucoup trop cher à mon père de faire venir ses meubles d'Irlande. Nous avions donc équipé peu à peu notre nouveau logement — enfin, nouveau pour nous, s'entend — au fur et à mesure de nos possibilités financières. Heureusement, la maison que nous louions était minuscule, si bien que nous n'avions pas besoin de grand-chose pour la meubler. De plus, oncle Brendon avait insisté pour que je garde tout ce que j'avais quand j'habitais chez lui, en sorte que ma chambre ressemblait beaucoup à celle que j'avais eue dans la maison de mon oncle et ma tante, sauf que les murs ici étaient blanc uni et l'espace considérablement réduit.

Mais cela m'était égal. Tout ce qui importait à mes

yeux, c'était que Sophie n'était plus là pour fourrer son nez dans mes affaires. Excepté le dimanche soir. Et, même alors, elle m'ignorait en général complètement. Comme au lycée, d'ailleurs.

— Tu as faim ? demandai-je en ouvrant le placard du haut pour en sortir un sachet de grains de maïs tout aplati.

— Je meurs de faim, répondit Nash.

J'enfournai le sachet dans le micro-ondes et réglai le minuteur. Puis, pendant que le four commençait à ronfler, j'ouvris ma canette et m'adossai contre le comptoir pour contempler Nash en train de fourrager dans le réfrigérateur. De toute évidence, il ne pouvait patienter deux minutes et demie pour se mettre quelque chose sous la dent.

Il est vrai que depuis deux semaines, en prévision des prochains matchs de barrage pour la qualification au championnat du Texas, le coach de l'équipe de football, M. Rundell, le soumettait à un entraînement intensif. Pas étonnant que Nash eût toujours faim !

— Alors, tu as une idée ? demandai-je, en même temps que le premier grain de maïs éclatait.

Nash se redressa, un bocal de sauce salsa dans une main. Je lui lançai un sachet à moitié vide de chips au maïs qui traînait sur le comptoir.

— Pas l'ombre d'une, répondit-il.

Il fit le tour du comptoir et s'affala sur une chaise

à la table de jeu, ce qui constituait pour l'heure tout l'ameublement de notre coin repas.

— Tu n'as rien trouvé sur internet ? demanda-t-il.

— Seulement des trucs concernant des jeux de rôle et des paroles de chansons.

Le four à micro-ondes émit un bourdonnement, et j'ouvris sa porte crasseuse. Selon toute vraisemblance, le monde des ténèbres n'avait pas encore étendu son influence jusqu'au Web. Ce qui était sans doute une sacrée chance, quand on y réfléchissait bien.

Je versai le pop-corn dans le plus grand saladier que je trouvai dans le placard et l'aspergeai d'assaisonnement au fromage. Puis, attrapant mon Coca au passage, je rejoignis Nash à la table.

— Que sais-tu à propos des démons ? demandai-je.

— Rien de plus que ce qu'Addison nous en a dit hier soir, répondit Nash en trempant deux chips dans le bocal d'où il les ressortit dégoulinantes de sauce salsa pimentée.

— Rien que d'avoir vu ses yeux, ça m'a coupé toute envie de rencontrer un démon. Pour toujours. Malheureusement, on dirait bien que nous n'avons pas tellement le choix.

— Je ne sais pas ce qui me retient de tuer Tod pour nous avoir entraînés là-dedans.

— C'est un peu tard pour ça.

Je fronçai le nez de dégoût en le voyant plonger un grain de pop-corn dans le pot de salsa puis le lancer dans sa bouche.

— Curieux, remarqua-t-il, tâchant d'apprécier le goût de ce mélange pour le moins singulier. Curieux, mais pas mauvais.

— Attends, je vais te donner quelque chose pour mettre la sauce, proposai-je me levant pour prendre un bol. A quelle heure Tod doit-il arriver ?

Il jeta un coup d'œil à sa montre.

— Il a une pause dans une quinzaine de minutes. Mais, connaissant mon frère, je suis sûr qu'il est déjà ici, quelque part, en train de nous espionner.

Je posai le bol sur la table et y versai la sauce.

— Il a besoin d'une vie à lui, hasardai-je. Il lui faudrait une petite amie. Addison a l'air de beaucoup s'intéresser à lui…

Je me penchai par-dessus l'épaule de Nash pour tremper mon pop-corn dans la sauce. J'hésitai ensuite un instant, puis finalement fermai les yeux et fourrai le tout dans ma bouche.

Beurk ! On aurait pu croire qu'un assaisonnement au fromage et une *salsa* iraient bien ensemble, eh bien, pas du tout ! Du moins, pas avec du pop-corn.

J'avalai une lampée de soda pour me débarrasser de l'horrible goût qui m'avait envahi la bouche.

— La dernière chose dont Tod ait besoin, c'est bien d'une petite amie dépourvue d'âme, fit remarquer Nash moqueur. Surtout si elle est célèbre. Il est légalement décédé, et elle est sans arrêt poursuivie par des photographes. Je vois d'ici les manchettes des journaux : *Addison Page sort avec un mort !*

Je haussai les épaules et croquai quelques grains de pop-corn sans sauce.

— Bon, d'accord, ce ne serait pas banal, comme couple. Mais on ne peut pas dire non plus que ce soit vraiment simple pour toi et moi.

En tout cas, pas avec sa mère qui m'apprenait à devenir une parfaite *banshee* ni avec mon père qui surveillait chacun de ses gestes. Même s'il y avait cette petite question d'appartenance à une même espèce…

— J'aime les défis, déclara Nash en se levant, ses iris tournoyant avec nonchalance, et aussi avec une certaine gourmandise.

— Ah oui ?

Je lui souris et reculai lentement jusqu'à ce que ma hanche heurte le comptoir. J'avais l'impression que l'ardeur de son regard avait allumé un feu dans mon ventre.

— Parfaitement…

Nash s'approcha et je sentis la chaleur de son

torse à travers l'épaisseur de nos deux T-shirts. Mais il ne me toucha pas. Il inclina la tête, son haleine effleura mon cou. Je pris une brusque inspiration, renversai ma tête en arrière. Mon cœur cognait à grands coups. Je retins mon souffle, dans l'attente de ses lèvres. Elles seraient douces et brûlantes, je le savais. Je le souhaitais.

Mais rien ne se passa.

Il releva la tête, son souffle remonta le long de mon cou avec une lenteur insupportable. Mon pouls s'accélérait à mesure que son haleine chaude et humide me caressait la peau.

— Nash…

Je levai les bras, mes doigts hésitèrent à retrousser son T-shirt. Ses mains se refermèrent sur mes poignets. Pour me retenir. Pour m'arrêter.

Son haleine frôla de nouveau mon oreille et un frisson me parcourut, s'attardant partout sur mon corps.

— Laisse-moi te toucher.

Les mots avaient franchi ma bouche comme un gémissement, et je fus mortifiée d'avoir dévoilé mon désir si clairement. Mais cela avait plu à Nash, je ne manquai pas de m'en apercevoir. Et j'en fus soulagée.

— Pas encore, murmura-t-il.

— Si, maintenant, chuchotai-je, cherchant mon souffle. Tout de suite. S'il te plaît, Nash !

— Tu es sûre ?

Ses paroles me firent l'effet d'une déferlante brûlante. Elles vibraient d'un désir à peine maîtrisé. De force. D'une faim irrépressible. Compte tenu de ses talents particuliers, de son *influence,* Nash aurait probablement pu me convaincre de faire tout ce qu'il voulait, et cette idée m'effraya tout autant qu'elle m'enivra. Mais non, Nash ne ferait jamais ça. Il voulait que je vienne vers lui de moi-même et de mon propre gré.

J'avais douloureusement envie. Il prit un peu de recul, si bien que je pus distinguer les tourbillons de ses iris verts. Et, toujours, son souffle me caressait, soulevant en moi des vagues de sensations. Je me sentais si vulnérable que j'avais peur de me briser.

Puis je pris ma décision : oui, j'étais *absolument* sûre.

Nash lâcha mes poignets et prit ma nuque en coupe dans sa main, délicatement. Il inclina ma tête, et ses lèvres rencontrèrent les miennes, aussi douces et brûlantes que je l'avais espéré. J'entrouvris la bouche ; il répondit. Malgré tout, j'en voulais plus. Mes mains caressèrent son torse, chaque relief, le dessin de chaque muscle. Puis je repoussai son T-shirt, trop impatiente de sentir sa peau sous mes doigts.

Nash trouva alors ma taille qu'il enserra. Il glissa

les doigts sous la ceinture de mon jean. Embrasée, je ne pus m'empêcher de gémir tandis qu'il me donnait un baiser plus osé, plus provocant. A mon tour, j'enserrai ses hanches, mes mains coururent sur son dos lisse et dur, et…

— Bon, ça suffit maintenant ! ronchonna Tod.

Il venait d'apparaître juste derrière son frère.

Nash se braqua aussitôt. Il laissa tomber son front sur mon épaule et soupira furieusement, comme pour mettre en garde son trublion de frère. Sans me hâter pour autant, je laissai mes mains descendre le long de son dos et rabattis son T-shirt.

Nash aurait voulu plus. Il était prêt pour plus. Son corps le disait pour lui. Et moi, je sentais mon cœur battre la chamade et j'étais incapable de maîtriser ma respiration, incapable de rafraîchir mes joues en feu.

Le souffle tout aussi court, Nash finit par rompre notre étreinte. Il enfonça ses mains dans ses poches et s'écroula sur sa chaise.

— Vous avez de la chance que personne d'autre ne soit arrivé pour vous surprendre, lança Tod, qui piqua avec désinvolture quelques chips dans le sachet, comme s'il était totalement inconscient de notre malaise. Si j'étais le père de Kaylee, frérot, en ce moment, tu serais en train de clopiner vers la maison en te tenant les couilles à deux mains.

— Tais-toi, Tod !

Je remis de l'ordre dans ma tenue, à la fois ravie et honteuse de sentir encore la chaleur de la main nue de Nash sur mes hanches.

— Oui, tais-toi, Tod, renchéris-je d'un ton menaçant. Sinon, tu ne seras plus en état d'aider Addison !

— A propos..., répliqua Tod en trempant ses chips dans la sauce avant de les faire craquer sous ses dents, j'aimerais que vous gardiez vos sales pattes loin de ma vie privée...

— Quelle vie ? grommela Nash avec colère. Assieds-toi et qu'on en finisse ! Le père de Kaylee va rentrer à 9 heures, et nous aimerions bien pouvoir profiter d'au moins deux heures de tranquillité avant son retour.

Tod eut un petit sourire narquois.

— Tu crois vraiment qu'elle a envie de passer plus de temps seule avec toi ?

— Ce ne sont pas tes oignons, Tod, rétorquai-je en m'installant sur la chaise en face de lui. Tu ferais mieux de t'occuper de découvrir qui est le démon qui détient l'âme d'Addy et de trouver un moyen de la lui reprendre. As-tu pu dénicher son contrat ?

Vexé, le Faucheur fronça les sourcils.

— Non. J'ai passé trois heures ce matin à fouiller partout, pour m'apercevoir en fin de compte que toutes les copies des documents relatifs aux démons sont conservées dans le monde des ténèbres.

Je repoussai rageusement le bol de sauce sur la table. La colère m'avait ôté toute envie de grignoter.

— Donc, elle n'a jamais vraiment eu aucune chance de faire appliquer la clause de désistement. Comment les autres ont-ils fait ?

— Ils ont sans doute lu leur contrat, eux ! souligna Nash d'un ton sec.

— Si ça se trouve, ils sont encore passés par Dekker, suggéra Tod en se balançant d'avant en arrière sur sa chaise boiteuse. J'imagine que ça lui est égal s'ils reviennent sur leur décision du moment qu'ils fournissent une âme de remplacement.

— Charmant ! m'exclamai-je, écœurée. Tu as une idée de la façon dont nous allons pouvoir identifier le démon par nos propres moyens ?

— Non.

Le Faucheur poussa un soupir de frustration et s'empara d'une poignée de pop-corn.

— En réalité, je n'ai jamais rencontré de démon et, à ma connaissance, il n'existe pas d'annuaire qui les répertorie. De toute façon, ça ne servirait à rien tant que nous ne connaissons pas son nom.

— Mais les démons ont chacun leur domaine, non ? demanda Nash. Par exemple, il y a un démon de la douleur, un démon de la luxure…

— … et un démon de la joie, un démon de l'espoir et même un démon de l'amour, ajouta Tod. Il existe un démon pour chaque émotion et chaque faiblesse humaines. Plus d'un, d'ailleurs. En fait, ils sont des centaines de démons dans le monde des ténèbres. Peut-être même des milliers. Savoir quel est le domaine de prédilection de celui d'Addy ne nous sera d'aucune utilité si nous n'avons pas plus de détails.

— Mais c'est tout de même un bon point de départ, non ? En tout cas, c'est déjà mieux que ce que nous avions hier.

— Pour ce que ça nous sert ! répondit Tod.

— Attendez une minute !

Mes pensées étaient restées accrochées à des paroles qu'il venait de prononcer, comme une épine agrippée dans une maille trop lâche.

— Comment peut-il y avoir un démon de l'amour ? ou de l'espoir ? Je croyais que les démons se nourrissaient de douleur et de souffrance. Et de chaos. Comment est-il possible qu'ils se repaissent d'émotions qui rendent les gens heureux ?

Nash me gratifia d'un sourire, mais un sourire plein de pitié, à croire qu'il voulait se montrer indulgent envers moi. Comme si j'avais été trop naïve pour qu'il daigne me répondre par des mots. Ce fut Tod qui répondit, toujours aussi disposé à m'éclairer sur les côtés obscurs de la vie.

— Un démon est capable d'extraire de la douleur et du chaos à partir de n'importe quelle émotion, Kaylee. Si tu veux de l'amour, il te donne un amour sans retour. Des peines d'amour si atroces que tu deviens fou et que tu en meurs. Si tu demandes de l'espoir, il t'offre de faux espoirs, tellement vains qu'après t'y être cramponné de toutes tes forces tu finis par devenir fou et mourir. Et si tu aspires à avoir la foi, c'est une foi aveugle qu'il t'accorde. Une foi à laquelle tu t'accroches, sur laquelle tu t'appuies, jusqu'au jour où tu t'aperçois qu'elle est sans fondement, et tu…

— C'est bon, j'ai compris ! coupai-je. Tu deviens fou et tu meurs. En somme, les démons représentent la synthèse de tout ce qui existe en matière de cruauté et de méchanceté. Merci pour tes éclaircissements.

Nash rit sous cape et je souris en retour.

— Vous êtes fêlés, tous les deux, riposta Tod.

Mon sourire s'élargit.

— Et c'est un presque mort amoureux d'une pop star qui parle !

Tod se renfrogna, et je crus voir ses joues s'empourprer. Plutôt étrange venant d'un garçon mort deux ans plus tôt !

— Je ne suis pas amoureux d'elle, protesta-t-il.

— Tu veux dire que tu nous as embarqués dans

une affaire qui peut se révéler mortelle, rien que pour sauver l'âme d'une fille à laquelle tu ne t'intéresses même pas ?

La mine de Tod s'assombrit encore. Il fit grincer les pieds de sa chaise sur le sol.

— Très bien. Vous ne voulez pas m'aider ? Je me débrouillerai tout seul. Vous serez bien avancés si je me fais tuer dans l'histoire. Définitivement, cette fois.

Je levai les yeux au ciel et soupirai.

— Assieds-toi, Tod. Nous allons t'aider. Mais le problème, c'est que nous manquons d'idées. Nous avons besoin de quelqu'un qui connaisse bien les démons et le monde des ténèbres en général.

— Hé ho, je te rappelle que je suis *Faucheur* ! s'indigna Tod, exaspéré. Je le connais, moi, le monde des ténèbres.

— Pas assez, apparemment, commenta Nash sans prêter attention aux grommellements agacés de son frère. Il faudrait que nous puissions parler à quelqu'un qui ait plus d'expérience.

Il me considéra d'un regard grave.

— Kaylee, nous devons parler à ton père.

Je secouai la tête avec fermeté.

— Non, pas question. Si je prononce le mot « démon », il m'enfermera dans ma chambre et avalera la clé.

— C'est le *banshee* le plus expérimenté que je

connaisse. Et, de toute façon, tu n'as pas besoin de lui raconter ce que nous faisons.

— Dis-lui simplement que tu es curieuse. Ou bien invente n'importe quoi, du moment qu'il ne s'affole pas. D'ailleurs, je te rappelle qu'il a promis de ne plus rien te cacher.

— Oui, mais il n'a pas promis de me livrer en exclusivité les dernières nouvelles du monde des démons, rétorquai-je en fixant Nash droit dans les yeux pour bien lui faire comprendre que c'était là mon dernier mot sur le sujet. Si j'interroge mon père, tout sera fichu.

C'est alors qu'une autre solution se présenta à mon esprit. J'esquissai un sourire.

— Pourquoi tu ne demanderais pas à ta mère ?

Nash fronça les sourcils et l'expression qui s'afficha sur le visage de Tod refléta exactement le sentiment de son frère.

— Parce que non seulement elle prendrait peur pour nous, mais en plus elle appellerait ton père aussi sec pour qu'ils puissent piquer ensemble une crise en stéréo.

— Alors, nous voilà revenus à notre point de départ, murmurai-je, découragée. Où trouver quelqu'un qui possède une grande expérience du monde des ténèbres, mais qui se ficherait totalement de ce que nous avons l'intention de faire ?

Tod se frappa brusquement le front, comme si un éclair de génie venait de lui traverser l'esprit.

— Libitina ! Nous n'avons qu'à demander à Libitina.

9

— Ça va t'attirer beaucoup d'ennuis si on se fait prendre ? demanda Nash, l'inquiétude creusant des rides aux coins de sa bouche parfaite, si appétissante qu'on en aurait presque mangé.

Un grand type maigre, vêtu d'un blouson Teddy et portant un énorme étui à tuba, nous dépassa en courant dans le couloir et manqua de justesse de me fracasser l'épaule avec son instrument. A la dernière seconde, heureusement, Nash me tira en arrière pour m'écarter de son chemin et le joueur de tuba vint s'écraser contre les casiers dans un horrible fracas métallique.

— Tu veux dire, si on se fait attraper ici…

C'est-à-dire dans le monde humain.

— … ou *là-bas* ? chuchotai-je tout bas, peu désireuse de prononcer les mots « monde des ténèbres » en public.

Surtout en plein lycée, devant ce joueur de tuba qui tentait de reprendre son équilibre à quelques mètres à peine de l'endroit où nous nous trouvions.

— Les deux, répondit Nash.

Il s'éloigna de la rangée de casiers et je le suivis. Nous nous réfugiâmes dans un recoin près des toilettes du rez-de-chaussée.

— En fait, ça m'étonnerait que M. Rundell s'aperçoive de mon absence, dis-je.

Notre professeur — qui était aussi entraîneur de l'équipe de football américain du lycée — était si occupé ces derniers temps à mettre au point ses stratégies de jeu pour les prochains matchs de barrage qu'il ne préparait même plus aucune leçon digne de ce nom, si bien que, depuis une semaine et demie, nous devions nous contenter de regarder un documentaire sur la guerre de Sécession en guise de cours d'histoire des Etats-Unis.

— Mais si jamais il remarque que je ne suis pas là et qu'ils téléphonent à mon père…

Je serais obligée de rentrer tous les jours à la maison avant la tombée de la nuit, et ce, jusqu'à la fin de mon adolescence.

Mon père s'évertuait à jouer son rôle parental, et je dois dire qu'il ne s'en sortait pas trop mal, compte tenu qu'il avait été absent pendant les treize dernières années de ma vie. Mais il dépassait carrément la mesure dès qu'il s'agissait de certains points qu'il considérait comme importants. Par exemple, les moments passés en famille — d'où nos dîners du dimanche soir — ou la nécessité pour lui de savoir à tout moment où je me trouvais.

Les exigences de cette sorte avaient été parfaitement justifiées la dernière fois que nous avions vécu dans la même maison, au temps où j'avais trois ans. Mais maintenant que j'en avais seize, j'avais besoin qu'il me laisse un peu plus de liberté et qu'il s'immisce beaucoup moins dans ma vie privée.

— Et si on se fait pincer *là-bas*..., ajoutai-je en haussant les épaules, je ne réponds de rien.

— Avec un peu de chance, nous ne serons pas obligés de passer de l'autre côté. Pas tout de suite, dit Nash, avec une pointe d'incertitude qui n'échappa à aucun de nous deux. Où as-tu dit à ton père que tu allais ?

— En ville, avec moi ! répondit Emma.

Surprise, je pivotai sur mes talons pour découvrir ma meilleure amie appuyée contre le mur derrière nous, à quelques centimètres d'une affichette mauve annonçant l'ouverture du club d'échecs du lycée.

— Après le travail, nous allons manger une pizza quelque part et faire les magasins pour trouver un cadeau d'anniversaire pour ma mère, précisa-t-elle avec un sourire en me lançant un clin d'œil.

Avec ses yeux d'un brun profond — la couleur du chocolat, pour être exacte — et ses dents blanches et parfaites, Emma était assez jolie pour être extrêmement populaire, mais assez intelligente pour n'y accorder aucune importance. Et c'était pour cette raison que je l'adorais.

J'avais convaincu sans peine un collègue du Cineplex — et amoureux transi d'Emma — d'échanger mon mardi de travail au cinéma contre son vendredi, rien qu'en mentionnant la possibilité qu'il aurait ainsi de passer quatre heures seul avec Emma au guichet. Dès que j'avais prononcé son nom, il m'avait même offert d'échanger *tous* nos horaires de travail.

— J'ai dit que je la ramènerais avant 10 heures, alors ne soyez pas en retard, ajouta Emma pour taquiner Nash.

Il eut un grand sourire et m'attira dans ses bras, ce qui me donna instantanément l'envie de me fondre en lui.

— Pas de problème !

Malgré tout, je ne pus me défendre de croiser mentalement les doigts. A force de fureter partout, Tod avait fini par apprendre que Libitina s'apprêtait à aspirer une nouvelle dose de souffle de démon cette nuit même à Abilene. Seulement, pour se rendre à Abilene, il fallait compter six heures de trajet aller et retour. Si on y ajoutait les arrêts indispensables pour se reposer et manger un morceau, plus le temps nécessaire pour convaincre Libby de nous aider, il fallait s'attendre à ce que la nuit soit longue.

— Et où allez-vous, en réalité ? demanda Emma avec un sourire entendu, tout en repoussant une mèche de ses longs cheveux blonds derrière son oreille. Ou est-ce qu'il vaut mieux que je ne le sache pas ?

— Non, en effet. Mais ce n'est pas ce que tu crois.

Je laissai échapper un soupir. Si seulement je pouvais me tromper ! Je me pris à l'espérer de toutes mes forces.

Le sourire d'Emma s'évanouit pour faire place à une expression d'inquiétude, en écho à celle de Nash. Elle remonta son sac à dos sur son épaule.

— Encore une histoire de *banshee* ? chuchota-t-elle en jetant des regards autour d'elle, comme pour repérer la présence d'éventuelles oreilles indiscrètes.

— Oui.

Nash et moi avions dû la mettre au courant de quelques données élémentaires concernant le monde des ténèbres lorsque nous avions forcé l'âme d'Emma à réintégrer son corps, lui sauvant ainsi la vie. Et mettant du même coup, sans le vouloir, fin à une autre vie. Un fait qui me hantait depuis sans répit. Mais Emma ne savait rien de Tod ni de l'existence même des Faucheurs, et je n'allais pas lui révéler quoi que ce soit qui puisse attirer sur elle l'attention des créatures les plus dangereuses du monde des ténèbres. Je ne l'avais pas sauvée pour la perdre de nouveau. Jamais plus.

Ce qui expliquait pourquoi j'avais si honte de lui

avoir demandé de me couvrir. Malheureusement, je n'avais pas eu d'autre solution, puisque Nash devait venir avec moi.

— Tu ne vas pas rater le cours de français, hein ? demanda tout à coup Emma, prise de panique.

J'éclatai de rire.

— Non, juste celui d'histoire.

La mémoire d'Emma pour le vocabulaire des langues étrangères était aussi incertaine que la mienne pour les dates et les chiffres. Je lui donnais un coup de main en français et elle me rendait la pareille en histoire. Nous avions mis au point un système pratique, sans pour autant tricher pour de bon. Nous ne faisions que… nous épauler mutuellement.

De toute façon, il était peu probable que j'aie un jour besoin de savoir dans la vie à quelle date la guerre de 1812 avait pris fin. Pas vrai ?

— Alors, viens vite, on va être en retard.

Avec un grand sourire, Nash se pencha pour m'embrasser, mais Emma me tira par le bras, ne me laissant profiter que d'un avant-goût de son baiser. Après m'avoir fait un clin d'œil, Nash partit dans l'autre direction. Je le regardai s'éloigner pendant quelques secondes, jusqu'au moment où Emma me rappela à l'ordre en sifflant. Je la suivis, sans toutefois cesser de regarder par-dessus mon épaule.

Lorsque finalement je fis demi-tour, je tombai nez

à nez avec le sourire « Ultrabrite » et, néanmoins, méprisant de Sophie.

— Tu as failli me rentrer dedans ! cracha-t-elle.

Ses yeux d'un vert glacé étincelaient de colère. En fin de compte, ce n'était pas uniquement mon intrusion dans son cercle social qui la mettait dans cet état. Il devait y avoir une raison plus profonde…

— Excuse-moi, marmonnai-je, décontenancée par cette confrontation inattendue.

Il avait été si simple, autrefois, de lui en vouloir pour sa méchanceté coutumière. Mais depuis que j'avais entrevu de la peine et du chagrin sous l'armure de son arrogance, je trouvais beaucoup plus difficile de ne pas avoir pitié d'elle. Même si elle s'obstinait à me tenir pour responsable de la mort de sa mère.

Comme ma fierté me retenait de lui céder le passage — enfin, ma fierté, et aussi la poigne d'Emma qui m'empêchait de reculer —, Sophie fit un pas de côté pour m'éviter, avec un regard si dédaigneux qu'il vous aurait démoli une âme moins solide que la mienne. Mais je me bornai à lui adresser en retour un regard d'indulgence, ce qui ne fit qu'attiser sa fureur.

— Ta cousine est *trop* bizarre, lui souffla Laura Bell, sa meilleure amie.

— Tu ne crois pas si bien dire…, lâcha Sophie.

Et, sur ce, elle me foudroya du regard, tourna les talons et s'éloigna dans le couloir.

— Ne fais pas attention à elle, me conseilla Emma tandis que nous tournions l'angle du corridor avant de franchir la première porte sur notre gauche, juste au moment où la cloche sonnait. Laura est jalouse de toi et de Nash.

Parce que cette peste l'avait eu en premier, ce qu'elle ne manquait pas une occasion de me rappeler.

— Quant à Sophie, elle a toujours été une teigne.

Je gagnai ma place au cinquième rang pendant que Mme Brown — qui n'avait sans doute jamais mis les pieds en France —, debout face à la classe, s'éclaircissait la voix.

— Elle a perdu sa mère, Em, expliquai-je pour justifier l'attitude de ma cousine.

— Toi aussi ! répliqua Emma.

Elle ouvrit d'un coup de pouce son manuel et se mit à le feuilleter à la recherche du devoir qu'elle avait l'habitude d'y glisser entre les pages — quand elle l'avait fait, cela va de soi.

— Mais toi, tu ne pratiques pas la vacherie comme si c'était un art oublié.

Avant que j'aie pu lui rappeler que j'avais eu treize années pour me remettre de la mort de ma mère, Mme Brown, un gros feutre noir à la main, posa le regard sur Emma.

— Mademoiselle Marshall, dit-elle, *avez-vous quelque chose à dire ?*[1]

Les joues d'Emma virèrent à l'écarlate. Elle tourna désespérément les pages de son livre, marmottant entre ses dents :

— *Dire… dire…*

— Quelque chose à dire, lui soufflai-je. Est-ce que tu as quelque chose à dire ?

— Oh ! *Non, madame,* finit-elle par répondre.

— *Bon**.

Mme Brown tourna le dos, et Emma s'avachit sur son siège, soulagée. Elle m'adressa un sourire de gratitude.

L'heure suivante promettait de durer une éternité…

— Est-ce qu'on ne ferait pas mieux de l'attendre ?

Mes doigts pianotaient avec impatience sur le volant. Je jetai un coup d'œil sur l'écran de mon téléphone afin de vérifier l'heure, pour la millième fois au moins au cours des cinq dernières minutes.

— Il a peut-être été retenu à son travail.

En tant que Faucheur en début de carrière, Tod travaillait chaque jour de midi à minuit dans un hôpital de la ville. Il mettait un terme à la vie des

1. En français dans le texte.

patients qui figuraient sur sa Liste, puis emportait leur âme afin de la faire recycler. Personnellement, je trouvais ce métier plutôt glauque, mais tout ce qui était glauque semblait aller à Tod comme un gant.

— Non ! Il a échangé ses horaires de travail avec un de ses collègues agents de la Mort. Tod arrivera quand il voudra et où il voudra.

Nash se pencha pour me regarder par la portière ouverte du côté passager. Derrière lui, sur la pompe à essence, les chiffres défilaient à toute vitesse, en même temsp que chaque fraction de litre qui passait dans le réservoir faisait grimper la facture.

— Calme-toi, tout va bien se passer, dit-il.

Je me forçai à esquisser un sourire et croisai les mains sur mes genoux. Mais, à la seconde où mes doigts cessèrent de bouger, mes pieds se mirent à marteler le plancher de façon incontrôlable. Je n'avais jamais séché un cours auparavant et, avec la chance que j'avais, j'étais certaine de me faire pincer. Toutefois, du moment que nous ne nous faisions pas attraper avant d'avoir rendu son âme à Addison, j'étais prête à en assumer les conséquences.

Nash prit le reçu que lui cracha la pompe à essence, le glissa dans la poche arrière de son jean, puis se laissa tomber sur le siège passager et referma la portière.

— Allons-y !

Je n'avais mon permis que depuis six mois et je ne m'étais jamais aventurée en voiture plus loin que Forth Worth. Heureusement, une fois sortis de la région métropolitaine d'Arlington, il nous suffisait de suivre l'autoroute I-20 tout droit jusqu'à Abilene. Avec Nash comme copilote, la phase la plus problématique du trajet consisterait à décider où nous allions nous arrêter pour dîner.

Du moins, jusqu'à ce que Tod surgisse sur le siège arrière sans crier gare, à l'instant précis où je me penchais pour aspirer une gorgée de mon soda. Je sursautai avec une telle brusquerie, en voyant ses yeux bleus brillants me fixer dans le rétroviseur, que je m'enfonçai la paille dans le nez.

— Aïe !

Mon gobelet m'échappa. Par chance, Nash eut la présence d'esprit de le rattraper avant que tout le contenu ne se renverse sur moi. Et, par réflexe, il saisit de sa main libre le volant pour le cas où j'aurais eu le malheur de le lâcher en même temps.

Malgré tout, nous manquâmes de peu de heurter la glissière de sécurité. Un peu plus et c'était l'accident ! Mon cœur se mit à cogner.

— Bon sang, Tod ! rugit Nash.

Cette explosion de colère, je l'avais sentie venir — en fait, ces trois mots étaient ceux que Nash hurlait le plus souvent. De mon côté, sitôt remise de mes émotions, je lançai un regard assassin à Tod dans le rétroviseur.

— Pourquoi as-tu mis aussi longtemps ?

— J'étais avec Addy.

Toute sa personne exprimait la tension.

— Elle est à bout, et je n'aime pas l'idée de la laisser seule avec tous ces gens qui la manipulent à leur guise, entreprit-il d'expliquer. Ces maudits parasites sont pires que les sangsues qui peuplent le monde des ténèbres. Ils la sucent jusqu'à la moelle à force de lui faire faire des spots publicitaires et des interviews à la radio. J'irai la rejoindre dès que nous aurons parlé à Libitina.

— Qui est son client ?

— Un vieux magnat du pétrole, répondit Tod sans me regarder.

Je mis mon clignotant et changeai de file pour éviter une voiture de police arrêtée derrière un break sur le bas-côté de la route. Puis je m'éclaircis la voix pour attirer l'attention du Faucheur.

— A quel endroit exactement ce roi du pétrole est-il censé mourir ?

J'imaginais une chambre de malade dans une immense vieille demeure, pleine de napperons en dentelle et de photographies couvertes de poussière représentant des petits-enfants au visage rieur. Une maison, en somme, où il n'y aurait nul endroit où nous cacher, à supposer, bien sûr, que nous puissions déjà y entrer.

Nous aurions peut-être dû laisser Tod y aller tout seul…

— Il est dans une maison de retraite, répondit celui-ci. Je connais le Faucheur qui est de garde cette nuit. Il a prévu de faire une très longue pause-café. Je crois que Libitina lui fait peur.

La plus élémentaire sagesse aurait dû nous dicter, à nous aussi, d'avoir une peur bleue de la Faucheuse, j'en avais comme le sentiment diffus ; le fait que nous ne semblions même pas en prendre conscience commençait à m'inquiéter un tantinet.

Une heure plus tard, suivant les indications de Nash, je m'engageais dans le parking de la maison de retraite des *Vieux Chênes,* juste au moment où le soleil disparaissait derrière le toit du bâtiment en brique ocre. Comme nous étions en retard, nous avons traversé l'asphalte au pas de course — l'air de ce début novembre nous brûlait les poumons — et nous nous sommes engouffrés par la porte d'entrée à double battant, avant de marquer un temps d'arrêt pour reprendre notre souffle, histoire de ne pas éveiller les soupçons du personnel de l'établissement.

Sauf Tod, bien sûr. A peine étions-nous arrivés à

Abilene qu'il avait jailli de la voiture et foncé droit vers la maison de retraite dans l'espoir de pouvoir observer Libitina à l'œuvre. Et aussi pour l'empêcher de repartir avant que nous ne l'ayons rattrapée. Il aurait pu se contenter de lui parler seul à seule, mais, pour une raison ou pour une autre, il avait pensé qu'il me viendrait des questions décisives à poser, questions qui nous aideraient à mieux appréhender la situation dans laquelle se trouvait Addy. Et, pour être tout à fait franche, je le croyais aussi.

Nous venions de dépasser le bureau d'accueil en saluant poliment l'infirmière de garde d'un signe de tête, lorsque Tod se matérialisa derrière nous. La femme n'eut pas un battement de cils devant sa soudaine apparition. Manifestement, elle ne le voyait pas.

— Henry White, précisa Tod en nous faisant signe d'avancer. Chambre 124. Dépêchez-vous ! C'est presque l'heure.

Même si je savais que je n'aurais pas à pousser ma plainte funèbre, je n'étais pas trop pressée de regarder un pauvre vieux mourir. J'avais déjà vu bien assez de morts comme ça au cours de ma jeune vie. Hélas, j'eus beau traîner les pieds, nous arrivâmes à temps pour assister au spectacle.

Libitina se tenait dans un coin sombre, vêtue d'un manteau de cuir noir. Elle arborait un air de démence cauchemardesque. La sueur perlait à son front, signe visible de l'effort qu'il lui fallait déployer pour aspirer l'épaisse substance qui s'écoulait lentement de l'homme au visage raviné, mollement étendu sur son lit.

Il n'y avait personne dans la chambre avec Henry White, à part nous. Le moniteur placé près de sa tête émettait des bips qui me transperçaient le cerveau presque aussi cruellement que mon propre cri l'aurait fait. Le vieil homme ne recevait-il donc pas de visites, alors qu'il était mourant ? N'y aurait-il à son chevet que deux *banshee* et deux Faucheurs, dont l'une n'était venue que pour le tuer ? Où étaient ses enfants ? ses petits-enfants ? ou même le comptable ou l'avocat rapace de ce malheureux ? Il avait tout de même dû compter suffisamment dans la vie de quelqu'un pour mériter un peu de compagnie à l'heure où la mort venait frapper à sa porte, non ?

Tandis que cette dernière pensée me traversait l'esprit, des pas précipités résonnèrent soudain dans le couloir. Une robuste infirmière vêtue d'une blouse violette apparut dans l'embrasure de la porte. Elle me regarda avec un sourire de compassion et alla régler le moniteur.

— Vous êtes de la famille ? s'enquit-elle, tandis que cessait le bip horripilant de l'appareil et qu'un silence béni berçait les oreilles.

— Non.

Je jetai un coup d'œil sur la forme immobile de

Henry White, puis vers le coin où Libby s'affairait à avaler bruyamment les dernières gouttes d'une boue à la fois putride et vaporeuse.

— Nous sommes juste… des amis, acheva Nash à ma place, entrelaçant ses doigts avec les miens lorsque ma main commença à trembler.

Tod observait Libitina, complètement fasciné. Il se serait léché les lèvres avec elle, lorsqu'elle s'essuya délicatement la bouche d'un doigt ganté de noir. De mon côté, en revanche, cette scène m'avait glacé le sang. Si elle se mettait à éructer de la fumée noire, j'allais prendre sur-le-champ mes jambes à mon cou, et peu importait ce qu'elle avait à nous apprendre !

Cramponnée à la main de Nash, je reculai vers le mur. J'avais espéré que le sentiment d'horreur se dissiperait. Que la mort finirait par me devenir familière. Or, c'était encore loin d'être le cas et, à bien y réfléchir, je me dis que c'était probablement une très bonne chose. Si la mort devait un jour cesser de me troubler, ce serait parce que j'aurais eu trop souvent affaire à elle.

L'infirmière s'obstinait à prendre le pouls d'Henry White. Pourtant, de toute évidence, il était déjà décédé.

— Il va falloir vous en aller, maintenant, décida-t-elle sans lever les yeux.

J'allais me faire un plaisir de lui obéir.

— Pourquoi n'a-t-elle pas tenté un massage cardiaque ? demandai-je à Nash en quittant la pièce.

Nous savions, nous, qu'il aurait été impossible de ramener le vieil homme à la vie, mais elle, qui l'ignorait, n'avait même essayé.

— Il a signé un NPR, il y a des années de cela, mon petit, dit l'infirmière qui avait dû m'entendre.

Elle me fixait d'un étrange regard détaché. Le regard d'une femme qui aurait fait une excellente Faucheuse, cela ne faisait aucun doute.

— NPR ? répétai-je.

— *Ne Pas Réanimer.* Il a signé le formulaire donnant l'ordre de ne pas le ramener à la vie lorsque son cœur lâcherait. Il était prêt à partir.

Ces paroles firent courir un frisson d'horreur le long de ma colonne vertébrale. J'étais absolument convaincue que, si Henry White avait su à quoi s'en tenir à propos de sa vie dans l'au-delà, il n'aurait jamais signé un tel document, ni un contrat avec un démon !

Tod nous suivit dans le couloir, poursuivant sa discussion avec Libitina.

— … tu me suis ?

— Euh… oui… en quelque sorte, répondit Tod, que je surpris en train de sourire à Libby. Ça… euh… m'intéresserait vraiment de faire ce travail. Collecter du souffle de démon au lieu de ramasser des âmes. Quand j'ai appris que vous seriez là, je n'ai pas pu résister à l'envie de venir vous poser quelques questions.

— Ce travail n'est pas fait pour les gamins, répliqua la Faucheuse, une lueur féroce dans les yeux, un rictus hargneux en guise de sourire. Je te donne cinq minutes.

Tod poussa un soupir de soulagement. Et tandis que Nash et moi faisions semblant d'être seuls — un talent que je commençais à maîtriser à la perfection —, les deux Faucheurs nous suivirent à travers les couloirs du bâtiment, jusque sur le parking glacial. Arrivée là, Libitina s'assit sur le capot de ma voiture et alluma une cigarette, jetant sur Tod des regards impatientés. Je me demandai tout à coup si les passants pouvaient voir la fumée qu'elle recrachait.

— Est-ce que…, commença Tod en exhalant une petite bouffée de vapeur blanche,… est-ce que ça vous aide à retenir le souffle de démon ?

— Ça ?

Elle leva sa cigarette et en fit tomber la cendre sur l'asphalte. Tod opina. Elle secoua lentement la tête.

— Le goût me plaît, c'est tout.

Le visage de Tod s'empourpra, et je retins à grand-peine un sourire. J'avais beau me sentir horriblement mal à l'aise en présence d'une Faucheuse qui accusait déjà un âge canonique, je reconnaissais volontiers que le jeu en valait la chandelle. Rien que pour le plaisir de voir Tod embarrassé au point de ne plus trouver ses mots.

— Plus que trois minutes, le pressa Libitina sans même consulter sa montre. Dès que j'aurai fini…, ajouta-t-elle en montrant sa cigarette, j'en aurai terminé avec toi.

— Bon, d'accord.

Tod jeta un regard vers moi puis vers Nash, mais nous nous contentâmes de le dévisager. A lui de se débrouiller ! D'ailleurs, la Faucheuse n'avait même pas encore pris acte de notre existence.

— Euh…, reprit Tod, est-ce que tous les souffles de démon ont le même goût, ou est-ce qu'ils varient d'un démon à l'autre ?

Libitina le considéra en plissant les paupières et, l'espace d'un instant, j'eus la certitude que notre petite escapade allait se terminer en désastre. Mais, après un moment d'hésitation — juste le temps de lui souffler sa fumée au visage —, elle répondit :

— Ils ont tous le même goût. Infect. Ils te tueraient, sans aucun doute. Alors n'envisage même pas d'essayer.

— Je ne le ferai pas, assura Tod, encore qu'à mon avis il n'en pensait pas un mot. Donc… vous ne pouvez pas dire de quel démon provient… ce souffle en particulier ?

— Non, répondit Libitina en aspirant une bouffée de sa cigarette. Et ça m'est complètement égal.

Tod laissa échapper un soupir de frustration et nous jeta un regard furtif. Je haussai les épaules, impuissante. Je n'avais pas la moindre idée de ce qu'il fallait faire à partir de là.

— Est-ce que la Liste que l'on vous remet indique à quel démon appartient l'âme de la victime ?

— Non.

Libby laissa tomber sa cigarette sur le sol et l'écrasa sous le talon de sa botte. Elle allait s'évanouir d'un seul coup, sans un mot, j'en étais certaine !

Au lieu de quoi, elle se tourna pour nous faire face. A tous les trois. Mal à l'aise, je me tortillais nerveusement sous son regard perçant.

— Pourquoi me suivez-vous ? Pourquoi toutes ces questions à propos des démons ? Les souffles démoniaques n'ont rien d'un jouet pour les enfants.

J'eus envie de protester, d'affirmer que nous n'étions pas des enfants, mais je décidai finalement de garder mes réflexions pour moi, parce que, supposai-je, polémiquer avec Libitina n'était certainement pas le meilleur moyen d'obtenir d'elle des informations. Et parce que, à côté d'elle, même ce pauvre vieux d'Henry White faisait figure de gamin.

— Je suis juste curieux…, commença Tod.

Il n'acheva pas sa phrase, foudroyé par le regard

furibond de la vieille Faucheuse qui avait manifestement flairé le mensonge.

— En fait, nous... nous essayons d'aider une amie, finit par avouer le Faucheur.

— Qui ?

Libitina s'écarta de ma voiture et croisa les bras, nous toisant de son œil de braise verte.

Nash et Tod échangèrent un regard, mais, comme ils demeuraient silencieux, je pris la parole. Le silence ne nous mènerait à rien, cela crevait les yeux. Mais la vérité avait peut-être une chance.

— Nous essayons d'aider Addison Page à reprendre possession de son âme.

— Impossible, répliqua Libitina sans ciller.

Si elle avait éprouvé la moindre surprise, sa mine sombre l'avait aussitôt ravalée.

— Et vous n'en réchapperez pas. En revanche, elle peut réclamer elle-même la restitution de son âme. Son contrat contient une clause de désistement. Comme tous les autres.

— Nous le savons, soupirai-je. Mais comme elle ne connaît pas le nom du démon, poursuivis-je en mentant à moitié, elle ne peut pas faire appliquer cette clause. Il faut qu'elle le trouve. Or, tout ce qu'elle sait, c'est que c'est un démon de l'avarice.

— Je n'ai pas de contact direct avec les démons, répondit Libitina, agacée. Quels imbéciles, ces humains ! grogna-t-elle en fermant les yeux l'espace d'une seconde avant de croiser de nouveau mon regard. Elle n'a pas une copie de son contrat ?

— Non, et nous n'en avons pas trouvé non plus.

— Ces salauds ne jouent jamais franc-jeu, grommela Libitina. Mais il n'y a rien que vous puissiez y faire. Rentrez chez vous.

Et, comme si elle se disposait à partir, elle pivota sur ses talons. Cependant, tout n'était pas perdu, je le savais. Si elle en avait réellement eu assez de nous, elle se serait tout simplement volatilisée.

Je m'apprêtais donc à lui emboîter le pas. Elle fit brusquement volte-face, les pans de son long manteau de cuir flottant autour d'elle. Elle posa sur moi un regard surpris et outré. Alors, malgré l'étau qui me serrait la gorge, je me forçai à articuler :

— S'il vous plaît ! La moindre information que vous pourriez nous donner nous serait très précieuse.

— Je ne sais pas qui détient son âme et je ne me renseignerai pas pour vous. Ce serait trop dangereux, même pour moi.

— Bien, je comprends. Mais…

Je fermai les yeux, réfléchissant aussi vite que je le pouvais, étant donné les circonstances.

— … que pouvez-vous nous dire d'autre au sujet de votre travail ? Où emportez-vous le souffle démoniaque une fois que vous l'avez récolté ?

Un coin de sa bouche frémit, comme si elle avait

retenu un sourire. Alors, j'eus brusquement le sentiment qu'elle était… fière de moi. Comme si j'avais été sur la bonne voie et qu'elle voulait secrètement que je poursuive sur ma lancée.

— Il existe des centres de traitement pour ça dans les ténèbres. Le plus proche se trouve à Dallas. Dans le grand stade.

— Celui où jouent les Cowboys de Dallas ? C'est ça ?

Elle hocha la tête.

— Pensez-vous que quelqu'un là-bas acceptera de nous aider ?

Un nouveau rictus étira ses lèvres.

— Non, sûrement pas.

Mais, tout bien considéré, elle non plus n'avait pas eu l'intention de nous venir en aide, au départ.

— Merci, lui dis-je avec un sourire, convaincue que nous tenions désormais le bon bout. Merci infiniment.

Comme je retournais vers ma voiture, ma clé à la main, elle me rappela :

— Jeune fille !

Je la regardai et vis un sentiment insolite passer sur son visage. De l'inquiétude ? De l'amusement ? Si on m'avait dit un jour que je serais capable d'émouvoir une Faucheuse !

— Le souffle d'un démon est extrêmement puissant, dit-elle. Il attire aussi bien les désespérés que les individus dangereux. Méfiez-vous des monstres.

Je hochai la tête. Je n'avais aucune idée de ce qu'était un monstre. Mais s'il y avait une chose dont j'étais presque certaine, c'était bien de ne pas vouloir en rencontrer un.

En même temps, je pressentais que ce rendez-vous-là approchait.

10

— Je n'arrive pas à croire que tu aies fait ça ! s'étonna Nash.

Je détournai un instant les yeux de l'autoroute pour le regarder, assis sur le siège passager, un sourire jusqu'aux oreilles. Ses iris tourbillonnaient. Il avait l'air… excité.

— Fait quoi ? demandai-je.

— Il ne peut pas croire que tu aies demandé à une Faucheuse plusieurs fois millénaire de nous aider à récupérer l'âme d'un humain, répondit Tod, installé sur la banquette arrière.

Il se tenait les bras croisés, comme à son habitude, l'air buté ; mais je devinai à l'éclat de ses yeux qu'il était satisfait. Peut-être même un peu impressionné.

Je réprimai un sourire de triomphe. *Même si c'était sans doute un sentiment prématuré.*

— Qui n'ose rien…

— Mais c'était tout de même risqué, répliqua Nash. Tu oublies toujours que la plupart des Faucheurs n'aiment pas les *banshee*. Et vice versa.

— Peut-être que j'ai du mal à m'en souvenir parce

que le premier *banshee* et le premier Faucheur que j'ai rencontrés sont frères ? Et qu'aucun des deux ne semble me détester ?

Sans se départir de son demi-sourire, Nash se retourna pour regarder Tod.

— Nous aurions dû lui présenter Levi en premier.

— Il est toujours temps, répondit Tod, goguenard.

Levi était le patron de Tod, le Faucheur le plus âgé et le plus expérimenté du Texas. A l'exception de Libitina, naturellement, qui travaillait dans tout le sud-ouest des Etats-Unis, partout où l'on avait besoin de faire appel à ses talents. Selon toute vraisemblance, Levi était assez intimidant pour maintenir une discipline de fer parmi les centaines de Faucheurs sous ses ordres.

— Et maintenant, qu'est-ce qu'on fait ? demandai-je. Etant donné que je dois être rentrée avant 10 heures, il n'est pas question de nous lancer à la recherche de ce centre de traitement cette nuit. Alors… demain, après l'école ?

Nash approuva d'un hochement de tête. Mais la mine de Tod s'assombrit.

— Tu parles sérieusement ? Tu estimes qu'il est plus important de respecter ta permission de 10 heures que de sauver l'âme d'Addison ?

— Tu es mal placé pour te plaindre ! riposta Nash

en agrippant le dossier de mon siège si fort que les muscles de ses bras saillirent sous ses manches. Je te rappelle que nous ne sommes pas obligés de faire quoi que ce soit pour toi ni pour Addy. Alors tu nous fiches la paix, sinon on te laisse choir !

Sauf qu'ils savaient parfaitement tous les deux que je ne lâcherais pas l'affaire. Je m'étais engagée, et je n'avais pas l'intention de revenir sur ma parole. Malgré tout…

— Si j'arrive en retard à la maison, je serai privée de sortie. Je serai bien avancée, une fois enfermée dans ma chambre. Je ne pourrai plus rien faire pour venir en aide à Addy.

Je jetai un coup d'œil à Tod.

— Elle n'est pas censée mourir avant jeudi, n'est-ce pas ? Ça nous laisse deux jours.

Au lieu de répondre, Tod se renfrogna.

— Tu ne pourrais pas sortir en douce quand ton père sera couché ?

— Probablement. Mais si je me fais pincer, nous nous retrouverons à notre point de départ. Sans compter que me faire piquer en train de filer en cachette sera bien pire que de ne pas avoir respecté le couvre-feu. Cela voudra dire que je mijote quelque chose que mon père n'approuverait pas du tout.

Ce qui, somme toute, serait conforme à la réalité…

— Et ensuite, il ne me lâchera plus d'une semelle.

Nash et Tod n'avaient pas à s'en faire de ce côté-là. Etant tous les deux majeurs — Nash avait fêté son dix-huitième anniversaire à la fin du mois d'août —, ils n'étaient plus soumis aux couvre-feux ni à aucune autre sorte de surveillance parentale tout aussi déraisonnable. Surtout Tod, bien sûr, qui, en plus d'être adulte, était aussi techniquement mort. Il est difficile de priver de sortie quelqu'un qui n'existe plus officiellement. Et qui, de surcroît, est capable de traverser les murs à sa guise.

Tod passa la main dans ses épais cheveux bouclés.

— Quoi qu'il en soit, je suppose que tu ne voudras pas non plus sécher les cours demain ?

— J'aimerais bien…

Je vis ses yeux briller. Jusqu'à ce que je conclue :

— Mais je ne peux pas. J'ai déjà manqué la dernière heure de cours aujourd'hui pour pouvoir faire cette petite virée en voiture, et si j'en rate encore une, le lycée appellera mon père pour le prévenir.

— C'est vraiment casse-pieds, l'école ! s'emporta Tod.

C'était le moins qu'on puisse dire ! L'euphémisme faillit même me faire éclater de rire.

— J'ai hâte que tu aies dix-huit ans, Kaylee.

Cette fois-ci, je ris franchement.

— Et moi donc !

— Moi aussi, j'ai hâte qu'elle ait dix-huit ans.

La lueur dans les yeux de Nash me laissa entendre que son approbation n'avait rien à voir avec l'aide que je serais alors en mesure d'apporter à Tod ou à Addison, mais plutôt avec des moments d'intimité que mon père ne serait plus en droit d'interrompre. Quelque chose me disait qu'il serait un peu plus problématique de nous débarrasser de Tod le voyeur.

La sonnerie de mon mobile retentit alors que j'abordais un long virage. Nash m'aida à tenir le volant pendant que j'extirpais le téléphone de ma poche. Je ne reconnus pas le numéro qui s'affichait à l'écran. Tant mieux ! Cela signifiait que mon père ne s'était encore aperçu de rien.

J'ouvris le clapet et, de ma main droite, plaquai le téléphone contre mon oreille, tout en gardant la main gauche sur le volant.

— Allô !

— Kaylee ?

C'était Addison. Elle semblait avoir le nez bouché, comme si elle était enrhumée. Ou comme si elle avait pleuré.

— Addy, qu'est-ce qui ne va pas ?

L'image de Tod vacilla dans le rétroviseur lorsqu'il se pencha en avant pour écouter, son bras appuyé sur mon épaule.

— Tod n'a pas de téléphone, alors il m'a donné ton numéro, commença Addison. J'espère que ça ne te dérange pas.

— Non, pas du tout. Que se passe-t-il ?

Dans mon dos, le souffle de Tod me réchauffait la nuque. Comme c'était étrange qu'il soit suffisamment vivant pour expirer de l'air tiède, mais pas assez pour posséder un téléphone portable ! Ce devait être compliqué d'ouvrir un compte au nom d'une personne décédée…

— C'est Regan, hoqueta Addison.

Je lançai un regard interrogateur à Tod.

— Sa petite sœur, articula-t-il silencieusement. Qu'est-ce qu'elle a ?

Addison dut l'entendre.

— John Dekker lui a proposé de signer le contrat, et elle a dit oui ! s'exclama-t-elle.

En prononçant ces derniers mots, sa voix était devenue stridente ; elle résonna dans ma tête comme le hurlement d'une sirène. L'espace d'un instant, je m'interrogeai sur l'humanité d'Addison. A bien y réfléchir, avions-nous la certitude qu'elle n'était pas *autre chose* ?

— Il ne va pas tarder à arriver. C'est toujours lui qui se déplace en personne pour apporter le contrat ; il ne le confie jamais à qui que ce soit d'autre.

Mon cœur se mit à cogner si fort que j'en eus mal

dans la poitrine. John Dekker venait au Texas avec, dans ses bagages, un démon suceur d'âmes !

La route commença à valser devant mes yeux, cependant que l'horreur et la confusion me plongeaient dans un désarroi indicible. Nash s'empara encore une fois du volant — alors même que je ne l'avais pas lâché —, et je pris une profonde inspiration tout en m'efforçant de mettre de l'ordre dans mes idées. De les ranger chacune dans un coin distinct de mon esprit. C'était le seul moyen de me concentrer.

Je resserrai mes mains sur le volant, ralentis, et focalisai mon attention sur la route, faisant un signe de tête distrait à Nash pour lui indiquer que tout allait bien désormais.

Jusqu'à ce qu'un semi-remorque, roulant à un train d'enfer, nous double sur la droite et manque de nous projeter sur la bande d'arrêt d'urgence !

— Tu veux dire que ta sœur a vendu son âme ?

J'appuyai sur la touche « mains libres » de mon téléphone et jetai un coup d'œil par-dessus mon épaule pour m'assurer que la voie de droite était libre. Mais le visage de Tod, blême d'effroi — un sentiment inattendu chez un Faucheur —, m'ôtait toute visibilité.

— Pousse-toi !

Il se tassa aussitôt sur son siège. Je donnai un coup de volant trop brusque, la voiture fit une embardée, traversa la voie de droite et échoua sur la bande d'arrêt d'urgence.

— Elle n'a pas encore signé pour de bon, continuait Addison. Mais elle le fera dès que Dekker sera là. J'ai besoin de votre aide. Je vous en prie ! Elle refuse de m'écouter ! Il faut que vous veniez tous les trois lui expliquer ce qu'il lui arrivera quand elle mourra !

— Pourquoi ne veut-elle pas t'écouter ?

Je coupai le contact et Nash alluma les feux de détresse pour avertir les autres voitures de notre présence.

— Elle croit que je veux la retenir, sanglota Addy.

Elle dut s'asseoir car nous entendîmes des ressorts grincer. Le bruit semblait venir d'un lit plutôt que d'un fauteuil.

— Elle dit qu'elle en a marre de « chanter dans mon ombre ».

— Addy, où est ta mère ? s'enquit Nash.

Addison renifla de nouveau. Le son de sa voix la faisait paraître beaucoup plus jeune que ses dix-huit ans. Ce devait être un effet de l'épouvante qui l'étreignait.

— Elle est sortie, et elle ne répond pas au téléphone.

Elle n'entra pas dans les détails, mais je perçus dans sa voix tout l'embarras et le dégoût qu'elle éprouvait.

Sa mère était une fois de plus défoncée. Toujours absente quand on avait le plus besoin d'elle.

— Elle est au courant de ce que ta sœur s'apprête à faire ? reprit Nash.

— Oui, mais elle ne comprend rien. J'ai essayé de lui dire que Regan allait vendre son âme, mais elle a cru qu'il s'agissait d'une métaphore. De toute façon, je crois qu'elle s'en ficherait. Elle ne verrait que le fric que ça peut rapporter.

— Où se trouve Regan en ce moment ? demanda Tod, accroché au dossier de mon siège.

— Nous sommes toutes les deux à la maison. Chez ma mère, à Hurst. Tu te rappelles le chemin pour venir ?

— Oui, pas de souci.

Mais sa voix s'éteignit. De toute évidence, il n'avait aucune idée de la façon dont nous allions pouvoir tirer Addy de cette sale affaire.

Et soudain, j'eus une idée — une idée de génie, je n'ai pas peur de le dire — qui déclencha en moi une telle poussée d'adrénaline que j'en eus le vertige.

— Une fois qu'elle aura signé le contrat, Dekker devra l'emmener dans le monde des ténèbres, comme il l'a fait avec toi, pas vrai ?

Un camion nous doubla dans un fracas épouvantable, sans même prendre la peine de changer de file. Ma voiture vibra de partout.

— Oui, mais nous ne devons pas le laisser faire.

Il faut à tout prix empêcher ma sœur de signer ce contrat, répondit Addison.

— Je sais, dis-je en faisant signe à Nash et Tod de patienter et de me laisser développer mon idée. Ce que je voulais dire, c'est que, pour accompagner Regan dans le monde des ténèbres, Dekker va devoir emmener la Faucheuse avec lui, n'est-ce pas ? Cette femme qui t'a conduite auprès du démon ?

— Oui, je suppose…

Je me tournai sur mon siège pour consulter Tod.

— Si j'ai bien compris, Tod, il est tout à fait illégal pour un Faucheur d'utiliser ses compétences à d'autres fins que la moisson d'âmes officielle. Il n'a pas le droit d'emmener des humains dans le monde des ténèbres dans le but de faciliter l'enlèvement de leur âme ?

Tod me confirma l'hypothèse. Je continuai :

— Dirais-tu, Tod, qu'il s'agit là d'un délit punissable de renvoi ?

— Absolument ! répondit-il avec un grand sourire.

Il venait de piger où je voulais en venir.

— Et ton patron verrait-il d'un bon œil l'opportunité de flanquer cette Faucheuse scélérate à la porte ?

— Rien ne lui ferait plus plaisir.

— C'est bien ce que je pensais.

— Et sans sa Faucheuse préférée, Dekker n'aura plus aucun moyen de conduire Regan dans le monde des ténèbres. Je n'ai pas raison ?

Gagnée par une fébrilité croissante, je vis Nash et Tod hocher la tête avec enthousiasme. Nous tenions là une occasion de sauver Regan en l'empêchant de commettre une monumentale erreur, mais aussi de faire infliger à la Faucheuse scélérate la punition qu'elle méritait ! Sans compter que, si j'avais également la possibilité de jeter un œil dans le monde des ténèbres, je pourrais au moins regarder de plus près le démon qu'il nous fallait identifier.

— Eh bien, qu'est-ce que vous en dites ? Ça pourrait marcher, à votre avis ?

Nash affichait un sourire jusqu'aux oreilles.

— Possible !

— Alors, vous avez un plan ? demanda Addy d'une petite voix.

— Je crois que oui.

Je tournai la clé de contact et ma voiture se réveilla en émettant un vrombissement, lequel, en réalité, tenait plus du ronronnement d'un vieux chat souffreteux que du grondement d'un tigre. Mais peu importait ! Du moment que ma pauvre auto était encore capable de bouger, je n'avais pas à me plaindre.

— Qu'est-ce que je dois faire ? demanda Addy.

Je rebouclai ma ceinture de sécurité et mis en

marche mes essuie-glaces car les premières gouttes de pluie venaient de s'écraser sur le pare-brise déjà noyé par la nuit.

— Retiens-les jusqu'à notre arrivée.

L'essuie-glace de droite balaya tant bien que mal une moitié de pare-brise avant d'expirer sans un gémissement. Heureusement, je n'avais pas besoin de regarder de ce côté-là.

— Arrange-toi comme tu veux, mais empêche Regan de signer ce contrat. Et surtout ne laisse pas la Faucheuse l'emmener dans le monde des ténèbres.

— D'accord, j'essaierai, répondit Addison d'une voix toutefois peu assurée.

— Fais tout ton possible, Addy, l'exhortai-je.

J'éteignis mes feux de détresse et jetai un regard derrière moi avant de me faufiler de nouveau dans la circulation.

— Tu n'as qu'une sœur, n'est-ce pas ? Et elle n'a qu'une âme.

Cette fois, la voix d'Addy vibra d'une détermination farouche.

— Je vais la garder ici, même si je dois l'enchaîner.

— L'idée n'est pas dénuée d'intérêt, marmonna Tod dans mon dos.

Je jetai un coup d'œil dans le rétroviseur et le vis arborer un sourire suggestif.

— Je trouverai quelque chose, répondit Addison qui, manifestement, n'avait pas entendu le commentaire du Faucheur.

— Très bien. Nous serons là dès que possible.

Je refermai mon téléphone et le jetai sur les genoux de Nash pour ne pas avoir à fouiller dans mes poches s'il se mettait de nouveau à sonner. Puis j'appuyai sur le champignon. Et frôlai la crise cardiaque au moment où ma vaillante petite voiture dérapa sur trois bons mètres avant de retrouver un tant soit peu d'adhérence au sol.

— Je préférerais arriver en retard mais vivant, plutôt qu'être à l'heure mais mort, me fit remarquer Nash avec un calme que j'aurais été bien en peine d'afficher.

— Je vais chercher Levi et je vous retrouve là-bas, décida Tod.

— Minute ! m'écriai-je.

Nash saisit le volant, tandis que je capturais le regard de son frère dans le rétroviseur. Tod haussa un sourcil. Je l'avais arrêté de justesse avant qu'il ne se volatilise.

— Qu'arrive-t-il à l'âme d'un Faucheur une fois qu'on la lui a confisquée ? demandai-je, surveillant son expression.

Parce qu'un Faucheur renvoyé était un Faucheur mort. Définitivement mort.

— Elle est recyclée, comme celle de n'importe quel humain, répondit Tod.

Je crus voir les rouages de son esprit s'enclencher derrière ses paupières, cependant qu'il essayait de suivre le mécanisme de ma propre pensée. L'expression de son frère était étrangement similaire, sauf qu'elle ne comportait aucune pointe de soupçon. Nash ne savait peut-être pas au juste ce que je mijotais, mais il me faisait totalement confiance. Cela faisait de lui un type gentil ou un naïf ?

— Et qui la récolte ? insistai-je. Est-il possible qu'un Faucheur tue une de ses collègues et prenne son âme ?

— En théorie, oui, répondit Tod. Mais ce serait le meilleur moyen de se mettre les collègues à dos. C'est pourquoi nous préférons laisser aux patrons et aux Faucheurs des ténèbres comme Libitina le soin de s'en occuper.

La pluie semblait diminuer ; je me risquai à appuyer encore un peu sur l'accélérateur.

— Est-ce que ça se passe de la même manière qu'avec les humains ?

— Oui, pour autant que je sache. Encore que les âmes de Faucheurs soient beaucoup plus rares que les âmes humaines.

Je mis mon clignotant pour doubler une vieille camionnette qui se traînait sur la voie de droite.

— Où veux-tu en venir, Kaylee ? demanda Nash.

— Je réfléchis, répondis-je, pas encore tout à fait prête à exposer l'idée qui germait lentement dans mon esprit. Tu connais le chemin pour aller chez la mère d'Addison ?

Nash acquiesça. Je regardai Tod.

— Va chercher Levi. Nous te retrouverons là-bas dès que possible.

Il hocha la tête et disparut.

Je conduisis aussi vite que je le pus sans risquer d'avoir un accident ou de me faire arrêter par la police. Une fois dans Hurst, Nash m'indiqua le chemin pour arriver dans le quartier où habitait Mme Page.

C'est là que nous nous sommes perdus. La plupart des rues de ce secteur s'enroulaient en de vastes cercles reliés les uns aux autres, formant des impasses dont plusieurs semblaient porter de multiples variantes du même nom. Et pour tout arranger, les maisons se ressemblaient comme deux gouttes d'eau, surtout dans l'obscurité de la nuit.

Nous avons erré dans le quartier une bonne vingtaine de minutes, essayant sans relâche d'appeler Addy, laquelle ne répondait pas à son téléphone. Finalement, Nash a suggéré de prendre le volant pendant que j'irais jeter un œil dans le monde des ténèbres pour voir si je ne pouvais pas le guider à partir de là. A contrecœur — avec, même, une extrême réticence —, j'ai accepté.

Et là, sur le siège passager de ma propre voiture, tandis qu'une brume nocturne retombait en fines gouttelettes sur mon pare-brise, j'ai évoqué le souvenir de la mort d'Emma, me forçant à revivre l'événement une fois de plus. Je tentais de me justifier à mes propres yeux. Ce que j'essayais de faire, c'était sauver l'âme d'une adolescente de treize ans qui n'avait *aucune idée* de ce dans quoi elle s'embarquait, et non simplement explorer mes propres capacités.

Peine perdue !

Susciter mon chant funèbre restait l'une des choses les plus difficiles que j'aie jamais eu à faire, sans doute parce que je ne tenais pas vraiment à me rappeler à quoi ressemblait Emma au moment de sa mort. A la façon dont son visage s'était vidé de toute expression, dont ses yeux avaient fixé le plafond du gymnase, comme si son regard avait pu le traverser et atteindre les cieux. *Alors qu'en réalité elle ne voyait rien du tout…*

Il n'en fallut pas davantage. Le cri de lamentation a commencé à sourdre tout au fond de ma poitrine, s'escrimant à s'arracher de ma gorge. Mais je l'ai retenu. J'en ai ravalé la plus grande partie, ainsi qu'Harmony me l'avait enseigné. Et c'est une mélopée funèbre, douce et aiguë à la fois, qui a bourdonné à mes oreilles et semblé résonner loin dans mon crâne. Finalement, une légère brume grisâtre s'est déposée sur tout, alentour.

Dès l'instant où je devais me contenter de jeter un regard dans le monde des ténèbres, au lieu de carrément y pénétrer, ma vision a semblé se dédoubler, à croire que deux réalités distinctes se superposaient. C'était un peu comme regarder un film en 3D sans porter les lunettes adéquates. Les images ne s'alignaient pas parfaitement.

Et le royaume des ténèbres — au lieu d'être éclairé par le dérisoire clair de lune qui brillait dans le monde humain — était illuminé d'une lumière blanche omniprésente, venue d'en haut, de la même façon que, la nuit, les lumières d'une ville sont réfléchies par les nuages bas. La clarté était floue et, en quelque sorte, froide ; on aurait dit qu'elle voilait le monde au lieu de véritablement l'éclairer.

Cependant, il s'agissait là d'un phénomène qui n'avait rien d'anormal, du moins à ma connaissance. Je n'avais jamais été capable de voir très loin dans le monde d'en bas, ce qui me donnait l'impression que, si je faisais un pas de trop, j'allais tomber dans quelque gouffre béant ou basculer dans le vide aux confins du monde. Cette pensée — en plus de la lumière froide et vague — m'incitait à avancer avec prudence. Ou à fermer les yeux et secouer la tête jusqu'à ce que les ténèbres veuillent bien disparaître.

Mais je résistai à l'envie impérieuse de les repousser, malgré les protestations vigoureuses de mon instinct de survie. Je ne serais jamais en mesure de trouver Regan et Addy à temps si je ne plongeais pas mon regard à l'intérieur des deux mondes à la fois.

— Tu vois quelque chose ? demanda Nash.

Dès l'instant où il percevait ma plainte funèbre, il aurait pu fouiller des yeux le monde des ténèbres en même temps que moi, s'il l'avait voulu. Mais il fallait bien que quelqu'un reste au volant.

Je n'étais pas en état de lui répondre, évidemment. Pas tant que je retenais mon cri de lamentation. Aussi me contentai-je de hausser les épaules. Les yeux plissés, je me tournai lentement sur mon siège et regardai au loin. Au début, je ne vis rien d'autre que l'habituel brouillard gris qui allait en pâlissant vers le ciel et cette étrange impression de mouvement à la lisière de mon champ de vision.

Ainsi qu'Harmony me l'avait expliqué, les résidences privées des humains n'existaient pas dans le monde des ténèbres. Aussi, lorsque je risquai un œil à l'intérieur, le quartier où habitait Addy se retrouva soudain remplacé par un dédale identique de rues et d'allées de gravier, sauf qu'elles n'aboutissaient nulle part. Et, dans un coin de mon esprit, une obscure intuition me soufflait que le gravier était en réalité composé d'ossements broyés. Quant à la sorte de créature à laquelle ces os appartenaient, je ne voulais même pas l'imaginer…

Que m'aurait-il été donné de voir si je m'étais trouvée pour de bon *dans* le monde des ténèbres ? A quoi ressembleraient les maisons ? Pourrais-je entrer dans l'une d'elles ? En aurais-je seulement l'envie ?

— Alors ?

L'impatience perceptible dans la voix de Nash me rappela que les minutes s'écoulaient. Je plissai de nouveau les yeux pour tenter de percer le brouillard et, cette fois, réussis à distinguer un groupe de silhouettes plus sombres que la normale dans ce gris immuable. Des formes qui ne bougeaient pas. Ou, du moins, qui ne *reculaient* pas.

Je tendis le doigt vers la droite et, à ma grande surprise, ma main heurta la vitre de ma propre portière. Mon corps avait beau se tenir dans le monde humain, mes sens étaient si intensément concentrés sur l'autre univers que je n'avais plus conscience de mon environnement matériel. La voiture n'existait pas dans le royaume des ténèbres, où j'avais l'impression de flotter au-dessus de la route, seule, sur quelque siège invisible.

Flippant.

Nash tourna le volant dans la direction que je lui avais pointée du doigt. Une vague de vertige me submergea tandis que je me déplaçais en même temps qu'un véhicule que je ne pouvais voir et sentir que sur un seul plan. Dans une seule réalité.

Doublement flippant. Apparemment, dans la réalité des ténèbres, j'étais malade en voiture.

Comme nous nous rapprochions, les formes devinrent un peu plus distinctes. Deux grandes silhouettes et une petite. Petite comme une fillette. A moins que ce ne soit une adolescente.

Nom d'un chien ! Regan était déjà passée de l'autre côté !

Je laissai encore échapper quelques notes de mon chant funèbre et fus, une fois encore, sidérée d'entendre l'écho de ma propre voix se répercuter dans la voiture au lieu d'aller se perdre dans des espaces inconnus. Nash suivit la direction de mon doigt. Quelques instants plus tard, il pila net. La voiture plongea brusquement en avant, et je dus me plaquer une main sur la bouche pour m'empêcher de vomir. Nash coupa le moteur. Nous nous trouvions dans une allée en pente raide, à quelques mètres seulement des trois formes sombres.

La portière du côté conducteur s'ouvrit, un courant d'air froid m'enveloppa. Un instant plus tard, ma portière s'ouvrit à son tour et Nash me saisit par le bras pour m'aider à sortir du véhicule. Une brume glaciale me tomba sur les épaules, le froid et l'humidité me firent frissonner. Je me fis vaguement la réflexion qu'il aurait mieux valu que je mette mon blouson.

Les lèvres de Nash effleurèrent mon oreille.

— Libère-le…

Ses paroles me frôlèrent comme un morceau de satin glissant sur ma peau. Je sentis que je me détendais, tandis que la plus grande des trois formes grises tournait les talons et s'éloignait.

— Nous sommes arrivés ; tu n'as plus besoin de le retenir, maintenant.

Je laissai ma plainte s'affaiblir. La grisaille qui m'obscurcissait la vue s'estompa. Je me retrouvai la gorge en feu et des images persistantes plein les yeux. C'est alors qu'apparut, avec une netteté cristalline, une grande maison de brique — façade en pierre et porte d'entrée peinte en rouge vif — illuminée par une série de projecteurs.

Devant la maison était garée une banale limousine noire — si tant est qu'on puisse qualifier de banale une limousine. Le moteur tournait, le conducteur dormait à moitié derrière son volant. Dans ma rue, une scène de ce genre n'aurait pas manqué d'attirer l'attention, mais, dans le quartier d'Addy, elle devait être tout ce qu'il y avait de plus ordinaire.

Nash fonça vers la maison, et je me précipitai sur ses talons, sans prendre le temps de vraiment me réorienter dans le monde humain. Je trébuchai sur le seuil, mais il me rattrapa d'une main, tout en tournant la poignée de la porte de l'autre.

La porte s'ouvrit sans difficulté.

Dekker et la Faucheuse ne s'attendaient visiblement pas à avoir de la visite.

Heureusement, ce n'était pas le cas d'Addison.

Nous avons traversé en trombe le vestibule carrelé et sommes entrés dans un salon somptueux. John Dekker tenait Addison Page par le bras ; de son autre main, il serrait contre lui un dossier. S'agissait-il du contrat de Regan ? Une onde d'excitation m'a traversée, pareille à une décharge électrique. Se pouvait-il que l'identité du démon se trouve enfin à notre portée ?

Quelques instants plus tard, deux silhouettes féminines se tenant par la main sont apparues dans la pièce.

La plus grande, supposai-je, devait être la Faucheuse scélérate. L'autre était Regan Page. Je la reconnus pour l'avoir vue dans les bandes-annonces diffusées à l'occasion de la sortie de la nouvelle série télé pour ados dans laquelle elle avait tourné. Sauf qu'à l'écran elle avait les yeux bleus ; d'une pureté limpide, un rien plus foncés que ceux de sa sœur. Et qu'à présent elle n'avait plus que des globes nacrés striés de minuscules vaisseaux sanguins, comme si le blanc avait absorbé les pupilles et les iris.

Un désespoir atroce s'est alors abattu sur moi, si

lourd et si violent que j'en ai eu le souffle coupé. Mes mains se sont resserrées autour de celles de Nash. Nous arrivions trop tard ! Elle avait vendu son âme, et je n'avais pas aperçu le démon qui l'avait emportée assez longtemps et assez nettement pour pouvoir l'identifier, et encore moins le retrouver.

J'avais échoué, encore, et une autre fille avait perdu son âme.

11

— Regan…, gémit Addison, fouillant du regard les yeux sans vie de sa sœur.

Elle secoua lentement la tête. Ses yeux bleus se remplirent de larmes, ses mains se mirent à trembler.

— Tu as fait le bon choix, déclara Dekker à Regan en la gratifiant de son célèbre sourire à un million de dollars. Tu seras riche et célèbre pour le restant de tes jours.

Une fureur soudaine s'alluma dans les prunelles bleu glacier d'Addy, consumant toute autre émotion comme du petit bois. Elle s'arracha à l'emprise de Dekker et écarta Regan de la Faucheuse.

— Est-ce que le démon est encore là ? demanda-t-elle.

Tenant sa sœur d'une poigne de fer, elle nous interrogea du regard, Nash et moi.

— Si nous détruisons le contrat, cela annulera-t-il le marché ? poursuivit-elle.

— Je ne veux pas ! s'écria Regan en essayant de se dégager.

Dekker, qui avait suivi le regard d'Addison, nous découvrit, Nash et moi.

— Qui sont-ils ? s'enquit-il calmement, s'adressant à sa Faucheuse sans pour autant nous quitter des yeux.

La Faucheuse esquissa un sourire méprisant ; elle semblait prête à mordre.

— Des *banshee*, cracha-t-elle.

— Des amis, objecta Addison. Je les ai... invités.

Dekker nous congédia d'un coup d'œil dédaigneux et se tourna vers Addy. D'un coup de pouce, il ouvrit la chemise cartonnée. Et chacun dans la pièce put constater que le dossier était vide. Pour la bonne raison que, ainsi que Tod l'avait découvert, toute la paperasserie des démons était conservée dans le monde des ténèbres.

— Ce n'est pas ainsi que ça marche, Addison, dit Dekker avec un sourire à la fois patient et plein de suffisance. Les contrats passés avec des démons ne sauraient être détruits par des moyens humains. Ils sont un peu comme des documents en Kevlar, ininflammables. Par ailleurs, si Regan a la mauvaise idée d'invoquer sa clause de désistement, tous ses défauts seront exploités et exagérés sans aucune vergogne. Comme elle n'aura ni la force, ni la volonté de prendre la moindre décision intelligente, tu risqueras de la retrouver enceinte d'un taulard ou d'un dealer. Et parce que sa sœur est célèbre, chacun de ses faux pas fera la une des journaux.

Il s'interrompit un instant. Un éclair étincela dans son regard.

— J'ajoute que, en ce qui concerne d'éventuelles tendances à la toxicomanie —, quelque chose qu'elle aurait hérité, par exemple, de sa mère…

Visiblement, Dekker connaissait bien les penchants de Mme Page.

— … eh bien, disons qu'il deviendrait terriblement difficile pour cette jeune mère, encore adolescente et tombée en disgrâce, de résister au soulagement des tranquillisants en tout genre…

Regan fixait Dekker avec une horreur grandissante. La rage empourprait les joues d'Addy.

Addy se tourna vers moi.

— Est-ce que le démon est encore là ? Je veux lui parler.

— Il est déjà parti, répondis-je, me rappelant la grande silhouette que j'avais entrevue dans le monde des ténèbres, celle qui s'était éclipsée pendant que s'éteignait mon chant de lamentation.

— Emmène-nous auprès de lui, dans ce cas, exigea Addy. Nous devons le retrouver.

Nash secoua la tête avec fermeté.

— Pas question ! Tu ne dois pas y aller, et Kaylee non plus. C'est trop dangereux.

— Et ça, ça ne l'est pas, dangereux ? s'écria Addison en poussant sa sœur en avant.

Avec réticence, Nash laissa son regard rencontrer les yeux vides de Regan. Il tressaillit.

— Que se passe-t-il ? cria l'adolescente, en larmes. Qui sont tous ces gens ?

Elle fit un geste de la main dans notre direction puis son regard se reporta sur Dekker. Elle avait l'air désemparée.

— Pourquoi menace-t-il de me bousiller la vie ?

Dekker croisa les bras, le dossier vide plaqué contre son flanc.

— Je ne te menace pas. Je t'expose simplement les faits. Tu as signé un contrat, et on attend de toi que tu t'y tiennes.

— Elle n'avait aucune idée de ce qu'elle signait, plaida Addy. Vous ne lui avez pas dit la vérité.

— Je ne lui ai jamais menti, soutint Dekker d'une voix posée.

— De quoi parlez-vous ? s'exclama de nouveau Regan, aussi perplexe qu'effarée.

— Nous parlons de *ça* !

Addison empoigna sa sœur par les épaules et lui fit faire demi-tour jusqu'à ce que l'adolescente se retrouve face au miroir.

— Regarde !

Regan regarda — et elle se décomposa. Les couleurs

avaient quitté ses yeux. Leur bleu magnifique avait disparu, en même temps que son âme.

— Qu'est-ce que…

L'adolescente s'approcha lentement du miroir pour mieux voir, puis recula, incapable d'admettre la réalité, avant de se tourner brusquement vers Dekker et sa Faucheuse, en proie à une épouvantable confusion.

— Qu'est-il arrivé à mes yeux ? Comment puis-je voir si je n'ai plus d'yeux ? Vous ne m'avez rien dit là-dessus !

— C'était écrit, pourtant, rétorqua la Faucheuse avec dédain. Tu sais lire, non ?

Dekker posa la main sur le bras de la Faucheuse et celle-ci sembla se recroqueviller, à croire qu'il venait de l'éteindre.

— Tes yeux n'ont rien du tout, répondit-il de sa voix calme et faussement douce. Il s'agit d'un effet secondaire du processus. Et nous avons de quoi y remédier facilement, n'est-ce pas, Addison ?

Cette dernière se contenta de darder sur lui un regard furieux, les mâchoires crispées d'une colère haineuse, cependant qu'il tendait un écrin blanc à sa sœur.

— Des lentilles de contact. Elles sont adaptées à ta vue, je crois, et quasiment conformes à la vraie couleur de tes yeux. Tous les six mois, je te ferai remettre une nouvelle boîte en main propre.

Prends-en soin, s'il te plaît. Elles ne sont pas exactement bon marché.

Les yeux blancs de Regan se remplirent de nouveau de larmes. Je ne me rappelais pas avoir jamais eu peur d'une élève de quatrième en pleurs. Mais là, j'en avais carrément la chair de poule. La discordance entre ces larmes humaines et ces yeux *in*humains provoquait des frissons dans des endroits de mon corps où j'ignorais que le froid puisse se glisser.

— Est-ce qu'ils vont rester comme ça ? demanda l'adolescente.

Elle se retourna avec hésitation vers le miroir, puis détourna la tête avant d'avoir réellement pu se voir.

— Pourquoi ont-ils l'air si… vides ?

— Parce qu'ils le sont, lâcha Tod.

Au son de sa voix, tout le monde fit brusquement demi-tour. Tod venait de se matérialiser près de la porte. A ses côtés se tenait un petit garçon aux cheveux roux qui lui arrivait à peine à l'épaule.

— Les yeux sont les fenêtres de l'âme, et, sans ton âme, ils n'ont plus rien à refléter, ajouta-t-il.

— Tu as un autre frère ? chuchotai-je à l'oreille de Nash en me haussant sur la pointe des pieds. Ton père était roux ?

— C'est Levi, répondit-il dans un murmure.

La tête dans les épaules, les mains enfoncées dans

les poches de son pantalon de toile trop large, le petit garçon me salua poliment d'un signe de tête.

— Levi le Faucheur ? demandai-je, embarrassée et stupéfaite.

Après tous les trucs abracadabrants auxquels j'avais assisté depuis la découverte de ma nature de *banshee*, un petit Faucheur au visage criblé de taches de son n'aurait pas dû me décontenancer outre mesure. Et, pourtant, je tombai des nues.

— Le patron de Tod ? insistai-je.

— Le seul et l'unique, répondit Levi en me gratifiant d'un sourire d'une gentillesse désarmante que ses yeux démentaient.

Puis il posa un regard féroce sur la Faucheuse scélérate.

— Bana !

A ce seul mot — son propre nom prononcé par une voix enfantine, aiguë et douce à la fois —, la Faucheuse se figea. Elle se tordit nerveusement les mains.

— Je ne savais pas trop à qui m'attendre, poursuivit Levi, mais je dois admettre que je n'avais pas pensé à toi dans le rôle de la traîtresse.

Il s'avança avec nonchalance, et me vint l'idée absurde qu'il aurait dû porter une batte de base-ball sur l'épaule ou une planche à roulettes sous le bras. Il s'arrêta à un mètre de Bana et n'accorda à John Dekker qu'un vague coup d'œil. A se demander s'il avait reconnu l'un des visages les plus célèbres du monde.

— Qui est-ce ? s'enquit Dekker.

Mais avant que Bana ait pu répondre — et je doute sérieusement qu'elle l'aurait fait, de toute façon —, le garçon se présenta.

— Levi Van Zant, Faucheur en chef de la région. Ce qui signifie, au vu de l'abus que Bana a fait des pouvoirs qui lui ont été conférés en sa qualité de Faucheuse, que je suis venu pour relever Bana de ses fonctions. Et lui retirer son âme.

Bana se raidit. A coup sûr, elle s'apprêtait à nous fausser compagnie afin de se soustraire à l'inflexibilité de Levi. Je retins mon souffle. Elle allait nous échapper ! Mais cela avait-il encore de l'importance, dans le fond ? Nous étions arrivés trop tard pour l'empêcher d'emmener Regan dans le monde des ténèbres.

Je n'avais pas encore repris ma respiration, que je vis le bras de Levi se tendre soudain comme un ressort et se refermer sur le poignet de la faucheuse. Si j'avais eu le moindre doute quant à la force de sa poigne, il fut aussitôt balayé lorsque le visage de Bana se tordit de douleur. On aurait dit que le contact même du garçon lui avait causé une atroce brûlure.

— Bana, regarde-moi ! ordonna Levi.

De sa main libre, la Faucheuse chercha en vain

l'appui du mur derrière elle, ses ongles griffèrent le plâtre, elle se crispa dans une posture d'insoumission farouche. Pourtant, elle ne pouvait résister. Et encore moins s'esquiver. Pas tant que Levi la retiendrait ainsi. Je compris — je ne sais comment — que le *contact* de Levi garantissait, en quelque sorte, la bonne coopération de ses ouailles.

Tod posséderait-il un jour le même pouvoir ?

— Regarde-moi, Bana.

Les yeux de la Faucheuse s'ouvrirent brusquement, un cri s'échappa de ses lèvres. Elle regarda Levi droit dans les yeux, lesquels yeux verts semblaient… rayonner. Irradier une lumière aveuglante et glacée.

Nous observions tous la scène, fascinés. Y compris Dekker, et surtout Regan Page, qui entrevoyait pour la première fois le monde terrifiant dans lequel elle venait de pénétrer. Le monde auquel elle s'était vendue.

Les épaules de Bana s'affaissèrent, ses paupières frémirent, comme sur le point de se refermer. La main de Levi resserra visiblement son étau sur le bras de la Faucheuse. Dekker recula, et Bana se pétrifia. Ses yeux s'ouvrirent de nouveau, mais commencèrent aussitôt à se voiler. Tout simplement, à… s'assombrir.

Et c'est alors que la panique s'empara de moi. Mon cœur se mit à cogner douloureusement dans ma poitrine, ma main devint moite de sueur dans celle de Nash. Le cri monta dans ma gorge, me labourant de ses griffes, dans un furieux effort pour s'échapper. Pour trouver un auditoire. Le chant funèbre pour l'âme de Bana exigeait de se faire entendre.

Je serrai les mâchoires de toutes mes forces, une foule de questions bourdonnaient dans mon esprit.

Un chant pour l'âme d'une Faucheuse ? C'était logique, somme toute, puisqu'elle possédait encore son âme. Cependant, je n'avais jamais envisagé de devoir un jour pousser mon cri funèbre pour une Faucheuse. Cela signifiait-il aussi que Nash et moi avions la possibilité de la sauver, si nous le voulions ?

Mais pourquoi l'aurions-nous souhaité ? Et si, néanmoins, nous décidions de le faire, l'âme d'une autre personne allait-elle être emportée en contrepartie ? Un échange était-il nécessaire pour sauver l'âme d'un Faucheur damné ?

Je réfléchis à toute allure. Tod nous avait expliqué que les âmes des Faucheurs étaient beaucoup plus rares que celles des humains. Alors, il était vraisemblable que le sauvetage de Bana coûterait la vie d'un autre Faucheur ; qu'une âme humaine ne ferait pas une contrepartie suffisante…

Cette dernière idée me traversa l'esprit avec une telle violence que j'eus l'impression que mon crâne allait éclater. Car il ne s'agissait pas d'une idée quelconque. C'était *l'idée du siècle.* Le genre de trouvaille susceptible de changer des vies.

Ou de sauver des âmes.

Ma main serra celle de Nash. Il me dévisagea à la seconde exacte où le cri filtra de mes lèvres closes. Un simple filet de son, pour commencer, mais perçant et douloureux.

— Pour Bana ? murmura-t-il, stupéfait.

Je hochai la tête et laissai d'autres particules sonores s'échapper.

Conscient de ce qui était en train de se passer, Tod lança un regard interrogateur à Nash qui ne lui répondit pas.

— Retiens-le, Kaylee, me murmura-t-il à l'oreille, de sa voix influente. Je t'ai déjà vue le faire. Ravale-le. Retiens-le.

Mais je m'écartai de lui et secouai résolument la tête. Je n'avais aucune envie de retenir mon cri. Je voulais le laisser sortir. Laisser mon hurlement vriller tous les crânes présents dans la pièce et faire trembler les vitres. Afin de capturer l'âme immonde de Bana ! La Faucheuse scélérate allait payer pour le rôle qu'elle avait joué dans le trafic d'âmes dirigé par Dekker, et je me chargerai personnellement de lui réclamer des dommages et intérêts !

Addy et Regan m'observaient, à présent. Leurs regards me rendaient nerveuse. Ils brisaient ma concentration.

Je fermai donc les yeux, puis les rouvris en même temps que je desserrais mes lèvres. A cet instant, des éclats sonores stridents jaillirent de ma gorge, explosèrent partout dans la pièce, comme du verre. Addy, Regan et Dekker sursautèrent sous le choc, le cerveau comme électrocuté. Ils se bouchèrent les oreilles, fermèrent les yeux, grimacèrent, en proie à un malaise frisant l'insoutenable.

Quant à Levi, il frissonna à peine et sa concentration ne faiblit pas. Il s'efforçait de contrôler Bana, qui souffrait trop de la brutale extraction de son âme pour remarquer ce que j'étais en train de faire.

De leur côté, Nash et Tod arboraient tous deux un étrange sourire. Un sourire de béatitude. Car ils étaient les seuls à percevoir sereinement mon hurlement comme un chant magnifique et surnaturel, une mélodie sans égale dans le monde humain. Le cadeau d'une *banshee* aux mâles de notre espèce.

Les morts comme les vivants.

La panique reflua en moi, repoussant les fragments sonores. Du coup, la pression se relâcha et je fus en mesure de me concentrer sur le rôle que je m'étais assigné dans le plan que je venais d'élaborer. Et de faire connaître le sien à Tod.

Les dernières lueurs s'éteignirent dans les yeux de Bana et son âme s'éleva au-dessus de son corps. Elle ressemblait en tout point à une âme humaine — pâle et informe. Je ne sais pas trop à quoi je m'étais attendue, d'ailleurs, mais certainement pas à *ça*. L'âme d'une Faucheuse ne devait-elle pas être différente de celle d'un humain ? Et, dans le cas contraire, mon plan avait-il seulement sa chance de réussir ?

Il n'y avait qu'une façon d'en avoir le cœur net…

Je me mis à chanter pour son âme.

Je l'invoquai, la tenant en suspens dans l'air, pareille à un lambeau de brouillard épais.

Levi lâcha le bras de la Faucheuse et recula. Elle s'affaissa aussitôt sur le sol, dans un enchevêtrement de bras tordus et de jambes bizarrement fléchies.

D'un bond, Dekker s'écarta de la défunte, si vivement qu'il faillit s'affaler. Il s'agrippa à une chaise pour reprendre son équilibre. Si je n'avais pas été si occupée à pousser un hurlement à réveiller les morts, j'en aurais sans doute ri. Je n'aurais jamais cru qu'un homme qui entretenait des relations d'affaires si étroites avec des Faucheurs et des démons puisse se laisser à ce point effrayer par la mort dans toute sa nue simplicité.

Cela dit, mon plan n'avait rien de drôle. Il était né d'une inspiration désespérée, et il ne réussirait jamais si Tod ne se mettait pas de la partie. Et vite !

Sans détacher mon regard de l'âme de Bana, je tendis mon bras dans le vide, tâtonnant à l'aveuglette pour tâcher d'attraper Tod. Je le trouvai enfin et tirai le Faucheur vers l'avant, à l'instant même où Nash se penchait pour chuchoter à mon oreille, seule façon pour lui de se faire entendre par-dessus mon propre hurlement. Une voix humaine, je ne l'aurais sans doute pas perçue.

— Qu'est-ce que tu fais ? Elle est morte. Laisse-la partir. Il est hors de question que je la ramène.

Je secouai la tête avec fermeté, frustrée de ne pouvoir lui communiquer mon intention. Et lorsque la tête de Tod entra dans mon champ de vision, je le poussai vers Bana, désignant son âme qui flottait au-dessus de son corps.

— Non, répliqua Tod.

Si je l'entendis clairement, en dépit de l'horrible vacarme qui continuait de fuser de ma pauvre gorge martyrisée, c'est parce qu'il voulait bien que je l'entende. Et moi *seule*. La transmission audio sélective était l'une des aptitudes les plus époustouflantes des Faucheurs ; elle faisait presque oublier cette manie agaçante que Tod avait de surgir n'importe où sans crier gare et sans y être invité. Presque.

— Nous ne la ferons pas revenir, Kaylee, grogna-t-il, visiblement inflexible.

Ma voix commençait à faiblir. Je ne pouvais continuer ainsi à hurler indéfiniment. Je désignai encore une fois l'âme de Bana, puis pointai du doigt la bouche de Tod. J'avais besoin qu'il aspire cette âme, comme Libitina avait aspiré le souffle du démon. Qu'il la retienne, ne serait-ce qu'un petit moment.

Et, finalement, il céda un peu de terrain.

— Tu veux que je prenne son âme ?

Je hochai la tête. Un brusque soulagement m'envahit, en même temps qu'un vertige obscurcissait mon champ de vision. Je me cramponnai à Nash et concentrai toutes mes forces afin de prolonger mon chant.

— Donne-moi une bonne raison pour ça ? demanda Tod, sur l'ordre muet de Levi.

Epuisée et furieuse, je lui envoyai un coup de poing. Bon sang, je n'allais pas pouvoir tenir la note beaucoup plus longtemps ! Et il n'était pas non plus en mon pouvoir, tant que je hurlais, de lui expliquer quoi que ce soit ! Il fallait d'abord qu'il happe l'âme !

J'insistai désespérément à grand renfort de gestes frénétiques. Enfin, Tod acquiesça.

Il ouvrit la bouche et aspira l'âme de Bana.

Elle disparut en quelques secondes. Il me restait à peine un filet de voix.

Je pus fermer la bouche. La pièce retomba dans le silence. Ne demeura que l'horrible bourdonnement qui m'emplissait les oreilles et dont je savais par expérience qu'il ne s'éteindrait pas complètement avant plusieurs heures.

— Tu es contente ? demanda Tod avant d'essuyer des gouttes d'âme sur ses lèvres.

— Pas du tout, rétorquai-je de ma pauvre voix brisée.

A bout de forces, je chancelai sur mes jambes. Nash me rattrapa et me porta jusqu'au canapé. Et c'est alors seulement que je m'aperçus que John Dekker avait filé ! Il avait quitté la pièce, profitant de ce que tout le monde me regardait capturer l'âme de Bana. La porte d'entrée était encore ouverte.

Dehors, des pneus crissèrent sur la chaussée et l'on vit par la fenêtre du salon des phares disparaître dans la nuit. La limousine que nous avions vue garée devant la maison était partie.

Et avec elle l'âme de Regan.

Atterrée, je me tournai vers les sœurs Page.

— Avez-vous saisi le nom du démon ?

Addy secoua la tête avec colère.

— Ils ne l'ont pas prononcé une seule fois, répondit-elle, accablée, avant d'interroger sa sœur : Tu connais son nom ?

Regan secoua la tête à son tour. Elle se bornait à regarder fixement dans le vide, trop choquée pour articuler un mot.

Je savais exactement ce qu'elle ressentait.

— Est-ce que Regan et Addy ont vu ce qui vient de se passer ? murmurai-je à l'intention de Nash.

— Non. Tod, explique-leur ce que tu peux, dit-il. Kaylee n'en peut plus. Je vais lui chercher quelque chose à boire.

Sur ce, il referma la porte d'entrée d'un coup de pied et se dirigea vers la cuisine, les dents serrées, fou de rage.

— Bana était une Faucheuse d'âmes, commença Tod en conduisant les deux sœurs abasourdies vers le canapé libre, en face de celui où je m'étais écroulée. Comme moi et comme Levi.

Il désigna le garçon, toujours debout dans son coin, ses menottes redoutables de nouveau enfouies dans ses poches, qui se contentait pour le moment d'observer et d'écouter.

— Seulement, elle était… mauvaise. Alors, Levi l'a renvoyée.

— Tu veux dire qu'il l'a tuée, rétorqua Addison, s'appliquant à ne pas regarder le cadavre gisant sur la moquette.

Tod haussa les épaules.

— En fait, techniquement, elle était déjà morte. Il n'a fait que terminer le boulot. Et Kaylee a chanté pour son âme.

— Je n'appelle pas ça chanter ! riposta Addy comme si une puanteur insupportable avait assailli ses narines. C'était insoutenable !

— Il ne s'agissait pas d'un chant au sens musical du terme, précisa Nash qui sortait de la cuisine avec un verre d'eau glacée. C'était une invocation de l'âme de Bana. Kaylee l'a maintenue en suspens le temps que Tod… s'en empare.

— A propos…

Tod s'assit sur le canapé, aussi près que possible d'Addy, sa cuisse collée contre la sienne. Levi les contemplait avec un étrange sourire que je n'arrivais pas à interpréter.

— … pour quelle raison m'as-tu fait lui prendre son âme ? Nous n'allons pas la réincorporer, tout de même ?

— Non, évidemment, répondis-je à mi-voix, après avoir avalé une longue goulée d'eau.

Ma gorge me faisait toujours mal, j'avais l'impression d'avoir avalé un fil barbelé ; mais ma voix recouvrait un peu de volume.

— Nous allons nous servir de cette âme de Faucheuse pour procéder à un échange.

Nash se rembrunit ; quant à Tod, l'éclat de ses yeux me signala qu'il était en train de comprendre le plan que j'avais échafaudé.

— Tu nous as dit que les âmes des Faucheurs sont plus rares que celles des humains, continuai-je. Je suppose donc qu'elles ont aussi davantage de valeur. Je me trompe ?

Levi hocha la tête. Son sourire découvrait à présent une rangée de petites dents blanches comme des perles. Il n'en manquait pas une. Le patron des Faucheurs devait donc avoir moins de six ans.

Je lançai un regard en direction des sœurs Page.

— Autant de valeur que, disons, deux âmes humaines ?

Stupéfait, Levi haussa les sourcils.

— Elle est maligne, celle-là ! s'exclama-t-il. Evidemment, je n'ai rien entendu de ce que vous manigancez. Et je vais prendre congé…

— Mais dis-moi au moins si je suis sur la bonne voie ? lui demandai-je alors qu'il s'agenouillait près de la Faucheuse morte.

— Je regrette, je ne sais pas de quoi vous parlez, répondit-il, intraitable.

Sans se départir de son sourire, il souleva Bana dans ses bras — à croire qu'elle ne pesait rien du tout, alors qu'elle le dépassait d'une bonne trentaine de centimètres. Et ils disparurent.

— Qu'est-ce qui se passe, à la fin ? s'écria alors Regan, visiblement au bord de la crise de nerfs.

D'un sourire plein de douceur, je m'efforçai de la rassurer, quand bien même ses étranges yeux vides me donnaient la chair de poule.

— Nous allons donner l'âme de Bana au démon, lui expliquai-je alors. En échange des deux vôtres.

12

— Chut…, murmurai-je à Nash en fermant tout doucement la porte d'entrée.

Pourvu que mon père se soit endormi de bonne heure et n'ait pas remarqué que je n'étais pas encore rentrée ! Le séjour était plongé dans la pénombre et, dans la cuisine, seule la lampe au-dessus de l'évier était allumée. Parfait ! Jusque-là, les choses se présentaient plutôt bien…

— Entre, Kaylee. Et plus vite que ça !

Pas si bien que ça, finalement.

Nash pressa ma main et me suivit dans le séjour, où la silhouette de mon père, penchée en avant dans son fauteuil tout avachi, se découpait dans le peu de lumière qui filtrait à travers les rideaux. Je me figeai au milieu de la pièce, le regard fixé sur la tache sombre où devaient se trouver ses yeux.

— Pourquoi restes-tu assis dans le noir ? demandai-je.

L'ombre d'un bras se leva et se déplaça vers la gauche. Il y eut un déclic et la lumière de la lampe inonda la pièce. Mon père portait encore sa chemise de travail en flanelle, ses yeux étaient rougis de fatigue.

— Pourquoi rentres-tu avec deux heures de retard ?

Techniquement, je n'avais qu'une heure et cinquante-quatre minutes de retard, mais mon père semblait encore moins disposé à admettre son erreur que je ne l'étais à discuter de mes allées et venues.

— Il n'est même pas encore minuit, protestai-je en tirant Nash vers l'avant.

Ce qu'il prit, à tort, pour un signal lui demandant d'intervenir.

— Désolé, monsieur Cavanaugh. On ne s'est pas rendu compte qu'il était si…

— Rentre chez toi, Nash ! coupa mon père, les dents serrées. Ta mère t'attend.

Nash soupira.

— On se voit demain, Kaylee, dit-il.

Puis il tourna les talons pour regagner la porte d'entrée. Avant qu'il l'ait franchie, mon père lança :

— Ça reste encore à voir !

J'esquissai un sourire pour tenter d'alléger l'atmosphère.

— Tu vas m'interdire d'aller à l'école ?

Ma remarque ne l'amusa pas du tout. Néanmoins, j'insistai :

— Il vaudrait mieux que je le reconduise chez lui, vu l'heure…

Evidemment, j'aurais dû le déposer avant de rentrer à la maison, mais j'avais espéré que mon père serait endormi et que nous pourrions discuter, Nash et moi, d'un nouveau plan de bataille, à la lumière du fiasco de ce soir.

J'extirpai mes clés de ma poche et m'apprêtai à suivre Nash, mais ce dernier secoua la tête.

— Ce n'est pas la peine. Je vais rentrer à pied. Après tout, ce n'est qu'à quelques rues d'ici.

Je refermai donc la porte derrière lui. Tout bien réfléchi, il aurait mieux valu que nous n'habitions pas si près l'un de l'autre !

— Où étais-tu ? attaqua mon père comme je m'affalais sur le canapé. Et avant tout, laisse-moi te prévenir : je sais que tu n'as pas travaillé ce soir.

— Ce n'est pas ce que tu crois.

Ça, c'était sûr. Mais je ne pouvais pas lui dire où j'étais vraiment allée, car, pour le coup, ça lui aurait encore moins plu que de m'imaginer en train de boire, de fumer ou de coucher avec Nash.

— Eh bien, où étais-tu alors ?

Il croisa les bras et je crus voir ses iris tournoyer.

— Nous avons fait un tour en voiture.

Plus ou moins.

Il se pencha pour planter son regard dans le mien. Oui, ses iris tourbillonnaient bel et bien. Il maîtrisait curieusement mieux ses émotions, d'habitude…

— Est-ce que Nash va devenir mon problème ? demanda-t-il d'une voix rude et inquiète.

Je tripotai un accroc effiloché dans mon jean, à l'endroit du genou.

— Qu'est-ce qui te fait dire ça ?

Il ferma brièvement les yeux et, lorsqu'il les rouvrit, son visage affichait une détermination nouvelle. Les remous qui agitaient ses iris avaient cessé. Il avait repris le contrôle de… quelque chose. Quelque chose que je ne comprenais pas et qu'il ne semblait pas disposé à expliquer.

— Kaylee, je sais que tu l'aimes bien et que ce n'est pas un… mauvais garçon. Et nous savons tous qu'il était là pour t'aider quand j'étais moi-même absent. Mais je ne veux pas que tu…

Il hésita, se frotta le front, puis reprit :

— Ce n'est pas une bonne idée de trop t'attacher à lui. Tu es encore si jeune, et… Bon sang, ce que j'aimerais que ta mère soit là pour t'expliquer tout ça !…

Le feu me monta aux joues.

— Papa, tu veux parler de relations sexuelles ?

Cette fois, ce fut lui qui rougit, et j'éprouvai presque de la pitié pour lui. La paternité à plein temps était un concept nouveau pour lui et, sur bien des points, nous avancions encore tous les deux à tâtons.

— Pas seulement…

— Arrête, s'il te plaît ! m'écriai-je en levant les yeux au ciel.

— Kaylee…

— Ça ne te regarde pas…

Il se leva et me fixa d'un regard désapprobateur.

— Evidemment que ça me regarde !

— … et je n'ai pas besoin que tu viennes me dire ce que je peux faire et ne pas faire !

Je me levai à mon tour, histoire d'être sur un pied d'égalité avec lui.

— C'est mon boulot de père ! protesta-t-il.

Ses lèvres se retroussèrent en un sourire ironique, mais je me refusai à apprécier son humour.

— Et on ne peut pas dire que tu sois très doué ! rétorquai-je cruellement.

Son sourire s'évanouit, ses prunelles se remirent à tournoyer. Lentement. Tristement.

Je regrettai aussitôt mes paroles. Il se donnait tellement de mal !

— Ce n'est pas ce que je voulais dire, papa.

Il poussa un profond soupir.

— Je sais. Il n'empêche que tu es tout de même privée de sorties. Pour être rentrée tard à la maison…, pas pour m'avoir dit des méchancetés.

Super ! Je fermai les yeux, réfléchis à toute vitesse.

— Bon, d'accord, mais ça tombe vraiment mal.

On ne pourrait pas s'arranger autrement ? Je ferai la vaisselle toute la semaine, si tu veux. Et aussi, la lessive.

A part que c'était déjà moi qui me chargeais du linge, de toute façon, parce que, question tri des vêtements, il était assez nul.

— Est-ce que Bren et Val toléraient réellement ce genre d'attitude ?

J'avais atteint une sorte de limite que je n'avais pas du tout envie de franchir. Pour être tout à fait honnête, je devais reconnaître que mon père était plutôt cool, et je ne tenais pas à déclencher ce mécanisme de blindage automatique implanté dans le cerveau de la plupart des parents. Même les parents itinérants, rentrés depuis peu au bercail.

— Non…

En réalité, ils m'avaient rarement privée de sorties ; c'était surtout Sophie qui s'attirait des ennuis. Encore que, en y réfléchissant bien, je ne me rappelais pas qu'ils lui aient interdit de sortir non plus…

Je plaidai ma cause.

— Mais j'ai quelque chose d'important à faire cette semaine.

— Quoi ?

J'eus l'impression qu'une chape de culpabilité me tombait sur les épaules.

— Je ne peux pas te le dire.

— Comme tu ne peux pas me dire où tu étais ce soir ?

— C'est un peu ça, soupirai-je. Papa, il faut que tu me fasses confiance. C'est très important.

Il tendit la main.

— Donne-moi ton téléphone.

— Sérieux ?

Il plaisantait, à coup sûr !

— Tout à fait. Une semaine, et sans téléphone.

Un élan de juste colère me poussa à refuser tout net. J'essayais d'aider quelqu'un, je ne faisais rien de mal ! Si seulement il était resté auprès de moi assez longtemps pour mieux me connaître, il l'aurait compris, sans même que j'aie besoin de lui donner des détails !

— C'est trop dangereux de se balader sans son portable ! fis-je valoir en catastrophe.

Surtout pour quelqu'un d'enlisé jusqu'au cou dans les affaires démoniaques.

— Ce ne sera pas un problème puisque tu n'iras nulle part. Donne-moi tes clés. Tu prendras le bus pour aller au lycée demain.

Je m'insurgeai.

— C'est complètement ridicule !

Et, de mauvaise grâce, je sortis mon téléphone d'une poche et mes clés de l'autre.

— Et totalement injustifié ! Ce n'est pas comme

si j'étais sortie pour aller boire et coucher avec n'importe qui !

Mon père se frotta le front et se renversa dans son fauteuil, l'air plus exténué que jamais.

— Kaylee, je ne sais pas ce que tu as fait, pour la bonne raison que tu refuses de me le dire.

Je lui flanquai mon téléphone dans la main.

— Très bien ! Mais je te signale que les raisons qui m'empêchent aujourd'hui de tout te révéler sont aussi importantes que celles qui t'ont retenu de m'expliquer la vie, ma vie, pendant treize ans. Et je trouve ça complètement nul de ta part d'espérer que je te fasse confiance alors que tu n'es même pas disposé à me rendre la pareille.

Ma hargne l'atteignit en plein cœur. Il tressaillit.

— Je suis fatigué, Kaylee, et je n'ai pas la force pour ça.

Il posa mon téléphone sur une table basse.

— Donne-moi tes clés et va te coucher. S'il te plaît.

Et qu'étais-je censée dire à Addy et Regan ? *Désolée, je ne peux pas sauver votre âme parce que je suis consignée ?*

Je laissai tomber mes clés sur le comptoir de la cuisine, puis, d'un pas lourd, me dirigeai vers ma chambre. Chemin faisant, je tâchai de faire le tri dans les possibilités qui s'offraient de contourner cette nouvelle complication. Comment étions-nous supposés débusquer le démon si nous n'avions pas de voiture ? Faudrait-il parcourir toute la région à pied ?

Ayant laissé la porte de ma chambre ouverte, je m'avachis sur mon lit, et tendis l'oreille. Mon père verrouilla la porte d'entrée, puis gagna pesamment sa propre chambre. Quinze minutes plus tard, ses ronflements résonnaient dans le couloir. Un éclair d'agacement me traversa. Notre première véritable bagarre n'avait pas le moins du monde perturbé son entrée dans le sommeil !

En proie à l'exaspération, je traversai le couloir pour aller me brosser les dents dans la salle de bains. Puis je me changeai. J'enfilai un débardeur et un pantalon de pyjama bien ample avant de m'écrouler de nouveau sur mon lit. J'enrageais trop pour m'endormir et j'avais un devoir de chimie à faire. Seulement voilà ! J'avais laissé mes livres dans ma voiture et, sans mes clés, impossible de les récupérer !

— Ça va ?

Je faillis en tomber par terre de saisissement. Tod venait de se manifester. Il se tenait dans la bergère, tout près de mon lit.

— Désolé, dit-il.

Je fus tentée de l'abreuver d'injures, mais je me retins car, pour une fois, son intrusion pouvait m'être utile. Et aussi parce que je voulais éviter de réveiller mon père.

— Tu as tout entendu ? demandai-je avec un geste en direction du séjour.

— Non, juste la fin. Nash m'a demandé de m'assurer que tu allais bien.

Il fit bouger ses sourcils et afficha un sourire malicieux.

— Ne t'inquiète pas. Je me suis retourné quand tu t'es déshabillée.

Je ne pus me retenir de pouffer. Tod avait beau faire semblant de me draguer pour embêter Nash, il était évident que c'était Addy qui l'intéressait réellement, bien au-delà de l'aventure amoureuse qu'ils avaient vécue quatre ans plus tôt.

— Je suis heureuse d'entendre que tu as conservé un peu de décence.

— Je la réserve pour les grandes occasions. Et les gens que j'aime bien.

Mon sourire s'élargit ; je lui jetai un oreiller à la tête.

— Il t'a fait tout ce cinéma parce que tu étais en retard ? demanda-t-il, parlant de mon père.

— Pour ça, et aussi parce que je n'ai pas voulu lui dire où j'étais allée. Je suis privée de sorties pendant une semaine.

Tod se rembrunit.

— Mais tu viens quand même après l'école demain, non ?

— Tu ne comprends pas l'expression « privée de sorties » ? sifflai-je sournoisement entre mes dents.

— Ce que je ne comprends pas, c'est que ça puisse contrecarrer nos plans.

A en juger par la gravité de son visage, il se faisait un sacré souci pour l'âme d'Addison.

Dès lors que nous n'étions pas arrivés à temps pour empêcher Regan de vendre son âme, ni même pour identifier le démon qui l'avait emportée, nous en étions revenus au plan A, lequel consistait à espérer que quelqu'un, au centre de traitement des souffles de démon, serait disposé à nous apporter son aide.

Mais encore fallait-il y arriver — ce qui serait difficile sans voiture et sans permission de sortir.

Du moins avions-nous sous la main quelque chose à proposer en échange, une fois que nous aurions trouvé le démon. Tod était capable de retenir l'âme de Bana beaucoup plus longtemps qu'aucun Faucheur ne pouvait garder une goulée de souffle démoniaque dans ses poumons.

— Ecoute, c'est ta faute si je suis punie. Rien de tout cela ne serait arrivé si tu ne m'avais pas embarquée dans cette histoire.

Il haussa les épaules et, comme si la solution, tombait sous le sens, il proposa :

— File en douce.

Facile à dire, pour lui ! Il était mort. Que pouvait-on lui faire de plus ? Le priver d'anniversaire ?

— Je te revaudrai ça, je te le jure. S'il te plaît, Kaylee. Nous n'y arriverons pas sans toi.

— Bien sûr que si. Tu détiens l'âme de Bana. Tu peux négocier tout seul.

Son visage s'assombrit encore, il regarda fixement l'oreiller posé sur ses genoux avant de relever la tête et de planter son regard dans le mien. La frustration brillait dans ses yeux.

— Je ne suis encore qu'un Faucheur débutant, Kaylee. Je ne peux transporter qu'une cargaison limitée à la fois, et je dois déjà m'occuper de Bana. Même si je me charge d'Addy en plus, j'ai besoin de toi pour emmener Regan. Et Nash. Parce que j'ai comme l'impression qu'il nous sera indispensable.

J'ouvris des yeux immenses. Le miroir reflétait toute l'épouvante que je ressentais.

— Tu crois que je vais en être capable ?

Le désarroi se peignit sur les traits de Tod.

— Il le faut ! N'est-ce pas ce que ma mère est supposée t'apprendre ?

— Je n'en sais rien ! Elle ne m'a pas montré le programme des cours interdits, figure-toi !

Il hocha la tête d'un air décidé.

— Alors, il faut que tu te débrouilles pour qu'elle te lâche tout. Nous ne réussirons pas sans toi, Kaylee.

A présent, j'éprouvais presque physiquement le poids accablant de la responsabilité sur mes épaules. Je n'avais pas le choix. Pourtant mon père me tuerait quand il découvrirait le pot aux roses, et Nash et Tod compteraient sans doute parmi les victimes des dommages collatéraux. De même qu'Harmony, lorsqu'il s'apercevrait qu'elle m'avait aidée, même si c'était à son insu.

Mais, avec un peu de chance, nous aurions d'abord restitué les âmes d'Addy et de Regan à leurs corps légitimes.

Il fallait courir le risque.

Je capitulai.

— D'accord. Mais je veux une contrepartie.

— Tout ce que tu voudras.

— Récupère mon téléphone dans la chambre de mon père sans le réveiller.

— Pas de problème !

Et avant que j'aie eu le temps de lui recommander la plus grande prudence, Tod s'était envolé.

Quelques secondes plus tard, alors que j'étais toujours pétrifiée sur mon lit, craignant bêtement de bouger au cas où un grincement de ressort aurait tiré mon père de son sommeil, Tod se matérialisa dans ma chambre, tenant délicatement mon petit téléphone rouge à glissière dans la paume de sa main.

Il me coula un sourire en coin. Ses yeux bleus étincelaient de malice.

— Tu savais que ton père dormait en caleçon ?

— Merci pour le renseignement !

Je m'emparai de mon portable et fis dérouler le menu pour vérifier les appels manqués. J'en avais reçu cinq de mon père et quatre d'Emma. Nous avions dû être injoignables pendant notre petite équipée en voiture et je n'avais pas encore pris connaissance de mes messages.

Je sélectionnai le dernier message vocal laissé par Emma et portai l'appareil à mon oreille, tout en lançant un regard à Tod.

— Va chercher mes livres dans ma voiture et ensuite tu rapporteras ça à l'endroit où mon père l'avait posé.

Tod m'adressa une feinte révérence.

— Autre chose ? Puis-je t'éventer avec une grande feuille de palmier ? T'offrir du raisin pendant que tu écris tes devoirs avec mon sang ?

— Chut ! sifflai-je entre mes dents, tout en le congédiant d'un geste de la main tandis que la voix d'Emma me parlait dans le répondeur. Tu as dit que tu me revaudrais ça.

Avec une moue vexée, il disparut de ma chambre

à temps pour que je puisse entendre la partie la plus importante du message :

— … essayé de te couvrir, mais il a d'abord appelé au cinéma, et ils lui ont dit que tu ne travaillais pas ce soir. Tu ferais bien de lui téléphoner pour tâcher de limiter les dégâts, Kaylee. A demain…

Le message prit fin et le téléphone émit un bip dans mon oreille. Fidèle Emma ! Elle avait tenté de me prévenir.

Tod surgit de nouveau dans ma chambre — apportant cette fois mon manuel de chimie et mon cahier — au moment où j'appuyais sur la touche de rappel. Emma décrocha à la troisième sonnerie. Je fis signe à Tod de poser mes affaires sur mon bureau.

— Kay ? Il est minuit et demi, maugréa mon amie d'une voix qui me fit penser qu'elle avait la tête enfouie dans l'oreiller. Qu'est-ce qui se passe ?

— Désolée, Em, mais c'est un cas d'urgence. Est-ce que tu peux nous emmener au lycée demain, Nash et moi ?

— Bien sûr, répondit-elle, d'une voix un peu plus alerte à présent — et j'entendis des ressorts couiner lorsqu'elle se redressa sur son lit. Il est arrivé quelque chose à ta voiture ?

— Mon père m'a confisqué mes clés et mon téléphone pour une semaine.

— Oh, la vache ! Bon, je passe te prendre à 7 heures et demie.

Ce qui, en réalité, voulait dire 7 h 45 en langage emmalien. Du coup, nous arriverions en retard au lycée, mais c'était tout de même mieux que de prendre le bus avec une bande d'élèves de troisième.

— Merci ! Tu es géniale.

— Je sais, articula-t-elle avec peine, déjà à moitié rendormie. Salut !

Le téléphone cliqua dans mon oreille, Emma était partie. Je consacrai un moment à espérer qu'elle se souviendrait de nous le lendemain matin. Puis je me renversai sur mon lit, soudain en proie à un sommeil irrésistible. Maintenant que le problème le plus immédiat était résolu, autant dormir.

— Dis à Nash d'être ici à 7 h 30 s'il veut profiter de la voiture, ordonnai-je à Tod.

Car, depuis que nous avions commencé à sortir ensemble, c'était moi qui l'emmenais au lycée presque tous les matins. Je jetai un coup d'œil sur le cahier posé sur mon bureau et, l'espace d'un instant, envisageai de faire mon devoir. Mais j'étais bien trop fatiguée pour m'y attaquer ce soir. Je le ferais le lendemain, pendant l'heure du déjeuner.

— Alors, quel est le programme pour demain ? demandai-je.

— Nous irons en ville pour tâcher de dénicher le fameux centre de traitement, puis nous commencerons à nous renseigner à droite et à gauche jusqu'à ce que nous ayons toutes les infos voulues, expliqua Tod en s'affalant de nouveau dans mon fauteuil.

Je m'assis sur mon oreiller et glissai mes jambes sous mes couvertures.

— Facile ! Ça me va, comme plan. Quand partons-nous ?

— Après les cours ?

— Nan ! Mon père va sûrement téléphoner à la maison, et si je ne suis pas là pour répondre, il... je ne sais pas... Il appellera les flics, ou quelque chose dans le genre.

Tod se rembrunit, une drôle d'expression se peignit sur ses traits angéliques.

— Tu ne considères pas la situation dans son ensemble, Kaylee. Je te rappelle que l'âme d'Addy est en jeu. J'ai déjà échangé deux gardes de nuit de suite à l'hôpital. Le moins que tu puisses faire serait de te mettre hors de portée du radar de ton père pendant deux heures après l'école.

— Et moi, je te rappelle qu'il nous reste encore pas mal de temps. Demain, c'est mercredi, et Addy n'est pas censée mourir avant jeudi. Et, de toute façon, nous ne pouvons rien faire tant que je n'aurai pas appris à me transformer en navette pour effectuer la traversée jusqu'au monde des ténèbres.

Ce qui revenait à dire qu'il me faudrait convaincre mon père de me laisser aller à mes cours de *banshee* après l'école, et ce, malgré l'interdiction de sortie.

Ensuite, je devrais persuader Harmony de m'enseigner ce que j'avais besoin de connaître, sans, bien sûr, lui en donner la raison.

— Du reste, il nous faut une voiture. Tu peux peut-être te transporter à Dallas en un clin d'œil chaque fois que tu en as envie, mais Nash et moi n'en avons pas la possibilité. Et il n'est pas question que je prenne le bus en pleine nuit.

— En pleine nuit ? répéta-t-il en se penchant, le front soucieux. Est-ce que ce n'est pas un peu risqué ?

Je me faufilai sous les couvertures jusqu'à la taille.

— Nous n'avons pas vraiment le choix, Tod. Le seul moment où mon père ne vérifiera pas ma présence à la maison sera pendant son sommeil, ce qui veut dire que nous ne pourrons pas partir avant demain soir. Ça te laisse presque une journée pour tout expliquer à Addy et Regan et pour nous dénicher une voiture.

Inutile de compter sur celle de sa mère, elle s'en servirait sûrement pour se rendre à l'hôpital où elle travaillait de nuit.

— Mais, surtout, ne t'avise *pas* d'en voler une, ajoutai-je. La dernière chose dont nous avons besoin, ce serait de nous faire arrêter par les flics en cours de route.

Je voyais déjà les manchettes des journaux :

Arrestation d'une adolescente psychologiquement fragile dans une voiture volée. Elle affirme être à la recherche d'un démon.

Après cela, Sophie n'aurait plus aucune difficulté à convaincre tout le monde que j'étais cinglée.

— Nous n'aurons jamais assez de temps, Kaylee, objecta Tod, la mine sombre.

— Il faudra faire avec, répondis-je, ne sachant pas trop comment m'y prendre pour réconforter un Faucheur. Avant jeudi matin, Addy sera rentrée en possession de son âme.

Pas terrible comme promesse, mais, dans la mesure où je n'étais pas à même de garantir qu'Addison aurait la vie sauve, tout ce que je pouvais offrir à Tod, c'était l'assurance de préserver son âme.

— Et maintenant, tu veux bien aller remettre mon téléphone où tu l'as trouvé ? Et éteins la lumière en partant.

Et, sur ces mots, je m'allongeai et tirai les couvertures sur mes épaules. J'avais besoin de dormir.

Le lendemain promettait d'être le mercredi le plus délirant de l'Histoire.

13

— Je devrais te planter là. Tu mériterais de prendre le bus, pour m'avoir fait toutes ces cachotteries.

Emma claqua la porte de son casier tandis que la dernière sonnerie d'appel retentissait dans les couloirs. Mais la lueur qui dansait dans ses yeux bruns la trahissait. Elle n'était pas vraiment fâchée. Elle essayait de m'extorquer des détails à propos de la mission top secrète dans laquelle elle nous imaginait embringués.

Je remontai mon sac à dos sur mon épaule et tirai le bas de mon T-shirt moulant par-dessus la ceinture de mon jean.

— Fais-moi confiance, tu ne rates rien du tout.

Si elle avait su la vérité, sa curiosité n'aurait sans doute pas manqué de se muer en terreur. Raison pour laquelle je ne pouvais rien lui révéler.

De toute façon, Emma nous emmènerait encore une fois au lycée, ne serait-ce que pour se faire pardonner de nous avoir fait arriver une demi-heure en retard au premier cours de la journée. J'aurais dû me douter qu'elle oublierait une promesse faite en plein milieu de la nuit, dans les brumes du sommeil. De fait, elle avait réussi à atteindre le parking de l'école cinq minutes avant la dernière sonnerie, lorsqu'elle s'était brusquement souvenue de Nash et moi. Je lui aurais bien envoyé un texto, sauf que mon père était parti à son travail en emportant mon téléphone et que je ne connaissais pas le numéro d'Emma par cœur. Quant à Nash, il ne l'avait pas enregistré dans le répertoire de son portable.

Nous avons écopé tous les trois d'un billet de retard injustifié, ce qui, finalement, cadrait tout à fait avec mon absence injustifiée au cours d'histoire de la veille. Si j'ajoutais à cela le devoir de chimie à moitié terminé sur lequel j'avais renversé de la sauce au fromage au cours du déjeuner, je commençais à me dire que je ne pourrais jamais gérer à la fois l'école et les affaires de *banshee*. Sans parler de mon job à temps partiel au cinéma.

— Hé ! Emma ! appela une voix masculine au bout du couloir.

Doug Fuller s'avançait vers nous en roulant des mécaniques, entouré d'une bande de joueurs de football — parmi lesquels, Nash — arborant tous le même blouson aux couleurs de l'école.

— Tu as prévu quelque chose pour ce soir ?

Le groupe se referma autour de nous, formant un mur infranchissable de larges épaules habillées de vert et blanc. Nous étions prises au piège. Pourtant,

Emma ne semblait même pas remarquer le brusque rétrécissement de notre espace vital. Je reculai d'un pas et heurtai les casiers avec mon sac à dos. Je n'avais aucun moyen de me dérober, à moins de me risquer à opérer une percée dans la ligne offensive et de dévoiler du même coup mes problèmes de claustrophobie. Ce qui reviendrait, en quelque sorte, à agiter un chiffon rouge devant un troupeau de taureaux.

Nash dut déceler un éclair de panique dans mes yeux, car il se retrouva tout à coup à mes côtés. Comme je faisais glisser mon sac à dos sur le sol, il m'enveloppa de ses bras. Il me chuchota quelques mots câlins, son souffle caressa mon oreille. Je me laissai aller contre lui, sans me soucier de la présence de ces autres crétins d'athlètes.

Ils avaient accepté assez facilement ma présence parmi eux — alors que jusque-là je n'avais fait que me tenir plus ou moins en marge de leur société, et encore, grâce à Emma et ses diverses aventures amoureuses — du seul fait que Nash et moi étions pratiquement soudés l'un à l'autre.

Par le sexe, forcément, pensaient-ils sans doute. Sinon, pour quelle autre raison un garçon aussi beau que Nash serait-il sorti avec une fille comme moi, juste mignonne mais sans rondeurs et sans le sou ?

Bonne question…

Nash n'avait pas plus d'argent que moi. Peut-être même moins encore. Mais il était riche d'un autre atout : l'athlétisme. Il avait contribué à hisser l'équipe de football du lycée jusqu'aux matchs de qualification pour la coupe régionale — les garçons partaient hyperfavoris pour le match de vendredi soir — et il renouvellerait cet exploit lorsque la saison de base-ball reprendrait au printemps prochain. De telles prouesses, en plus d'un physique — pour ne rien dire de sa voix — auquel peu de filles pouvaient résister, lui assuraient une position solide dans l'univers radieux de la reconnaissance sociale, un monde à coup sûr plus étrange et plus effrayant que tout ce que j'avais pu rencontrer dans le royaume des ténèbres.

Emma, elle, jouissait d'un laissez-passer pour ce monde, mais qui lui avait été octroyé uniquement parce qu'elle possédait un visage parfait et des courbes généreuses.

Elle papillonnait à sa guise au milieu des heureux élus, s'attardant sur tous les mentons virils et les bras musclés qui lui attiraient l'œil. Mais cela ne durait jamais longtemps. Elle se lassait vite — surtout des types qui avaient les mains baladeuses — et ne tardait pas à revenir avec de drôles d'histoires à raconter, des histoires de maladresses et de défaillances que nul enthousiasme ne venait compenser.

En dehors du lycée, il était facile d'oublier que

Nash appartenait, lui aussi, à cet univers et qu'il avait beaucoup de choses en commun avec ses copains, sauf en ce qui concernait les maladresses et les défaillances. Toujours est-il que j'aurais préféré arpenter le monde des ténèbres toute seule, avec mon âme en bandoulière, plutôt que de passer quelques heures en tête à tête avec un de ses coéquipiers. A tort ou à raison, j'avais le sentiment que j'aurais couru moins de dangers.

— Oui, j'ai des projets, répondit Emma.

Elle serra Doug de près, de très près, même. Il glissa les mains autour de sa taille, les laissa descendre sur ses reins, et plus bas…

— J'ai des projets très intéressants…, continua-t-elle.

Les amis de Doug ricanèrent et Emma se hissa sur la pointe des pieds pour effleurer — à peine — ses lèvres, tandis qu'il agrippait ses fesses rondes.

— Dommage que tu n'en fasses pas partie, conclut-elle dans un sourire.

Et, sur ces mots, elle se posta devant lui, une main posée sur la hanche dans une attitude toute théâtrale.

Je ne pus retenir un rire. Le petit jeu d'Emma revenait un peu à asticoter un gorille furibond à travers une fragile moustiquaire. N'empêche, cela m'amusait au plus haut point. De même que la plupart des copains de Doug, d'ailleurs.

— Tu changeras d'avis, répliqua celui-ci avec un sourire.

Sans quitter Emma des yeux, il s'éloigna à reculons. Il fallait lui rendre cette justice, il se montrait beau joueur. Bien plus que je ne l'avais soupçonné.

— Ça m'étonnerait !

Emma se retourna vers son casier, enfila son cadenas dans la serrure et le referma d'un coup sec, cependant que Nash refusait de suivre ses amis pour pouvoir passer du temps avec moi. Et avec sa mère.

— Alors, les piétons ? demanda Emma. Où voulez-vous que je vous dépose ? Chez Nash ou chez toi ?

— Chez lui, répondis-je avec une promptitude telle qu'Emma me lança un clin d'œil amusé.

— Tu as des ennuis à la maison ?

Elle remonta son sac à dos sur une épaule, je ramassai le mien par terre et nous suivîmes le couloir dans la direction opposée de celle des joueurs de football.

— Pas plus que d'habitude, mais j'ai un cours cet après-midi.

Pas besoin de lui donner de détails, Emma savait de quoi je parlais.

Nash s'installa sur le siège arrière de la Sunfire bleu métallisé d'Emma et je montai devant. Sa voiture était loin d'être neuve — elle lui avait été refilée par l'une de ses sœurs aînées — et pourtant, en comparaison, la mienne faisait figure d'antiquité. En tout cas, le principal avantage de sa voiture sur la mienne, c'était qu'Emma en avait les clés.

Je bouclai ma ceinture de sécurité. Emma sortit du parking et s'engagea dans une petite rue. C'est à peine si elle regarda dans le rétroviseur avant de changer de file au premier feu rouge.

Et au lieu de garder les yeux fixés sur la route, elle me coula un regard en coin.

— Donne-moi un indice, demanda-t-elle. Juste un petit. Est-ce que quelqu'un va mourir ? Encore une pom-pom girl ?

Devant son enthousiasme naïf, j'éclatai de rire.

— Tu devrais peut-être le lui dire, suggéra Tod.

Sa voix surgie de nulle part me fit sursauter si violemment que je faillis m'étrangler avec ma ceinture de sécurité.

— Arrête ! pesta Nash.

Je me retournai pour découvrir Tod sur le siège arrière à côté de son frère, un doigt sur ses lèvres pour demander le silence, l'autre main pointée en direction d'Emma.

— Désolée, s'excusa-t-elle, croyant que Nash s'adressait à elle.

Comme elle donnait un brusque coup de volant pour rejoindre la file de droite, sans prendre la peine de mettre son clignotant, le conducteur de la voiture derrière nous klaxonna en agitant les bras comme un forcené.

— Ce n'est pas que je souhaite pour de bon la mort d'une autre pom-pom girl. Je dis simplement que si *quelqu'un* doit partir…

— Décidément, elle me plaît ! grogna Tod.

Nash lui flanqua un coup de coude. Perplexe, Emma jeta un coup d'œil dans le rétroviseur. Elle avait surpris le geste de Nash mais ne voyait pas le Faucheur qui se tenait à présent les côtes. Elle n'avait pas non plus entendu son couinement de douleur.

Nash croisa finalement son regard.

— Pardon, ce n'est pas à toi que je parlais.

Elle voulut répliquer, mais je me hâtai de couper court à sa question. Nous aurions eu trop de mal y répondre.

Pointant du doigt le pare-brise, je lui désignai les voitures devant nous qui avaient déjà traversé le carrefour dès que le feu était repassé au vert.

— Vas-y, Em.

Comme l'homme derrière nous klaxonnait de nouveau, Emma écrasa la pédale d'accélérateur et nous fûmes projetés en avant. Du coup, elle en oublia l'étrange attitude de Nash. Du moins, pour le moment.

Je pivotai sur mon siège pour pouvoir englober

les trois autres occupants du véhicule dans un même regard.

— Qu'est-ce qui ne va pas ? demandai-je.

Emma crut devoir se justifier :

— Il y a juste que je n'ai pas vu le feu changer.

Elle appuya sur la pédale de frein lorsque le car scolaire devant nous ralentit avant de s'arrêter avec un grondement, son panneau « stop » ayant jailli de son flanc gauche.

Evidemment, ce n'était pas à elle que je m'adressais, mais au Faucheur invisible, passager clandestin installé sur la banquette arrière.

— Il m'est impossible de voir Addy et Regan seules assez longtemps pour leur expliquer notre plan, précisa ce dernier. Elles sont constamment entourées d'une foule de gens — des assistants, des agents de relations publiques, des gardes du corps, en veux-tu en voilà —, sans compter leur mère. D'ailleurs, à ce propos…

Il se tourna vers Nash avant de poursuivre :

— … elle n'a pas changé d'un iota, si ce n'est qu'elle a un paquet de rides en plus. Elle fourre toujours son nez dans les affaires d'Addy.

Je fixai les deux frères tour à tour.

— Et alors ?

— Et alors quoi ? demanda Emma en jetant un autre regard dans le rétroviseur pour tâcher de voir ce qui lui échappait. Qu'est-ce qui vous prend aujourd'hui ?

— Désolée, Em. C'est…

— Un truc de *banshee*, je sais. Et je commence à en avoir vraiment marre de toutes vos histoires !

Elle frappa le volant du plat de la main et vira à droite sur les chapeaux de roues, sans même toucher au frein.

Je me cramponnai à la poignée au-dessus de ma portière, mais, avant d'avoir redressé le volant, elle enfonça l'accélérateur.

— J'ai menti à ton père hier soir, et je me suis retrouvée coincée au guichet avec Glen Frank pendant quatre heures entières. Et aujourd'hui, je t'ai baladée partout en voiture, comme si j'étais ton chauffeur personnel. Alors, le moins que tu puisses faire, ce serait de m'expliquer pourquoi vous vous comportez si bizarrement tous les deux.

Avec un soupir, je lançai un coup d'œil à Nash puis un regard interrogateur à Tod. *Devions-nous le lui dire ?*

Il haussa les épaules, me laissant le soin de décider. Après tout, Emma était ma meilleure amie.

Je me calai sur le siège pour faire face à Emma et laissai échapper un long soupir.

— Je ne veux pas te mêler à tout ça. C'est trop dangereux.

Levant les yeux au ciel, elle tourna la tête pour

me regarder… et tourna le volant en même temps. La roue avant droite racla le bord du trottoir. Emma ne sembla pas s'en apercevoir.

— Je ne te demande pas de m'emmener dans une expédition risquée. Mais je déteste qu'on me laisse dans l'ignorance tout le temps.

Oui, je connaissais ce genre de sentiment, mais avant que j'aie eu le temps de dire quoi que ce soit, Tod intervint, ses yeux bleus brillant de malice.

— On dirait qu'elle a envie de nous aider. Demande-lui si nous pouvons lui emprunter sa voiture. Si possible avant qu'elle ne l'encastre dans un mur…

— Pas question ! coupai-je en même temps que Nash.

Et sans laisser le temps à Emma de se mettre en colère pour de bon, je fusillai Tod du regard.

— Montre-toi !

— Tu es sûre ?

Il fronça les sourcils, indécis. Il est vrai que je lui avais déjà donné l'ordre formel de toujours se tenir aussi loin que possible d'Emma et de ne *jamais* lui apparaître. Je n'avais aucune envie que la Mort s'amourache de nouveau de ma meilleure amie.

— Oui, je suis sûre.

— Qu'est-ce que…

Emma sursauta. Puis elle poussa un cri perçant et ses yeux s'agrandirent de frayeur en regardant dans le rétroviseur. Ses mains tombèrent du volant. Je m'en emparai juste à temps pour nous maintenir sur la voie de droite alors que son pied se faisait de plus en plus lourd sur la pédale d'accélérateur.

— Je t'avais dit que ce n'était pas une bonne idée, fit remarquer Tod.

Nash le gratifia d'un borborygme d'exaspération.

— Em ! hurlai-je. Freine !

Nous foncions droit sur un carrefour où un groupe de préados attendait de traverser la route avec leurs bicyclettes.

— Qui… ? Comment… ?

Elle cligna des paupières puis pivota sur son siège pour fouiller du regard la banquette arrière. Et lorsqu'elle s'arc-bouta des deux pieds sur l'accélérateur au lieu du plancher, la voiture fit un bond en avant.

— Emma, arrête ! criai-je.

Elle aplatit la pédale de frein et, dans un crissement de pneus, la voiture s'arrêta à cinquante centimètres du passage clouté.

— Nous aurions dû nous abstenir de faire ça pendant qu'elle conduisait, nota Nash en scrutant le profil d'Emma d'un air inquiet.

— Tu appelles ça conduire ?

Tod croisa les bras sur sa poitrine d'un geste

nonchalant, comme si nous n'avions pas failli à l'instant écraser trois gosses et démolir une voiture.

Les gamins traversèrent la rue sur leurs bicyclettes en nous foudroyant du regard. Le dernier nous fit un bras d'honneur puis rejeta ses longs cheveux rayés de mèches violettes par-dessus son épaule et s'éloigna, debout sur ses pédales.

Sur le siège conducteur, Emma demeurait pétrifiée, ses yeux écarquillés braqués sur le rétroviseur. Sa poitrine se soulevait et s'abaissait lourdement à chaque respiration, ses mains tremblaient sur le volant.

— Tu veux que je conduise ? proposai-je en posant une main sur son bras.

Elle secoua la tête sans quitter Tod des yeux.

— Ce que je veux, c'est que tu me dises ce qui vient de se passer. Qui est ce type et comment est-il arrivé dans ma voiture ?

— D'accord, mais nous ne pouvons pas rester ici indéfiniment.

Une autre voiture s'était arrêtée derrière nous au carrefour et klaxonnait déjà d'impatience.

— Tu veux bien aller te garer là-bas, sur le parking ? Nous allons tout t'expliquer.

Enfin, du moins en partie.

Avec un effort visible, Emma se força à détacher son attention du miroir.

— Ça fait partie de vos trucs de *banshee* ? Qui est-il ?

Elle jeta de nouveau un bref coup d'œil en direction de Tod avant de traverser lentement le carrefour.

Cramponné au dossier de mon siège, Nash rassembla tout son courage avant de prononcer les paroles qu'il lui répugnait de laisser échapper.

— Emma, voici mon frère Tod, dit-il doucement.

Je sus précisément à quel instant l'effet apaisant de sa voix se fit sentir sur Emma. Ses épaules se détendirent, ses mains se desserrèrent sur le volant.

— Tu as un… Hé, attends une minute !

Elle prit le virage en douceur et s'engagea sur la petite aire de stationnement située devant un parc plein de bambins accompagnés de leurs parents. Elle se gara sur la première place libre qu'elle trouva. Puis elle coupa le moteur et pivota pour regarder par-dessus son siège.

— Tu as un frère ? dit-elle à Nash après m'avoir interrogée du regard pour avoir confirmation.

Personne au lycée d'Eastlake n'était au courant que Nash avait un frère défunt, car Harmony et lui avaient déménagé après l'enterrement deux ans plus tôt et Nash avait changé de lycée.

— Et il est capable de… quoi ? Se téléporter dans la voiture du premier venu ? Est-ce que c'est un autre de vos talents, à vous autres, les *banshee* ?

— Non…, commençai-je, essayant de décider jusqu'à quel point je pouvais lui révéler la vérité.

Mais, dans son style inimitable, le Faucheur me coupa l'herbe sous le pied. Du Tod tout craché !

— O. K., nous sommes un peu pressés, là, alors finissons-en au plus vite…

— Tod ! protesta Nash.

Mais son frère s'empressa de poursuivre.

— Je suis un *banshee,* tout comme Nash et Kaylee. Sauf que je suis mort. La téléportation — encore que je ne l'aie jamais vraiment entendu appelée ainsi — n'est pas une aptitude propre aux *banshee.* C'est une capacité spécifique des Faucheurs. Je suis un Faucheur d'âmes. J'ai le pouvoir d'apparaître où je veux, *quand* je veux, et je décide de qui peut me voir et m'entendre.

Il hésita un instant, et je me demandai si mon visage était aussi rouge que celui de Nash. Ou mes yeux aussi démesurément agrandis que ceux d'Emma.

— Tu es le frère de Nash, et tu es *Faucheur d'âmes* ?

Elle cilla de nouveau, et je m'apprêtai à la voir piquer une crise de nerfs, hurler de peur ou éclater de rire. Pourtant, connaissant Emma, j'aurais dû me douter de sa réaction.

— Si je comprends bien, tu… comment dire ?

Tu tues les gens ? C'est toi qui m'as tuée dans le gymnase ?

Elle empoigna l'appui-tête, ses traits exprimaient la colère, la terreur et la confusion mêlées. Mais il n'y avait aucune incrédulité sur son visage. Elle avait suffisamment vu et entendu de choses invraisemblables à la suite de sa propre mort temporaire que les révélations de Tod ne l'étonnaient pas outre mesure.

Ou alors, c'est que l'influence de Nash agissait encore un peu sur elle.

— Non, ce n'est pas moi.

Tod secoua la tête, mais les coins de sa bouche se relevèrent sur une moue amusée.

— Je n'ai rien à voir avec ce qui t'est arrivé ce jour-là. Il est vrai que je mets fin à la vie de certaines personnes et qu'ensuite je récolte leurs âmes et les emporte pour qu'elles soient recyclées. Mais seulement celles qui sont inscrites sur ma Liste.

— Alors, tu n'es pas… dangereux ?

Le demi-sourire de Tod se transforma en un rictus de prédateur, plus caractéristique du Tod que j'avais rencontré pour la première fois deux mois plus tôt.

— Oh ! si, je suis dangereux…

— Tod…, sifflai-je entre mes dents pour le rappeler à l'ordre.

Nash lui assena un coup de poing dans le bras, assez fort pour lui faire réellement mal.

— Mais pas pour toi, ajouta le Faucheur. Je te regarde tout le temps, mais tu ne t'en es jamais aperçue parce que Kaylee a dit que, si je m'approchais trop de toi, elle m'arracherait les couilles et m'enverrais brûler en enfer jusqu'à la fin des temps.

— Bon sang, Tod ! m'écriai-je, sentant un bouillonnement de colère en moi sur le point de déborder.

Le Faucheur se pencha vers Emma et chuchota — comme si nous ne pouvions pas l'entendre, alors que, sans nul doute, c'était précisément ce qu'il désirait :

— Elle ne me fait pas aussi peur qu'elle le croit, mais je respecte son souhait.

Emma semblait ne pas savoir si elle devait rire ou pleurer. Je foudroyai Tod du regard.

— Tu ne peux pas t'empêcher d'être gonflant ?

Il haussa les épaules et s'avachit sur son siège.

— Tu voulais que je me montre, c'est ce que j'ai fait. Maintenant, demande-lui si elle veut bien nous prêter sa voiture pour que nous puissions passer à la phase suivante de notre plan.

— Je te rappelle que c'était toi qui devais te charger de trouver une voiture, et il n'est pas question d'emprunter celle d'Emma.

Je refusais de demander à ma meilleure amie de nous rendre ce service, même si elle était prête à tout faire pour nous aider. Je voulais la tenir aussi éloignée que possible du monde des ténèbres.

Et je regrettais déjà d'avoir conseillé à Tod de lui apparaître.

Le regard d'Emma alla de Tod à Nash, avant de se poser sur moi.

— Pourquoi avez-vous besoin de ma voiture ?

— Le père de Kaylee lui a confisqué ses clés, répondit le Faucheur.

Je lui lançai un regard assassin.

— Nous n'avons pas besoin de ta voiture, me hâtai-je de rectifier. Mais nous te sommes reconnaissants de nous conduire chez Nash. A condition, bien sûr, que tout ça ne t'ait pas fait flipper.

— Oh, je flippe complètement, répliqua Emma avec un sourire figé qui me fit m'interroger sur la gravité du choc qui venait de l'ébranler. Mais je l'ai bien voulu, non ? De toute façon, ce n'est pas tellement plus dingue que lorsque toi et Nash vous ressuscitez des gens. Enfin, pas vraiment, ajouta-t-elle, comme pour se convaincre elle-même. Et c'est tout de même plus rassurant que de vous entendre parler à quelqu'un qui n'est pas là. Ou me hurler dessus. Parce que c'est après lui que tu criais, n'est-ce pas ? Pas après moi ?

— Bien sûr. Nous sommes souvent obligés d'en arriver là avec Tod.

— Oui, je comprends ça. Alors… vous avez besoin de ma voiture ?

— Oui, répondit Tod en même temps que Nash et moi disions « non ».

Tod me darda un regard noir.

— Tous les gens que je connais sont morts et n'ont plus que faire d'une voiture. Excepté ma mère, et elle va prendre la sienne ce soir pour aller au travail. Alors, soit tu me laisses reprendre tes clés à ton père, soit nous empruntons la voiture d'Emma. Je te laisse le choix.

— Et Addy ? demandai-je avant qu'Emma ne m'interrompe pour proposer sa voiture.

Et c'est exactement ce qu'elle aurait fait, j'en étais persuadée. J'avais perçu de la curiosité dans ses yeux et je ne doutais pas que, si nous prenions sa voiture, elle insisterait pour venir avec nous. Et, de cela, il n'était pas question.

— Tu ne vas pas me dire qu'Addy n'a pas de voiture !

— C'est pourtant le cas, rétorqua Tod, la mine sombre, avec ce que je perçus comme un brin d'agacement à l'endroit de sa princesse pop. Elle n'a jamais passé son permis de conduire, parce qu'il y a toujours quelqu'un pour l'emmener où elle veut. Ce qui pose un nouveau problème. S'il nous est impossible de passer un peu de temps seuls avec elle, ça n'aura plus aucune importance que nous trouvions ou non une voiture.

— Qui est Addy ? voulut savoir Emma.

— Personne, m'empressai-je de répondre en braquant sur Tod un regard menaçant pour lui ôter toute velléité de me contredire. C'est juste une fille qui fait craquer Tod.

— Je ne *craque* pas, jeta le Faucheur, comme si le mot lui brûlait la langue. J'essaie de lui sauver la vie.

— Il ne s'agit pas exactement de sa *vie*, rectifiai-je en voyant le visage inquiet d'Emma s'assombrir.

Elle savait que chaque vie avait un prix et je n'avais pas du tout l'intention de lui donner à penser que nous serions disposés à tuer le premier innocent venu pour sauver la petite amie de Tod.

— Nous essayons plutôt de sauver son âme.

— Qu'est-ce qu'elle a, son âme ? demanda Emma à Tod.

Apparemment, elle en était arrivée à la conclusion que c'était auprès de lui qu'elle avait le plus de chances d'obtenir des réponses à ses questions.

Le Faucheur haussa les épaules.

— Elle n'est plus en sa possession. Pour le moment.

— Whoaaa…

Emma se laissa lentement retomber sur son siège, la mine lugubre. D'une manière ou d'une autre, elle avait saisi la gravité de ce qu'elle venait d'entendre, même si elle n'était pas au courant de toute l'histoire. En tout cas, s'il ne tenait qu'à moi, elle ne le serait jamais.

— Je quitte mon travail à 21 heures. Après ça, je vous laisse ma voiture.

— Non, Emma ! objectai-je en secouant la tête. Merci, mais…

— Vous avez besoin d'une voiture, alors prenez-la ! Ne laissez pas une pauvre malheureuse perdre son âme parce que tu es trop têtue pour accepter de conduire une voiture qui n'est pas la tienne.

Je poussai un soupir et fermai brièvement les yeux avant de capituler d'un hochement de tête. Pourtant, c'était là une erreur, j'en avais conscience.

— Merci, Em.

— Il n'y a pas de quoi.

Son sourire s'élargit, ses yeux étincelèrent d'une malice étrangement semblable à celle qui éclairait d'habitude le regard de Tod.

— Et, bien sûr, vous ferez le plein. A moins que vous ne me laissiez venir avec vous…

Je souris pour adoucir le choc.

— Pas question ! C'est trop dangereux. Et si tu râles, je ne prends pas ta voiture.

— Ouais, c'est bien ce que je pensais. Bon, allons-y ! Il faut que je sois au Cinemark avant 16 heures.

Emma se redressa sur son siège et remit le contact.

— Maintenant, pour ce qui est de savoir comment je vais arriver à servir du pop-corn quatre heures d'affilée après ce que je viens d'apprendre, je n'en ai pas la moindre idée…

14

— Entrez donc !

Harmony nous avait ouvert la porte avant même que nous ne soyons descendus de voiture.

— Emma ne va pas bien ? s'enquit-elle.

Nash tourna la tête pour jeter un coup d'œil derrière lui. Je suivis son regard. Emma, qui verrouillait les portières de sa voiture, avait l'air légèrement sonnée, comme si les informations qu'elle venait d'ingurgiter avaient finalement fait leur chemin jusqu'à sa conscience. Le Faucheur, quant à lui, s'était volatilisé.

— Elle vient de faire la connaissance de Tod, répondis-je.

Je pénétrai dans le séjour sombre et accueillant et laissai tomber mon sac par terre à côté du canapé.

Avec un sourire entendu, Harmony scruta Emma qui grimpait les marches du perron.

— Ahhh... je vois. Eh bien, entre, Emma. J'ai fait des biscuits.

Emma ne tenta même pas de protester. Ayant eu maintes fois l'occasion de goûter aux gâteaux d'Harmony, elle savait qu'il ne servirait à rien de décliner pareille offre, quand bien même le petit détour qu'elle avait dû faire pour nous l'avait déjà mise en retard à son travail.

Harmony referma la porte d'entrée et nous suivit dans la cuisine, où nous nous retrouvâmes tous autour du comptoir sur lequel trônait une assiette de biscuits au chocolat encore tout chauds, saupoudrés de sucre glace scintillant.

— Je vous assure, Harmony, si vous n'arrêtez pas de nous faire des gâteaux, je ne vais plus pouvoir entrer dans ma voiture, annonçai-je. A supposer que je la récupère un jour.

Je mordis dans un biscuit et découvris qu'il était fourré au beurre de cacahuète. Un délice !

— Je suis désolée que mon père vous ait ennuyée hier soir, repris-je. Il a vraiment exagéré.

— Tu sais, ça ne te ferait pas de mal de lui faire savoir de temps en temps que tout va bien, histoire qu'il ne s'inquiète pas.

La mère de Nash tendit le bras par-dessus le comptoir pour donner une petite tape sur l'épaule de son fils.

— Et toi aussi, d'ailleurs. Ce n'est pas pour rien que tu as un téléphone mobile.

Nash haussa les épaules et enfourna un biscuit entier dans sa bouche pour éviter d'avoir à répondre.

Pour ma part, je me sentis obligée de fournir une explication.

— Je n'y peux rien, c'est mon père. Quoi que je fasse, il va stresser.

D'un côté, je remerciais le ciel que mon père se fasse du mauvais sang pour une cause valable plutôt que pour quelque chose d'aussi stupide que, par exemple, la teneur en plomb de mon shampooing. Mais, d'un autre côté, je ne pouvais ignorer tout à fait l'ironie de la situation. Pendant les treize dernières années, il n'avait même pas su jusqu'à quelle heure j'avais la permission de sortir le soir, et voilà qu'à présent il s'efforçait de décrocher la médaille du « meilleur père de l'année » !

Sans le coup de téléphone d'Addy, Nash et moi serions rentrés à la maison bien avant l'heure. Si j'avais su ce qui allait arriver, j'aurais appelé mon père, ne serait-ce que pour inventer une excuse afin de justifier mon retard. Mais après l'appel d'Addy, tout s'était passé si vite que j'avais complètement oublié — je le jure — que je possédais un téléphone portable, et encore plus que j'avais un couvre-feu à respecter.

— Mmm, grogna Emma en savourant sa première bouchée, comme ivre de plaisir. Je peux en prendre un pour la route ?

Un large sourire s'épanouit sur le visage d'Harmony. Elle se mit immédiatement à fourrager dans ses tiroirs.

— Je vais t'en mettre quelques-uns dans un sachet.

Cinq minutes plus tard, Emma repartait, armée d'un sac en papier rempli de biscuits au beurre de cacahuète, et après nous avoir discrètement promis de nous retrouver à minuit dans l'allée devant chez Nash. A cette heure-là, Harmony serait déjà au travail et — du moins était-ce à espérer — mon père serait certainement en train de dormir. A condition, naturellement, que je ne l'aie pas réveillé en sortant de la maison en douce.

Après le départ d'Emma, Harmony expédia Nash dans sa chambre avec une assiette de gâteaux secs et une invitation très ferme à profiter de ce moment de tranquillité pour faire ses devoirs.

Quand, une minute plus tard, nous entendîmes le ronronnement de sa XBox, sa mère et moi levâmes ensemble les yeux au ciel. Comme à son habitude, Nash laisserait de côté ses devoirs jusqu'à la dernière minute et, quand il se déciderait enfin, il ne les ferait probablement qu'à moitié. Et pourtant il se débrouillerait quand même pour décrocher de bonnes notes. En se donnant un tant soit peu de peine, il pourrait sans doute finir premier de la classe, s'il le voulait.

Harmony versa du soda dans deux verres pleins

de glaçons, puis me fit signe d'emporter quelques biscuits dans le séjour.

— Ton père sait que tu es ici, n'est-ce pas ?

Elle but une gorgée de son verre tout en franchissant à reculons la porte battante de la cuisine pour me la tenir ouverte.

— Oui, c'est lui qui a eu l'idée de me faire prendre ces cours. Il dit que le meilleur moyen d'éviter les problèmes, c'est d'acquérir un maximum de savoir. Ou quelque chose dans le genre.

Une théorie que je n'avais pas manqué de lui rappeler lorsqu'il avait menacé de m'obliger à rentrer directement à la maison en revenant du lycée.

Avec un peu de chance, il ne se douterait jamais que les connaissances dont j'étais sur le point de me barder allaient peut-être m'attirer davantage d'ennuis qu'il ne pourrait jamais l'imaginer.

Restait à espérer qu'elles suffiraient aussi à nous sortir du bourbier dans lequel nous étions tous plongés.

J'avais vaguement échafaudé un plan pour amener Harmony à m'enseigner ce que nous avions besoin de savoir et pour lui faire croire que l'idée venait d'elle. Simple principe de psychologie inversée. Mais qui ne marche qu'avec les jeunes enfants et les adultes.

Je me laissai choir sur le canapé et posai les

cookies enveloppés dans une serviette en papier sur la table basse.

— On pourrait laisser tomber la leçon pour aujourd'hui et nous gaver de sucreries à la place, proposai-je. Nous ne sommes pas obligées de le dire à mon père.

Les différentes nuances de bleu dans les iris d'Harmony tournoyèrent avec nonchalance et sa moue désapprobatrice lui donna un air incroyablement séduisant pour une femme âgée de quatre-vingt-deux ans. Il fallait reconnaître qu'elle tenait remarquablement la route pour une octogénaire.

— Kaylee, il faut que tu apprennes à connaître tes origines *banshee* ainsi que les pouvoirs qu'elles te donnent. Je ne voudrais pas qu'un jour tu tombes sur un os, comme ça t'est déjà arrivé avec Belphégor.

— Oh, ça ne risque pas ! Je sais ce que je suis maintenant. Et ce n'est pas comme si j'allais devoir me servir de tout ça un jour, pas vrai ?

J'eus beau hausser les épaules d'un air désinvolte, en mon for intérieur, je me ratatinai sous son regard peiné.

— Je veux dire, je sais déjà retenir mon cri de lamentation et c'est tout ce dont j'ai vraiment besoin, non ?

Je détestais feindre l'indifférence vis-à-vis de ce qu'elle avait à m'apprendre, alors qu'en réalité j'étais dévorée de curiosité. Et je le réprouvais d'autant plus que cela me faisait passer pour une ingrate à ses yeux. Mais le sort des âmes d'Addy et Regan dépendait de mon habileté à convaincre Harmony de m'apprendre ce que mon père n'aurait jamais approuvé. Ce que, normalement, elle ne m'aurait jamais enseigné de son plein gré.

— On ne sait jamais, Kaylee.

Elle but une autre gorgée, sans doute pour masquer sa déception, laquelle avait pratiquement effacé les fossettes qui creusaient ses joues.

— Il se présente parfois des situations d'urgence, et il se peut que tu aies besoin un jour de savoir comment pénétrer dans le monde des ténèbres, au lieu de juste y jeter un coup d'œil.

Mastiquant ma dernière bouchée de biscuit, je fronçai les sourcils pour bien démontrer ma réticence.

— Est-ce que ce n'est pas dangereux ?

Elle haussa les épaules et remonta les manches de son pull moulant couleur lilas.

— Si c'est fait sans surveillance, certainement. Mais les risques seront moindres si nous effectuons la traversée à partir d'ici.

— Parce que les habitations humaines n'existent pas dans le monde des ténèbres ? demandai-je en pensant à ce qu'elle m'avait dit le dimanche précédent.

— C'est vrai, mais les créatures du monde d'en

bas disposent de leurs propres maisons, et si tu passes de l'autre côté sans savoir où tu vas atterrir, tu pourrais bien te retrouver dans un endroit où tu n'aurais pas du tout envie d'être.

Certainement un doux euphémisme, je l'aurais parié.

— On ne pourrait pas simplement jeter un œil pour voir ce qui se trouve ici, sur le plan des ténèbres ?

— Si, d'une certaine façon.

Harmony se redressa sur le canapé. Maintenant que je commençais à manifester quelque curiosité, elle s'animait peu à peu.

— Quand on regarde dans le monde des ténèbres à partir du nôtre, ou inversement, on voit les deux réalités superposées. Ça peut être extrêmement déroutant si on n'a pas l'habitude de faire mentalement le tri dans ce que l'on perçoit. On risque fort de passer à côté de quelque chose d'important. Ou de dangereux.

— Alors, comment savez-vous qu'il est sans danger de faire la traversée à partir de votre maison ? m'enquis-je avec impatience. Vous avez déjà essayé, c'est ça ? A quel endroit ressort-on ?

Harmony posa son verre sur la table basse, puis me fixa sans détour.

— En effet, il m'est déjà arrivé de le faire. J'ai dû passer de l'autre côté au moment où nous avons emménagé ici, pour m'assurer que l'endroit était sûr. Et j'y retourne périodiquement pour vérifier que rien n'a changé.

— Qu'est-ce qui pourrait changer ?

Elle haussa les épaules.

— Leur paysage évolue, tout comme le nôtre, selon les besoins de la population.

— Eh bien, est-ce sans danger ?

Elle sourit. De toute évidence, l'intérêt que je montrais lui plaisait.

— Oui, c'est sans danger. Enfin, relativement. Cet endroit précis dans le monde des ténèbres...

Elle ouvrit les bras dans un geste qui voulait englober la maison entière.

— ... est... inoccupé. Mais, Kaylee, les choses sont différentes, là-bas. C'est comme un reflet déformé de notre monde. Tout est distordu, comme si le monde avait d'une certaine façon *basculé.*

Je savais exactement ce qu'elle voulait dire — même si je n'étais jamais entrée pour de bon dans les ténèbres — parce que j'avais déjà vu les créatures qui y vivaient. Et pour être tordues, elles l'étaient ! Disproportionnées, comme les images distendues ou ratatinées qu'on voit se refléter dans les miroirs déformants des fêtes foraines. Je ne pouvais que me figurer ce à quoi leur environnement devait ressembler.

Et, pour être tout à fait franche, je ne tenais pas à faire *davantage* qu'imaginer. Cependant, mon imagination seule ne suffirait pas à récupérer les âmes des sœurs Page. Ni à me permettre de m'éclipser de la maison au cas où mon père ne se déciderait pas à aller se coucher à une heure raisonnable…

— Etes-vous déjà entrée dans le royaume des ténèbres à partir de chez moi ? demandai-je le cœur battant.

Elle allait lire dans mes pensées, j'en étais sûre, et deviner ce que j'étais en train de mijoter. Elle le dirait à mon père et tout serait fichu. Addy mourrait sans son âme et Regan suivrait le même chemin lorsque son heure viendrait.

Mais Harmony se contenta d'incliner la tête et de froncer les sourcils. Plusieurs éventualités déplaisantes se présentaient sûrement à son esprit.

— Une fois seulement. Pourquoi ?

Après avoir réfléchi rapidement, j'optai pour une semi-vérité.

— Ça me flanque la frousse de penser que d'*autres* — une espèce de famille surnaturelle — puissent vivre dans la même maison que moi mais dans un univers parallèle. Et si tout à coup il y avait une urgence et que je sois obligée de traverser ? Il vaudrait mieux que je sache où je risque de mettre les pieds avant d'y aller. Histoire d'être certaine qu'il n'y a rien à craindre.

Je lui avais resservi, à peu de chose près, ses propres paroles. Les yeux bleus d'Harmony s'assombrirent un instant avant de devenir aussi limpides que le ciel après un orage d'été.

J'admirais sa maîtrise de soi. Sa persévérance. Harmony s'était déjà relevée deux fois — après la mort de son mari puis après celle de son fils aîné —, s'était remise d'aplomb et avait recollé les morceaux de sa vie brisée. Et, malgré tout, elle trouvait toujours en elle de quoi donner à ceux qui avaient besoin de son aide. De quoi protéger Nash et moi, et, du même coup, Emma, Addy et Regan.

— Tu n'as pas besoin de t'inquiéter pour ça, répondit-elle en me tendant un biscuit auquel elle n'avait pas touché — comme si un peu de sucre avait le pouvoir de tout arranger. Le monde des ténèbres est beaucoup moins peuplé que le nôtre. Ce qui fait que chaque maison chez nous n'a pas forcément son équivalent chez eux. En traversant de chez toi, tu trouverais un terrain envahi de mauvaises herbes et, plus loin, des immeubles, du côté de notre centre-ville. Pratiquement la même chose que ce que tu verrais en partant d'ici.

A la bonne heure ! Je m'appliquai à mastiquer ma bouchée pour dissimuler un soupir de soulagement.

— Mais ça ne veut pas dire que tu dois essayer, Kaylee ! conclut-elle d'un ton devenu grave.

Dans ses yeux brillants, je décelai la solennité d'une mise en garde.

— Le monde des ténèbres est dangereux, continua-t-elle. Surtout pour les *banshee.* Aussi, tu ne dois jamais y aller, à moins de n'avoir littéralement pas le choix.

Je me bornai à opiner.

— Mais si j'en avais vraiment besoin ? S'il y avait une urgence ?

Je marquai un temps d'arrêt pour la regarder dans les yeux, m'efforçant de mettre dans les miens autant d'ardeur que de crainte prudente. Comme si j'avais souhaité acquérir la connaissance tout en espérant ne jamais avoir à m'en servir. Ce qui, somme toute, était absolument exact ; ma peur était assez réelle pour résister à un examen minutieux de sa part.

— Vous avez dit que ça marchait exactement comme quand on veut juste jeter un coup d'œil, pas vrai ?

Elle prit son verre à deux mains et se cala contre l'accoudoir du canapé. Avec ses jambes minces repliées sous elle, elle paraissait facilement un quart de son âge.

— En effet. C'est l'*intention* qui fait toute la différence. Si tu fais naître ton cri de lamentation délibérément, comme tu as appris à le faire lundi, mais avec l'intention d'entrer dans le monde des ténèbres, au lieu de simplement regarder à l'intérieur, alors tu passeras de l'autre côté.

Elle reposa son verre et se redressa, comme pour

souligner l'importance de ce qu'elle s'apprêtait à dire.

— C'est redoutablement facile, Kaylee. La chose la plus importante à apprendre, c'est de ne *pas* y aller quand on veut seulement regarder, parce que, lorsqu'on a traversé une première fois, le corps s'en souvient. Et, parfois, on dirait qu'il veut y retourner, même si on n'en a pas envie.

D'accord, là, je reconnais que ça me donnait la chair de poule !…

Une bouffée de peur m'envoya des frissons glacés tout le long des bras.

— C'est pourquoi nous n'allons pas essayer, conclut Harmony en s'enfonçant de nouveau dans son siège, son sourire charmant revenu en place. Je pense que le savoir théorique te suffira pour l'instant.

J'acquiesçai d'un signe de tête. N'empêche, c'était d'expérience pratique que j'avais besoin.

— Une fois là-bas, est-ce qu'on revient de la même façon ? En poussant une plainte funèbre avec l'intention de retourner à la maison ?

Harmony hocha la tête.

— Mais, Kaylee, tu ne dois avoir recours à ce moyen que dans les cas d'extrême urgence. Je ne saurais trop insister là-dessus. Il n'est pas question d'aller faire du tourisme dans le royaume des ténèbres. Tu rayonnes de jeunesse et de vitalité, ça ne pourrait qu'attirer… des individus. Des Ténébreux.

Et maintenant, ça devenait carrément glauque...

— Ne vous inquiétez pas, soupirai-je avec un sourire que je tâchai de rendre rassurant. Je ne suis pas le genre à foncer tête baissée au-devant du danger.

Et, malgré tout, le danger semblait toujours savoir où me trouver...

— Je sais.

Elle but le reste de son Coca et nous restâmes assises en silence pendant presque une minute, écoutant les bruits de bagarre enregistrés qui sortaient de la chambre de Nash. Puis, même si ce que je venais d'apprendre m'angoissait plus que je ne voulais l'admettre, je décidai de jouer ma dernière carte, prête à tout pour obtenir une dernière information, la plus importante.

— Puisque vous avez vérifié qu'il n'y avait pas de danger à passer de l'autre côté à partir d'ici, mon père a sûrement dû faire la même chose, non ? Il a effectué la traversée au départ de notre maison pour s'assurer que c'était sans risque ?

Harmony eut un grand sourire, à croire que je venais de lui demander de m'expliquer la différence entre les garçons et les filles.

— Pas exactement, répondit-elle sans cesser de sourire. Ton père ne peut pas traverser tout seul.

Ça, je le savais déjà, grâce à Tod.

— Alors, je suis allée avec lui. Les humains et les

banshee mâles ont besoin du chant de lamentation de l'une des nôtres pour franchir la frontière.

— Oh!

Je laissai mes yeux s'arrondir de surprise inquiète.

— Et si quelque chose de grave arrivait et que nous soyons tous les deux obligés de passer de l'autre côté, comment devrai-je m'y prendre ? Il faudra que je l'emmène avec moi ?

Je ne m'attendais pas à une réponse de sa part. Franchement, je n'y croyais pas. Et elle ne m'en aurait probablement donné aucune, si elle n'avait éprouvé des remords à l'idée de m'avoir fichu une peur bleue en me laissant entendre que je pourrais un jour être obligée d'abandonner mon père dans une maison en flammes parce qu'il était incapable de traverser par ses propres moyens.

— Tu n'auras qu'à te cramponner à lui pendant la traversée et il te suivra. Pareil pour les vêtements que tu porteras et tout ce que tu tiendras dans les mains. Ce qui t'évitera, d'ailleurs, de te retrouver toute nue en plein milieu des ténèbres !

Harmony sourit à sa propre plaisanterie et je me forçai à émettre un petit gloussement pour lui montrer que je ne flippais pas complètement.

— Vous avez terminé, toutes les deux ? demanda Nash.

Je levai les yeux pour le voir qui nous observait à

l'entrée de leur petit couloir sombre. Il jeta ostensiblement un coup d'œil à sa montre, puis vers moi.

— Il est presque 4 heures et demie. A quelle heure dois-tu être rentrée chez toi ?

— Mon père ne va sans doute pas tarder à téléphoner pour vérifier que je suis bien à la maison. Histoire de s'assurer que je ne suis pas en train de m'amuser comme les autres filles de mon âge.

Je me levai et ramassai mon sac à dos. Harmony se leva à son tour. Elle avait compris le message.

— Vas-y doucement avec ton père. C'est encore nouveau pour lui.

— Oui, je sais.

Mais à qui la faute ? Il avait eu treize ans pour reprendre son rôle dans ma vie après la mort de ma mère et, jusqu'à présent, l'expression « mieux vaut tard que jamais » ne se vérifiait guère dans son cas.

— Tu me raccompagnes ? demandai-je à Nash.

— Bien sûr !

— Merci pour les biscuits, Harmony. Et pour la leçon, ajoutai-je, m'efforçant toujours de me faire pardonner mon indifférence apparente à l'égard des efforts qu'elle déployait pour m'aider.

— De rien, répondit-elle en emportant les deux verres vides dans la cuisine. Et Nash, s'il te plaît, ne traîne pas. Je doute que se promener en ta compagnie fasse partie des choses que Kaylee a le droit de faire en ce moment.

Ce qui était peu dire ! Mais, de toute façon, quoi que je fasse, mon père savait que je le faisais avec Nash.

Nash leva les yeux au ciel et m'ouvrit la porte tandis que j'enfilai mes deux bras en même temps dans les manches de mon blouson avant de prendre le sac à dos qu'il me tendait.

— Au revoir, maman...

Nous n'entendîmes pas sa réponse, car la porte se referma derrière nous et nous marchions déjà main dans la main, malgré le froid qui m'engourdissait les doigts. Le trajet jusqu'à chez moi se déroula dans un silence complice. Arrivée devant ma porte d'entrée, je sortis mon porte-clés et, avec un pincement au cœur, constatai que celle de ma voiture y brillait toujours par son absence. Malgré l'avertissement de sa mère, Nash entra à ma suite.

— Tu veux quelque chose à grignoter ? suggérai-je en me débarrassant d'un coup d'épaule de mon sac à dos et de mon blouson que je laissai tomber sur le canapé.

Lorsque je levai les yeux, Nash était là, si près que je retins mon souffle.

— C'est toi que je veux, murmura-t-il.

Ses yeux luisaient comme des braises. Ses lèvres s'entrouvrirent, juste assez pour me donner envie de m'y glisser. De les goûter avec ma langue. Puis de butiner sa mâchoire, son cou.

— Mmm, susurrai-je lorsque ses lèvres trouvèrent le lobe de mon oreille.

Je venais de pousser le même soupir de plaisir qu'Emma au moment où elle avait mordu dans son premier biscuit au beurre de cacahuète.

Il faut dire que Nash était tout aussi délicieux, mais sans pour autant apaiser ma faim. Car nous avions beau passer tout le temps que nous pouvions ensemble, j'avais beau me presser contre lui aussi fort que possible, j'en voulais toujours davantage.

Mais si « davantage » se révélait trop pour moi et à peine suffisant pour lui ? Au fond de moi subsistait toujours cette crainte, cette certitude secrète que, si je couchais avec Nash — si je nous accordais ce que nous désirions tous les deux —, il continuerait ensuite son chemin à la poursuite d'autres conquêtes.

Impossible d'endormir cette maudite paranoïa ! Au contraire, elle se renforçait à mesure que montait le désir de Nash. Mais si ce désir ressemblait seulement à l'impatience que l'on éprouve en attendant que le pop-corn éclate ou que le café soit passé ? L'arôme qu'ils dégagent a beau vous mettre l'eau à la bouche, leur goût ne sera jamais à la hauteur de leurs promesses. Et aucun des deux ne suffira jamais à vous rassasier. Se pourrait-il que je sois l'équivalent sexuel du pop-corn ? Uniquement bonne à satisfaire des envies passagères ?

La bouche de Nash rencontra la mienne, et je chassai aussitôt mes peurs. J'ouvris mes lèvres, les refermai sur sa langue pour la savourer à loisir. Il s'appuya contre moi, et nous nous serions effondrés sur les coussins du canapé s'il ne s'était retenu d'une main contre le dossier. Il jeta mon sac à dos et mon blouson par terre puis, tout doucement, me fit asseoir. Avec une lenteur exaspérante.

Même noyée dans mes propres doutes, je n'avais aucune patience.

Prenant appui sur un coude, il se pencha au-dessus de moi, ses hanches plaquées contre les miennes, son torse pressé contre ma poitrine. Son genou glissa entre mes jambes, je retins mon souffle. Je ressentis une chaleur au creux de mon ventre qui se propagea en vagues de picotements à travers tout mon corps. Ses baisers étaient si exquis, le contact de sa peau si troublant ! Et je le comprenais comme jamais une fille humaine n'en serait capable.

Les lèvres de Nash descendirent le long de mon cou, allumant sur leur passage d'irrésistibles fourmillements. L'adrénaline coulait à flots dans mes veines. J'agrippai sa chemise et la tirai vers le haut, caressai son ventre du bout des doigts.

Et en cet instant, pour la simple raison que la pratique du football avait littéralement façonné son corps, je devins fan de ce sport. Je ne pus résister au plaisir de laisser mes mains courir sur son dos, de sentir sous mes doigts ses muscles tressaillir et se contracter. Nash était la puissance physique personnifiée et le seul fait de le toucher me rendait plus forte. Plus solide. A même d'affronter ce qui nous attendait.

Avec Nash à mes côtés, j'en serais capable. Je pourrais faire n'importe quoi.

C'est à cet instant précis que le téléphone sonna. Nash grogna de frustration.

— C'est ton père ?

— Probablement.

Il s'écroula sur moi, me clouant sur le canapé l'espace d'un instant, tandis que la sonnerie continuait de retentir. Je n'avais aucune envie de bouger. Je ne voulais pas que Nash se relève. Il n'avait pas le choix, évidemment, mais il le fit avec une lenteur délicieuse, s'écartant de moi centimètre par centimètre, pour finalement se retrouver assis par terre à côté du canapé, une main posée à plat sur mon ventre.

Essayant de me déplacer le moins possible, je tendis le bras par-dessus ma tête et attrapai le téléphone.

— Allô !

— Si je comprends bien, tu es à la maison ?

— C'est évident, non ?

Regrettant aussitôt mes paroles, je fermai les

yeux. J'avais répondu avec plus de dureté que je n'en avais eu l'intention, ma voix rendue agressive par l'agacement d'avoir été interrompue.

Mon père poussa un soupir dans lequel je perçus une pointe de tristesse.

— Nash est là ?

— Il m'a raccompagnée.

Il soupira de nouveau puis éleva la voix.

— Nash, rentre chez toi !

Nash se renfrogna.

— J'allais justement partir.

— Salue ta mère de ma part, ajouta mon père.

Puis il y eut un silence à l'autre bout du fil, ponctué de cliquetis métalliques. Je mis quelque temps à me rendre compte qu'il attendait que Nash s'en aille. Sur-le-champ.

— Euh… je n'y manquerai pas, répondit Nash enfin. Merci.

Il se leva et se pencha pour me déposer un baiser sur la joue — ce qui était à peu près tout ce qu'il osait faire en présence de mon père, même si celui-ci n'était là que par l'esprit. Et par la voix.

— A plus tard, Kaylee, dit-il avant de refermer la porte derrière lui.

— Là, tu es content ? demandai-je d'un ton brusque.

Et, cette fois, je n'éprouvai aucun remords.

— Non, Kaylee, je ne suis pas content. Je serai à

la maison à 7 heures et demie, avec de quoi dîner. Que veux-tu que je te rapporte de chez le traiteur chinois ?

Je me mordis la langue pour ne pas laisser échapper des paroles que je regretterais plus tard. Sans doute beaucoup plus tard.

— Des crevettes et du riz cantonais. Tu veux que je téléphone pour leur passer la commande ?

— Oui, ce serait parfait. Merci.

Il raccrocha et, le regard fixe, je considérai un instant la pièce vide. J'aurais tant voulu trouver un moyen de m'entendre avec mon père et en même temps de sauver l'âme d'Addy ! Sauf que les deux choses semblaient tout à fait incompatibles. Heureusement, tout serait bientôt terminé, ce n'était qu'une question d'heures. Et ma vie pourrait alors reprendre son cours normal.

A condition, cela va sans dire, que je survive à la nuit qui m'attendait.

15

Mon père franchit le seuil de l'entrée, un sac en papier blanc à la main. Il sentait le métal et la sueur et avait une mine épouvantable. Il semblait épuisé. J'éprouvai de la pitié. Et de véritables remords.

Après la mort de ma mère, mon père m'avait confiée à mon oncle et ma tante et était allé en Irlande pour gérer le pub dont ses parents étaient propriétaires. Il n'avait pas fait fortune, là-bas, et lorsqu'il était revenu aux Etats-Unis, il ne possédait en tout et pour tout qu'une valise et juste de quoi verser le dépôt de garantie pour la location d'une maison et acheter une seconde voiture d'occasion — la première étant celle qu'il m'avait offerte pour mon seizième anniversaire.

A présent, il travaillait toute la journée dans une usine et faisait des heures supplémentaires chaque fois qu'il en avait l'opportunité, parce que, estimait-il, il se devait au moins d'essayer de gagner autant d'argent que son frère.

Pour ma part, je me moquais bien de l'argent. A mon avis, en posséder un peu ne faisait que pousser les gens à en vouloir davantage. Et, du reste, j'aimais bien nos vieux meubles d'occasion. S'il m'arrivait de renverser quelque chose dessus, personne n'en faisait toute une montagne et, du coup, je n'avais pas besoin de me priver de grignoter dans le séjour, devant la télévision. Cependant, mon père tenait absolument à ce que nous dînions ensemble chaque soir. Notre minable table de cuisine — une table de jeu, en fait — était la baguette magique qu'il s'acharnait à agiter pour nous métamorphoser en petite famille idéale. Si ce n'est que, certains soirs, tout ce que ce tour de passe-passe semblait réussir à faire était de nous agacer et de nous frustrer autant l'un que l'autre.

Et pourtant il s'obstinait à essayer…

— J'ai pris des raviolis frits en plus, annonça-t-il.

Il posa le sac graisseux sur la table de la cuisine et mit son blouson sur le dossier d'une chaise pliante.

— Merci.

Il savait que ces raviolis étaient mes préférés. Il est vrai qu'il connaissait mes goûts en matière de plats à emporter, vu qu'il avait rarement le temps de cuisiner et que, après avoir vécu avec tante Val pendant treize ans, je me fichais éperdument de ne plus jamais déguster de plats diététiques faits maison.

Nous avons mangé dans un silence presque total, si j'omets les rares fois où il fit intrusion dans mes pensées pour me demander si j'avais fait mes devoirs — oui — et si Nash et Harmony allaient bien — très bien, merci. Il ne m'interrogea pas au sujet de Tod, ce qui était tout aussi bien parce que autrement il aurait deviné, d'après ma réponse, que je passais aussi pas mal de temps avec le Faucheur. Et cela n'aurait fait que l'inquiéter davantage et le mettre encore plus en pétard.

— Combien de temps cela va-t-il durer ? demanda-t-il alors que je repoussais ma chaise sous la table et jetais mon assiette en papier dans la poubelle en plastique. As-tu l'intention de faire la tête encore longtemps ?

— Je ne fais pas la tête.

Je gagnai le séjour en traînant les pieds et fourrai mes livres de trigo et d'histoire — avec mes devoirs pliés à l'intérieur — dans mon sac à dos.

— C'est juste que…

… qu'il y a des choses que je ne peux pas te dire. Des choses pour lesquelles tu pourrais sûrement m'aider. Mais tu ne le voudrais pas. Alors, pas la peine d'en parler.

— … il y a des trucs qui me turlupinent. Mais ça n'a rien à voir avec toi.

J'aurais voulu lui expliquer que les choses allaient s'arranger. Il n'aurait plus besoin de faire autant d'efforts. Il commencerait déjà par se rendre compte que j'avais seize ans — et non pas six —, et finirait par comprendre que Nash ne m'attirait nullement des ennuis, mais au contraire m'aidait à les éviter. A ce moment-là, nous serions tous les deux beaucoup plus à l'aise. Peut-être même serait-il capable de me parler de ma mère sans que les larmes lui montent aux yeux et l'obligent à trouver une excuse pour se taire.

Mais pas maintenant. Pas tant que je continuerais à aider Addy et Regan derrière son dos. Parce qu'il avait conscience que quelque chose ne tournait pas rond et qu'il ne pourrait penser à rien d'autre aussi longtemps que le problème ne serait pas résolu. Quant à moi, je resterais incapable de le regarder dans les yeux tant que je n'aurais pas cessé de lui mentir.

Mais bientôt. Ce serait pour bientôt.

Mon père s'endormit dans son fauteuil de relaxation peu après 11 heures. Je le laissai ronfler pendant plusieurs minutes avant de penser à éteindre la télévision. Assise sur le canapé, je me bornai à le regarder fixement, bouillant d'exaspération.

Il était censé s'endormir dans son lit, pas dans le séjour !

J'aurais pu le réveiller et lui dire d'aller se coucher. Cela lui aurait laissé encore plus d'une demi-heure pour se rendormir avant que je ne doive me mettre en route pour rejoindre Nash chez lui. Sauf que, la dernière fois que j'avais fait ça, il avait tout à coup décidé qu'il n'était pas encore prêt à aller au lit et était resté là à regarder un film d'action débile jusqu'après minuit.

J'aurais aussi pu le laisser où il était et espérer qu'il ne vérifierait pas ma présence au moment d'aller se coucher. Mais, dans ce cas, je courais le risque de le réveiller en ouvrant la porte d'entrée. Car la fenêtre de ma chambre était condamnée à cause de la peinture séchée qui en bloquait l'ouverture. Quant à la moustiquaire sur la porte de derrière, elle couinait comme une vieille harpie grincheuse.

Ne restait que mon plan de secours, celui que j'avais vraiment espéré pouvoir éviter.

La porte de la chambre de mon père était ouverte et j'aperçus mon portable sur la table de chevet, l'air tout malheureux. Je n'avais qu'à le reprendre, mon père ne le saurait jamais, et je disposerais au moins d'une bouée de sauvetage pour le cas où les choses tourneraient affreusement mal au cours de ma petite équipée nocturne.

Je récupérai donc mon téléphone — j'étais trop froussarde pour me lancer sans filet dans une aventure aussi dangereuse — puis j'examinai mon visage dans le miroir au-dessus de ma commode, en me demandant si j'aurais le courage de faire ce qu'il fallait. Je repoussai une mèche de cheveux derrière mon oreille. Les iris de mes yeux étaient-ils en train de tournoyer ? Je ne pouvais m'en rendre compte moi-même, mais si Nash avait été là, aurait-il vu les différents tons de bleu se tortiller sous l'effet de la peur qui battait dans mes veines et laissait derrière elle un sillage glacé qui risquait de voler en éclats au moindre de mes mouvements ? Aurais-je l'audace de pénétrer dans le monde des ténèbres comme si j'y étais chez moi ? Oserais-je demander audience à un démon et lui proposer un marché ?

Et même si j'y arrivais, sortirais-je indemne d'une rencontre de ce type ? Du reste, à quoi m'exposais-je au juste ? Attirer sur moi l'attention d'un démon était une très mauvaise idée, force m'était de le reconnaître. Tout à fait à l'opposé de la philosophie paternelle qui recommandait plutôt de faire profil bas si l'on voulait rester en vie.

Du moins ne serais-je pas seule dans cette mauvaise passe. J'aurais Nash et Tod à mes côtés. A condition que je puisse sortir en douce de ma propre maison et que je m'en tire sans encombre.

Que fallait-il emporter avec moi ?

Quelque chose qui fonctionnerait dans le monde des ténèbres. Evidemment, il paraissait plus sage de voyager léger, mais avais-je vraiment envie de me risquer dans une réalité différente, avec pour tout bagage un téléphone inutilisable et de vieux mouchoirs en papier au fond de mes poches ? Je glissai mon porte-clés — hélas, dépouillé de mes clés de voiture — dans ma poche. De l'argent liquide ne me servirait à rien dans les ténèbres — Nash m'avait dit qu'ils utilisaient une autre monnaie, quelque chose d'invraisemblable — mais, qui sait, nous en aurions peut-être besoin avant de faire la traversée.

Dans un petit coffret sur ma commode, je conservais tous mes trésors : la bague de fiançailles de ma mère et les quarante-huit dollars qui me restaient de ma dernière paye. Je fourrai les billets dans la poche de mon blue-jean. D'habitude, le fait de disposer d'une petite somme d'argent avait sur moi un effet rassurant ; elle représentait un bidon d'essence en cas de panne sèche ou un ticket de bus pour rentrer à la maison si besoin était. Mais, cette fois, je me sentais terriblement mal préparée à affronter le monde avec si peu d'atouts.

Ce qu'il m'aurait fallu, en fait, c'était une arme. Malheureusement, l'objet le plus dangereux dans la maison était le couteau de boucher de mon père et quelque chose me disait qu'il ne me servirait pas à grand-chose contre ce que j'allais rencontrer dans le monde des ténèbres.

J'attachai mes cheveux en queue-de-cheval et enfilai mon blouson. Puis je me déclarai prête à partir. En tout cas, aussi prête que je le serais jamais.

Mon cœur se mit à battre à coups redoublés, je me sentais soudain la gorge si serrée que j'avais du mal à respirer. Mon père ne manquerait pas de se réveiller si j'essayais de déverrouiller la porte d'entrée et de retirer la chaîne, cela, je m'y attendais. En revanche, je n'avais pas la moindre idée de ce que je risquais de faire apparaître en m'introduisant dans le royaume des ténèbres. Harmony m'avait affirmé qu'il n'y aurait qu'une sorte de terrain en friche, mais si elle se trompait ? Et si les choses avaient changé depuis la dernière fois qu'elle avait effectué la traversée ?

Je me secouai pour chasser la peur, m'obligeai à redresser les épaules et à relever le menton. La meilleure façon d'entrer dans la cage aux lions, c'est d'y aller pas à pas.

Sur ce, je me plongeai dans mes souvenirs de mort. C'était comme culbuter tête la première dans un étang de désolation et d'horreur. Au début, j'eus l'impression que j'allais couler à pic. J'allais me noyer dans le chagrin. Puis je me forçai à me concentrer sur ma peine, luttant désespérément pour maîtriser mon émotion. *Sophie, Emma.* Et enfin ma mère — du moins le peu que je me rappelais d'elle. Les souvenirs de la plainte funèbre que j'avais chantée pour leur âme remontaient en moi. L'obscurité m'enveloppa et un son commença à sourdre de ma gorge.

Je serrai les lèvres pour l'empêcher de fuser en un hurlement de tristesse et de douleur. Si mon père m'entendait pousser mon cri de lamentation — ou ce qu'il aurait plutôt perçu comme un chant —, tout était fichu. Aussi ravalai-je le son, comme Harmony me l'avait appris. Je le repoussai de force dans mon cœur, où il se répercuta en moi, martelant sans pitié ma fragile maîtrise de soi, me déchirant les entrailles.

Ce fut plus facile cette fois, exactement comme Harmony me l'avait promis. Ou plutôt comme elle m'en avait prévenue. Je voyais la brume des ténèbres s'épanouir devant mes yeux, un voile gris se déposer sur ma chambre, recouvrir mon lit, ma commode et mon bureau de différentes nuances d'ombre. Il ne me restait plus qu'à insuffler une intention à ma plainte.

Quoi que cela signifie…

Je veux traverser, pensai-je, les yeux fermés. Quand je les rouvris, ma chambre était toujours aussi grise et n'avait pas bougé d'un pouce.

Ç'aurait été tellement plus simple s'il y avait eu un mot de passe ou une formule magique, genre *Sésame, ouvre-toi !*

Bon, d'accord ! Ça non plus, ça ne marchait pas.

Je refermai les yeux, prenant bien soin de retenir ma plainte au fond de ma gorge — à l'exception d'une mince volute sonore qui réussit à se frayer un chemin jusque dans la pièce, pareil à un étroit ruban venu des ténèbres qui serait passé par mon corps pour atteindre le monde humain. Si seulement je pouvais le suivre, comme un fil d'Ariane, j'étais certaine qu'il me conduirait là où je voulais aller.

Où j'étais déjà en train d'aller…

Le ronronnement du réfrigérateur s'estompa et un courant d'air frais m'effleura le visage. J'ouvris les yeux et sursautai si violemment que je faillis m'étrangler avec mon propre cri. Je toussai, le filet de son se transforma en gargouillis mouillé.

Ma chambre avait disparu. De même que toute la maison. Les murs, les portes, les meubles, tout s'était volatilisé. Et mon père avec.

Je me retrouvai au milieu d'un vaste champ couvert d'herbes que je ne reconnus pas. En tout cas, elles étaient si hautes que mes coudes en frôlaient les minces épis au bout de leurs tiges. Avant même d'avoir fait un pas, je compris que traverser ce champ ne serait pas une partie de plaisir.

J'effleurai du bout des doigts les épis, surprise par le bruissement râpeux qu'ils émettaient au contact de ma peau. Les tiges étaient rigides et cassantes, et étrangement froides au toucher, comme si, au lieu de tirer leur énergie du soleil, elles ne se nourrissaient que de vent glacial. Et elles n'étaient pas vertes non plus, n'avaient même pas les tons bruns dont l'automne pare la végétation dans le monde humain. Le champ entier arborait une couleur ocre vert, avec des nuances terre de Sienne à la base des tiges.

Poussée par la curiosité, je pliai un épi… et faillis avoir une attaque lorsqu'il se rompit avec un *craquement* perceptible et explosa entre mes doigts. Il ne s'effrita pas, il se *fragmenta* en plusieurs centaines de minuscules esquilles végétales glacées. Les débris tombèrent avec un tintement de clochette.

La pointe acérée d'un brin d'herbe s'accrocha dans la toile de mon blue-jean. En essayant de le retirer, j'enfonçai l'écharde encore plus profondément et tressaillis lorsque le minuscule bout pointu se planta dans ma peau. Après m'être servie de mes ongles comme d'une pince à épiler pour l'arracher avec précaution, je fus surprise de voir une petite tache de sang sur mon pantalon.

Cette imbécile de plante m'avait coupée ! Je me fis la réflexion que les *brins* d'herbe portaient bien mal leur nom, on aurait plutôt dû parler de *lames*.

Je relevai lentement la tête, puis pivotai sur moi-même pour balayer du regard cette végétation qui m'entourait, prenant garde à ne pas briser d'autres tiges. Je me trouvais au milieu du champ, à une trentaine de mètres au moins de la lisière la plus proche, en face de moi. Impossible de traverser une telle étendue sans me faire déchiqueter au passage !

Quand Harmony m'avait prévenue que le monde des ténèbres était dangereux, j'avais cru qu'elle parlait de ses habitants !

Je promenai mon regard sur ce décor inconnu, espérant trouver l'inspiration dans la contemplation du paysage. Ce que je voyais du monde des ténèbres était magnifique, mais dans le genre plutôt glauque et lugubre. Le ciel nocturne était d'un violet meurtri, zébré de cicatrices bleues et vertes, comme si la Terre avait roué de coups sa voûte céleste pour la soumettre.

Le mince croissant de lune était rouge sang, ses extrémités pointues semblaient transpercer le ciel au lieu de le magnifier. Si la lune était d'une beauté surnaturelle et terrifiante, elle ne m'était d'aucun secours pour sortir de ce champ. *Jamais* je n'arriverais à parcourir quelque trente mètres semés de flèches de verre, sans me faire découper en rondelles.

Mais peut-être n'y serais-je pas obligée…

Après tout, je n'avais pas besoin de m'éterniser dans le monde des ténèbres. Je n'avais qu'à y rester juste le temps de sortir de chez moi sans réveiller mon père.

Est-ce que ça aurait beaucoup gêné Harmony de me préciser que la flore dans le monde des ténèbres était horriblement dangereuse ?

Allez, Kaylee, concentre-toi… Quelle distancc y avait-il entre ma chambre et le jardin sous ma fenêtre ?

Avant de passer de l'autre côté, je m'étais tenue debout devant mon miroir. Je fermai les yeux et me visualisai en train de me retourner puis de traverser ma petite chambre en direction du mur du fond.

Dix pas, à peu de chose de près. Si je réussissais à faire huit pas sur ma droite, je me retrouverais juste sous la fenêtre de ma chambre. A condition que je n'aie pas mal calculé mon coup et que je ne rentre pas dans le mur de brique…

Alors disons plutôt neuf pas, pour plus de sécurité.

Je pris une profonde inspiration et levai les bras pour éviter de me les faire taillader en effleurant les tiges d'herbe. Puis je fis glisser mon pied droit sur le côté. D'un pas.

Quatre tiges se brisèrent aussitôt comme du verre. Elles s'affaissèrent en faisant pleuvoir sur ma jambe des fragments pointus de végétation, fragments qui volèrent à leur tour en éclats. Cependant, comme je ne tentai pas cette fois de les balayer d'un geste de la main, je parvins à limiter les dégâts.

A ma gauche, quelque chose grogna et s'approcha en rampant. A trois mètres de moi, plusieurs tiges s'agitèrent sans se casser.

Mon pouls s'accéléra, je commençai à transpirer malgré le froid. Une mèche échappée de ma queue-de-cheval me retomba sur les yeux et je la rejetai en arrière, à l'affût du moindre bruit ou mouvement montant du sol autour de moi. Mais il n'y avait rien, du moins pour le moment.

Je me remis en route, me déplaçant latéralement

à travers la végétation, marquant une pause après chaque pas pour laisser aux herbes le temps de se redresser et vérifier que je ne m'étais pas coupée. Il y eut d'autres crépitements, qui provoquèrent en moi un bref accès de panique proche de la nausée. Mais je ne vis rien bouger.

Les herbes craquaient sous mes chaussures, et j'appris vite à poser mon pied droit en diagonale, de façon à ce que les tiges retombent de côté, et non pas sur mes jambes. Les bruits de glissement persistaient, comme un écho sinistre de l'affolement qui s'était emparé d'une partie de mon cerveau. Je fuyais tant bien que mal dans la direction opposée, priant le ciel pour que la chose, quelle qu'elle soit, qui produisait ces bruits ne se jette pas sur moi. Ne me morde pas. Bref, ne me fasse rien du tout.

Au bout de dix pas, j'étais certaine d'être arrivée à bon port. Je fermai les yeux et me bouchai les oreilles afin d'occulter les sons et les images du monde des ténèbres, sans me soucier de l'air stupide que je devais avoir.

Je voulais avoir l'air bête dans mon propre jardin.

Cette fois, mon cri de lamentation vint encore plus facilement et, au lieu de m'en inquiéter, je m'en délectai, trop heureuse de ne pas avoir à suer sang et eau pour arriver à me concentrer, alors qu'une créature rampante se dirigeait droit sur moi. Je n'eus pas non plus de mal à invoquer une raison de traverser. Je voulais sérieusement rentrer chez moi. Juste le temps d'en ressortir en douce.

Gardant les yeux ouverts, je vis avec ébahissement le monde des ténèbres se dissiper autour de moi, devenir gris tout d'abord, puis immatériel. Les tiges coupantes s'estompèrent avant de disparaître complètement. Je me retrouvai sur l'herbe rase et desséchée qui bordait notre maison, à une quinzaine de centimètres seulement du mur de brique et de la fenêtre de ma chambre.

Oups, on pouvait dire que je l'avais échappé belle ! Même si j'avais fait deux pas de plus, juste pour être sûre. Cela voulait-il dire que les distances étaient faussées dans le royaume des ténèbres ?

Mon cerveau se mit à gamberger sur les implications éventuelles de cette idée, mais je ne tardai pas à les chasser. Il fallait que j'aille retrouver Nash.

Je passai un moment à retirer les fragments d'herbe plantés dans mon blue-jean, vaguement inquiète qu'ils ne se soient pas simplement volatilisés en même temps que le reste des ténèbres. Puis je remontai la fermeture Eclair de mon blouson et partis chez Nash au pas de course, espérant que le mouvement de mes jambes ferait tomber le reste des échardes.

N'importe quel autre soir, j'aurais eu peur de me retrouver dehors toute seule, mais, après quelques minutes passées dans les ténèbres à me frayer un chemin au milieu de plantes mortelles pour échapper à une créature invisible et rampante lancée à ma poursuite, une sortie nocturne dans le monde humain me paraissait une simple promenade de santé.

Arrivée à destination, j'étais à bout de souffle. Nash, Tod et Emma s'apprêtaient déjà à s'entasser dans la voiture.

— Vous partez sans moi ? lançai-je, m'appuyant des deux mains sur mes genoux pour reprendre haleine.

— Kaylee, tu m'as fait peur ! s'écria Emma, si fort que tous les gens du voisinage qui ne dormaient pas encore durent l'entendre.

Nash m'accueillit avec un chaste baiser sur le bout du nez, accueil qui trahissait plus le soulagement que le feu de la passion.

— Nous ne partions pas sans toi, dit-il. Nous allions te chercher.

J'enroulai mon bras autour de sa taille, me pressai contre lui pour profiter de sa chaleur.

— Je n'ai que deux minutes de…

Je jetai un coup d'œil à ma montre, et ma voix s'éteignit. Il était 1 heure moins vingt-cinq. J'avais quitté ma chambre aux alentours de minuit moins cinq, et je n'avais pas mis plus de dix minutes pour couvrir la distance entre ma maison et celle de Nash.

Et j'avais passé moins de cinq minutes dans le monde des ténèbres, j'en étais absolument certaine.

Ce qui voulait dire qu'il me manquait vingt-cinq minutes…

Une vague de peur glacée me submergea, que les frères Hudson ne manquèrent pas de déceler sur mon visage.

— Comment es-tu sortie de chez toi, Kaylee ? demanda Tod d'une voix chargée de suspicion.

En voyant Emma tourner la tête vers lui, je compris qu'elle pouvait le voir et l'entendre.

Je m'appuyai contre Nash et baissai la tête.

— Mon père s'est endormi dans le séjour. Je n'avais pas le choix.

— Alors tu as traversé ?

La voix de Nash s'était faite plus grave et plus menaçante que je ne la lui avais jamais entendue, et il n'y avait nulle trace de sérénité dans ses paroles. Les deux mains posées sur mes épaules, bras tendus, il me dévisageait.

— Ne recommence jamais ça, tu as compris ?

D'un haussement d'épaules, je me dégageai de son étreinte. Une flambée de colère s'alluma en moi.

— Ça va être difficile de récupérer l'âme d'Addy sans traverser, rétorquai-je.

— Traverser ? répéta Emma, interloquée. Pour aller où ?

Nash ignora sa question.

— Je veux dire, toute seule, rectifia-t-il à mon intention. Tu ne dois pas y aller seule, Kaylee. Tu n'as aucune idée de… du genre de trucs qui traîne là-bas.

— Quels trucs ? Où ça ? voulut savoir Emma.

— En tout cas, j'en sais un peu plus maintenant, répondis-je.

M'écartant de Nash, je me glissai sur le siège passager. Puis je captai le regard d'Emma et, d'un signe de tête en direction de la place du conducteur, je la pressai silencieusement de monter en voiture.

Les garçons nous suivirent à contrecœur.

— Que s'est-il passé ? demanda Nash à voix basse tout en bouclant sa ceinture de sécurité sur le siège arrière. Tu as vu quelque chose ?

Je me retournai et esquissai un sourire pour le rassurer. Je n'aimais pas son petit côté autoritaire, mais je savais que ce défaut n'était que la conséquence du mauvais sang qu'il se faisait à mon sujet.

— Juste un champ plein de plantes bizarres et quelque chose qui rampait dedans.

— Des lézards, précisa Tod.

Et, d'après la réaction d'Emma — ou plutôt son absence de réaction —, je me rendis compte que, cette fois, Tod n'avait pas voulu qu'elle l'entende. Ce qui impliquait que les lézards en question n'étaient pas des bestioles ordinaires.

J'interrogeai Nash du regard, mais il se contenta

de secouer la tête. Nous parlerions de tout ça plus tard, une fois que nous aurions déposé Emma chez elle. Ou, pour être exacte, après qu'elle se serait déposée elle-même.

Arrivée devant sa maison, et bien que toujours agacée par notre refus de lui expliquer de quoi il retournait, Emma me serra dans ses bras avant de descendre de voiture et me recommanda la plus grande prudence pour… faire ce que nous allions faire.

Je la remerciai du fond du cœur. Puis l'étreignis à mon tour. Pourvu que ce ne soit pas la dernière fois que je la voyais ! Je n'avais vraiment aucune envie de mourir dans le monde des ténèbres. Ni nulle part, d'ailleurs. En tout cas, pas encore.

Je me glissai sur le siège du conducteur et Nash grimpa par-dessus la console centrale pour s'asseoir à côté de moi. Une fois Emma entrée chez elle, je redescendis l'allée en marche arrière.

— Alors, comme ça, le temps s'écoule plus vite dans le monde des ténèbres ? m'exclamai-je. Ça aurait été sympa de me prévenir.

— Nous te l'aurions dit si nous avions su que tu avais l'intention d'y aller, répliqua Tod d'un ton désinvolte. Et, par la même occasion, nous t'aurions expliqué que les lézards d'en bas sont venimeux pour les humains.

— Et aussi pour les *banshee*, ajouta Nash pour le cas où je n'aurais pas saisi.

— Ouais, merci du renseignement ! Et on ne peut pas dire non plus que la flore soit un lit de roses.

Tod grimaça un sourire. Lui, au moins, m'avait pardonné.

— Ce ne sera pas pareil aux alentours du centre-ville, expliqua-t-il. Le royaume des ténèbres est comme un reflet de notre monde, auquel il est ancré à certains endroits très peuplés. Les bâtiments publics, par exemple. Mais plus on s'éloigne de ces grands centres d'activité, moins le monde d'en bas ressemble au nôtre. Et cela vaut aussi, évidemment, pour sa faune et sa flore. Ainsi que le temps et l'espace.

Je m'étais donc *réellement* avancée plus loin dans les ténèbres que dans le monde humain ?

— Le temps et l'espace ? répétai-je.

Mon esprit était si occupé à assimiler ces concepts nouveaux que je pris un peu trop brusquement le virage suivant.

Tod se déplaça vers le milieu de la banquette arrière pour que je puisse mieux le voir dans le rétroviseur.

— Ouais, le monde humain représente la constante, et le temps ne s'écoulera jamais plus vite dans les ténèbres qu'ici. Et tu n'iras jamais plus loin là-bas que tu ne le ferais ici. Par contre, il se peut que le temps ralentisse dans certaines zones des ténèbres qui ne sont pas arrimées aussi solidement au monde humain. Ce qui fait qu'il est très facile de s'imaginer qu'on s'est beaucoup éloigné, alors qu'en réalité, quand on traverse dans le sens inverse, on s'aperçoit qu'on n'est pas allé aussi loin qu'on l'avait cru.

Exactement ce qui m'était arrivé.

— Alors comment sommes-nous censés circuler dans les ténèbres si on ne sait jamais où et quand on atterrira en revenant ? demandai-je en jetant un coup d'œil inquiet à Nash.

— Il va falloir être très prudents, répondit-il d'un ton lugubre.

Mais, cette fois, il laissa filtrer dans sa voix un filet de quiétude qui m'enveloppa. Je me réfugiai dans cette tranquillité, la respirai, la savourai.

Parce que, plus que toute autre chose, c'était elle qui me remettrait sur les rails.

16

Nous avons pris l'autoroute I-30 puis la 12 jusqu'à Irving, où les Cowboys de Dallas finissaient leur dernière saison dans le vieux stade. Je conduisais, Nash lisait la carte. Heureusement, il était déjà allé au Texas Stadium plusieurs fois et, à l'exception d'une sortie d'autoroute manquée — je déteste quand les panneaux ne se voient qu'à la dernière minute —, nous n'avons rencontré aucune difficulté pour arriver à destination. Mais, à cette heure de la nuit, l'endroit était pratiquement désert, et il y régnait une atmosphère qui m'a fait froid dans le dos.

Nous nous sommes garés dans un parking au sud du stade. Le bruit qu'a fait ma portière en se refermant s'est répercuté sur toute l'étendue de béton. L'air était plus chaud et humide qu'à l'intérieur de la voiture, ce qui ne m'a pas empêchée d'avoir la chair de poule, à croire que ma peau savait mieux que ma tête que j'aurais dû avoir peur.

Ce sinistre frisson d'appréhension était sans doute un effet de mon imagination. Ou de ma peur de traverser le plan humain pour me retrouver dans un autre champ semé d'éclats de verre, ou quelque chose d'encore pire.

— Tu es prête ? demanda Tod, une main sur le toit de la voiture.

Debout à côté de lui, Nash m'observait avec attention, comme si, à tout moment, je risquais de me dissoudre en une flaque de peur ou de piquer une crise de nerfs. Ou peut-être d'éclater en sanglots.

Me croyait-il vraiment si fragile ?

Eh bien, non, je n'étais pas prête. Mais je n'allais pas pour autant différer notre mission. Il ne restait plus beaucoup de temps à Addy.

— Nous sommes ici dans un lieu public, rempli la plupart du temps d'une très forte concentration de force vitale humaine, commença Tod en fourrant ses mains dans les poches de son blouson. Cette section du monde des ténèbres devrait donc être assez bien arrimée au nôtre. Ce qui signifie que, dans l'ensemble, on peut espérer que le temps et l'espace suivent un cours à peu près normal.

— Mais il n'y a pas eu de match ici depuis au moins deux semaines, pas vrai ? lançai-je en regardant les deux frères tour à tour. Est-ce que cette absence d'activité humaine ne risque pas d'avoir quelque peu déplacé le point d'ancrage entre les deux mondes ?

Nash contourna le capot de la voiture pour venir me prendre la main. Son frère haussa les épaules.

— Il est possible, en effet, qu'il glisse légèrement hors saison, mais il s'est accumulé tellement d'énergie humaine ici au fil des années que deux semaines d'inactivité ne font pas grande différence.

Le Faucheur passa une main dans ses boucles blondes et nous rejoignit devant le capot de la voiture.

— Il se peut qu'il y ait un léger décalage spatial et temporel, car nous sommes en plein milieu de la nuit et, pour l'instant, il n'y a personne dans les parages. Mais l'écart devrait être infime. En tout cas, certainement moindre que ce que tu as ressenti chez toi.

— Et l'herbe ? Est-ce que nous n'allons pas nous faire déchiqueter par la végétation en passant de l'autre côté ? demandai-je sans pouvoir réprimer un frisson.

Nash me frotta les avant-bras à travers les manches de mon blouson pour les réchauffer.

— Je ne crois pas, répondit-il. Il y a trop d'activité dans cet endroit pour que des laîches puissent s'y implanter. Il faut du temps à ces fichues plantes pour s'enraciner solidement, ce qu'elles ne pourraient pas faire si elles étaient piétinées sans arrêt. N'est-ce pas ?

Il interrogea Tod du regard pour avoir confirmation et le Faucheur opina. Puis Nash prit mon menton dans sa main et le leva vers lui jusqu'à ce que nos regards se croisent.

— A propos, si jamais tu étais obligée de refaire ça — ce que je te *déconseille* fortement —, porte des cuissardes. Qui te montent au moins jusqu'à la taille. Ma mère dit que c'est le seul moyen de s'en sortir sans se faire découper en petits morceaux.

Je hochai la tête et me mordis la lèvre pour me retenir de lui parler du coup de la démarche en crabe. Car cela aurait donné l'impression que j'avais réussi à dompter ces maudites plantes coupantes et que j'avais l'intention de refaire usage de ce talent tout neuf. Ce qui n'était pas du tout le cas.

Sauf si j'y étais obligée.

Pourtant, les cuissardes semblaient être une bonne idée…

— Donc, si le monde des ténèbres parallèle à ma maison est un champ de laîches, cela signifie que personne n'y est allé depuis un moment, pas vrai ?

— En effet, cela veut dire qu'il n'y a pas assez de passage pour empêcher les plantes de pousser, confirma Nash, tandis que nous suivions Tod qui traversait le parking en direction du stade. C'est d'ailleurs sans doute pour cette raison que ton père a choisi ce quartier.

Cette hypothèse me semblait tout à fait vraisemblable. Je voyais très bien mon père essayer de me protéger en nous isolant le plus possible des centres d'activité du monde des ténèbres.

A cette pensée, une pointe de remords me transperça. Je me pris à regretter de lui avoir parlé si durement. Oui, il était gonflant, on ne pouvait le nier, mais seulement parce que je refusais de lui dire ce que je faisais. Ce n'était pas de sa faute. Quand toute cette histoire serait terminée et que je ne serais plus obligée de lui mentir, je lui ferais des brownies.

Le chocolat sait exprimer les regrets tellement mieux que les mots !

— Le fait qu'il n'y aura probablement pas de laîche ne veut pas dire que la flore sera inoffensive, ajouta Nash d'un ton sombre, presque rageur, en enjambant un butoir en béton.

Il n'était pas très chaud pour traverser, ça crevait les yeux. Et, pour dire la vérité, moi non plus.

— Ne touche à rien, me conseilla-t-il. On ne sait jamais.

— Tu crois que toutes les plantes sont dangereuses ?

Tod s'éclaircit la voix et pivota sur ses talons pour nous faire face. Il poursuivit sa marche à reculons, passant au travers des barrières métalliques et des réverbères.

— Le soleil dans le monde des ténèbres n'est pas aussi lumineux qu'ici. Il est… filtré. Anémique. Du coup, la végétation s'est adaptée. Pour compléter leur alimentation, les plantes s'abreuvent de sang, qu'elles prennent où elles peuvent. La plupart du temps, c'est du sang de rongeurs, de lézards et autres bestioles. Mais elles chercheront aussi à boire le tien, si tu leur en mets sous le nez.

Charmant... Un frisson glacé me parcourut, et je me frottai les bras pour me réchauffer. Je n'avais passé que quelques minutes dans le monde des ténèbres, mais je le détestais déjà.

— On dirait *La Petite Boutique des horreurs.*

Tod émit un ricanement et fit demi-tour.

— Et tu n'as encore rien vu !

Je montai sur le trottoir qui longeait le stade et marchai d'un pas assuré pour masquer la peur qui coulait dans mes veines et me frigorifiait de la tête aux pieds.

— En somme, il ne faut toucher à rien et ne pas s'approcher de la végétation, résumai-je.

— Exact ! confirma Tod, apparemment satisfait. Allons-y ! L'heure tourne, dans les deux mondes à la fois.

Pousser ma mélopée funèbre fut encore plus facile que la fois précédente et, à ma grande surprise — ou plutôt ma grande inquiétude —, j'y parvins sans avoir à me remémorer consciemment la mort de quelqu'un. A la place, je me forçai à endurer le cauchemar qui se déroulait devant mes yeux fermés, dégoulinant de sang.

La mort de Nash.

Il ne s'agissait pas d'une prémonition. J'en eus la certitude à l'instant même où la terreur, tel un lierre vénéneux, s'insinua dans ma tête. Je ne pressentais pas la mort de Nash. Je l'imaginais dans ses détails les plus atroces. Ma plus grande crainte. Elle se joua derrière mes paupières closes, m'arrachant une plainte si forte que les premières vrilles sonores me brûlèrent la gorge comme si je m'étais étouffée en avalant des flammes.

Je voulais recracher ces flammes. Il fallait que je les expulse de mon corps si je tenais à conserver mon équilibre mental. Mais je m'obligeai à les ravaler toutes, à l'exception du mince filet de son qui faisait vibrer mes cordes vocales et s'échappait de mes lèvres serrées. Je sentais un feu me consumer les entrailles, une fumée impalpable m'irriter le fond de la gorge.

Je rouvris les yeux. Le monde était devenu tout gris.

Le stade était toujours là. Il se dressait devant moi, pareil à un champignon d'acier et de béton coiffé d'une coupole. Mais, à présent, un brouillard d'outre-monde voilait les poutres apparentes et le dessous des tribunes monumentales.

Nash me regardait fixement, la peur faisait tourbillonner ses prunelles. Il craignait pour moi, pour nous tous.

Tod nous scruta tour à tour, chaque trait de son visage respirait le doute. Il n'était pas convaincu que je sois capable d'effectuer la traversée. Ou, du moins, que je puisse emmener Nash avec moi.

Le scepticisme du Faucheur attisa ma détermination, me fit oublier la douleur dans ma gorge et cette horrible sensation de ballonnement au fond de moi, comme si mon ventre avait été sur le point d'éclater à force de retenir mon propre cri. Je pensai au monde des ténèbres et à mon envie impérieuse d'y être. Pour trouver le démon qui avait avalé les âmes des sœurs Page. Pour les lui reprendre de force.

Au début, il ne se passa rien. Puis, alors que la frustration menaçait d'arracher de ma gorge la totalité de mon cri funèbre, je pris conscience de ce qui n'allait pas. Je pensais toujours aux laîches et à ma volonté de ne plus jamais les trouver sur mon chemin. Et ces pensées interféraient avec mon désir de traverser.

Emettant un grognement en harmonie avec mon cri de lamentation, je chassai de mon esprit l'image de ces tiges d'herbe acérées et me concentrai sur ce que Nash m'avait affirmé : de telles plantes ne pouvaient pousser dans un endroit aussi fréquenté.

Alors, soudain, le stade commença à s'estomper

dans cette brume informe. Pendant un long moment, je ne vis que du gris. Ne sentis que du gris. J'avais gardé les yeux fermés la première fois que j'étais passée de l'autre côté, et du coup j'avais échappé à ce sentiment de vide qui m'oppressait à présent, comme si le monde m'avait engloutie tout entière et enveloppée de brouillard.

Mes mains battirent l'air à l'aveuglette, cherchant désespérément à agripper Nash, avant qu'il ne soit trop tard pour l'emmener avec moi. Je n'avais aucune envie de devoir refaire la traversée pour revenir le chercher.

Les mains de Nash se refermèrent sur les miennes, chaudes, apaisantes. Mes doigts effleurèrent la callosité que la pression de son stylo avait formée sur le majeur de sa main droite, caressèrent la longue cicatrice boursouflée sur sa main gauche, à l'endroit où il s'était ouvert la paume en réparant sa bicyclette quand il avait douze ans. Je pressai ses mains, et, quelques secondes plus tard, le monde s'éclaircit d'un seul coup autour de moi.

Sauf que ce n'était pas le nôtre. C'était le monde des ténèbres. Une fois de plus.

Ma traversée précédente ne m'avait pas mieux préparée à ce voyage que la visite d'une ferme ne pourrait préparer un extraterrestre à passer une soirée à New York.

Je constatai avec stupéfaction qu'il y avait des

trottoirs dans le monde des ténèbres — un signe de civilisation avancée que je ne m'étais certes pas attendue à trouver là. Je savais que le stade existerait sur les deux plans à la fois. En tant que centre d'intense activité humaine, il constituait l'un des points d'ancrage qui reliait les deux mondes, comme un patron de robe épinglé sur un morceau de tissu. A l'endroit où les épingles les maintenaient ensemble, les deux plans restaient lisses et réguliers, et le temps et l'espace relativement constants. Mais, entre les épingles, la couche inférieure — le monde des ténèbres — pouvait glisser et faire des plis ou des cloques. Et c'était là que les choses risquaient le plus de devenir hallucinantes.

Encore qu'on ne pût pas vraiment dire qu'elles étaient tout à fait normales aux points d'ancrage non plus…

— Comment se fait-il qu'ils aient des trottoirs dans le monde des ténèbres ? chuchotai-je en lâchant les mains de Nash pour essuyer sur mon blue-jean la sueur que l'angoisse faisait perler sur les miennes.

Mon pouls battait si fort dans mes oreilles que j'en avais la tête qui tournait.

— Et des parkings ? Est-ce qu'il y a une entreprise de travaux publics dans le coin ?

Je ne voulais même pas savoir ce que la mafia des

ténèbres pouvait bien enterrer dans les fondations des bâtiments en construction...

— Non, répondit Tod du ton à la fois sinistre et amusé qui lui était propre. Tout cela est tiré de notre monde, en même temps que d'énormes quantités d'énergie humaine. Plus le point d'ancrage est solide, plus le monde des ténèbres reflète fidèlement le nôtre.

— Dans ce cas, l'équivalent pour eux d'endroits comme Los Angeles ou New York doit être...

— Pratiquement similaire, me coupa Nash avec un sourire que la gravité de la situation était pourtant loin de justifier. Sauf en ce qui concerne les gens qui marchent sur les trottoirs.

Je scrutai longuement les alentours.

— Le stade n'a pas l'air très différent...

Si ce n'était que les quelques véhicules éparpillés sur le parking et autour de l'immense complexe sportif dans le monde humain avaient disparu.

— Alors, ce fameux centre de traitement, où se trouve-t-il ?

Tod désigna le stade.

— Hum... Je crois que c'est ça, dit-il. De toute façon, ça m'étonnerait qu'ils jouent au football ici, ajouta-t-il avec un haussement d'épaules.

J'examinai plus attentivement le bâtiment, y cherchant le signe d'une quelconque activité. Si cet endroit était une décharge de substances dangereuses, il devait sûrement y avoir un service de sécurité ou des panneaux d'avertissement, ou quelque chose de ce genre.

— Où sont-ils tous ? Et les fameux monstres ? Est-ce qu'ils ne devraient pas être quelque part dans le coin ?

Non que je sois impatiente de les rencontrer. A moins, bien sûr, que les repérer nous permette justement de les éviter.

— Je ne…, commença Tod.

C'est alors que Nash m'empoigna par le bras et murmura entre ses dents :

— Tu as vu ça ?

Je suivis son regard vers l'entrée principale sur laquelle l'étrange croissant rouge de la lune projetait une masse d'ombres épaisses. Par elle-même, une lune aussi pâle n'aurait jamais dû être capable d'émettre beaucoup de lumière, mais, là encore, je remarquai que le ciel nocturne du monde des ténèbres n'était pas aussi sombre que celui sous lequel j'avais grandi et que cette curieuse étendue violette émettait faiblement sa propre lueur.

Pour autant, les ombres paraissaient pratiquement impénétrables, et je ne pus tout d'abord rien distinguer dans leurs profondeurs.

Puis quelque chose bougea. La longue masse sombre sembla s'agiter. Se tortiller. A croire que les ombres recouvraient une sorte de nid gigantesque, grouillant de corps qui rampaient les uns sur les autres, se bousculaient pour recevoir le peu de lumière réfléchie par ce ciel de couleur si singulière.

— Qu'est-ce que c'est que ça ?

Je m'étais avancée de quelques pas sans même me rendre compte que j'avais bougé, et Nash m'avait suivie. Mais Tod posa une main sur mon épaule pour m'empêcher d'aller plus avant.

— Je crois que ce sont nos monstres.

Horreur...

— Il y a peut-être une autre entrée.

Parce qu'il était hors de question de nous frayer un passage à travers un tas de monstres frétillants ! Quoi qu'ils puissent être.

— Faisons le tour, suggérai-je.

Et comme aucun des deux garçons n'avait de meilleure idée à proposer, nous nous sommes mis en route.

Je n'arrivais pas à croire que les choses puissent paraître aussi normales — du moins, tant que je gardais le regard rivé sur le sol. Le parking était pratiquement identique à celui de notre Texas Stadium — avec les mêmes nids-de-poule et tout le reste. Sur l'asphalte, il y avait des lignes peintes en jaune et en blanc, écaillées et à moitié effacées, et même quelques traces de caoutchouc brûlé, qui avaient fait la traversée en même temps que le reste du parking.

A mesure que nous approchions du bâtiment, de petites différences commençaient à me sauter aux yeux. Tout d'abord, les drapeaux. Dans le monde humain, le stade était entouré d'une rangée de drapeaux bleu et blanc à l'effigie d'un joueur de football casqué et de l'étoile du Texas. Mais dans le monde des ténèbres, ces drapeaux n'étaient plus que des bannières tachées, striées de gris, déchirées par un vent d'outre-monde. Plusieurs d'entre elles avaient été réduites en lambeaux décolorés, que le cours du temps et la négligence avaient pratiquement déchiquetés.

Les peintures murales, elles aussi, étaient grises et ternes pour la plupart, laissant à peine transparaître de vagues silhouettes humanoïdes. Plusieurs d'entre elles avaient, semblait-il, des bras et des jambes en surnombre. Et j'aurais juré que l'une au moins possédait deux têtes.

— C'est vraiment trop bizarre, ici, murmurai-je entre mes dents, tout en entrelaçant mes doigts avec ceux de Nash. Tâchons de trouver un moyen d'entrer. Il n'y a qu'à demander à quelqu'un. Peut-être que Libby est là…

Obliquant légèrement vers la droite, Tod s'éloigna de l'entrée principale où les silhouettes qui se contorsionnaient dans tous les sens émergeaient peu à peu de l'ombre.

— Elle ne nous aidera pas, dit-il. Elle nous a déjà

révélé tout ce qu'elle pouvait et je doute fort qu'un autre Faucheur nous en dise plus. Nous devons demander à quelqu'un d'autre.

— Mais ça, qu'est-ce que c'est ? demandai-je en plissant les yeux pour essayer de percer les ombres.

Je pouvais désormais distinguer des corps et remarquai avec surprise qu'ils n'avaient rien de serpentin, malgré l'image mentale que leurs ondulations m'avaient évoquée.

Ils avaient une tête — une seule, encore heureux ! — et un nombre normal de bras et de jambes. Mais les similitudes avec ma propre espèce s'arrêtaient là. Ces créatures étaient petites — bien que, à cette distance, je n'étais pas vraiment en mesure de juger de leur taille — et nues. Leur peau était plus sombre que la mienne et plus claire que celle de Libitina, mais je n'aurais su dire dans quelle mesure la couleur de leur teint était due aux ombres épaisses dans lesquelles elles grouillaient.

Oh, et elles avaient aussi une queue. Une queue longue, mince et dépourvue de poils, qui s'enroulait et se déroulait autour de leurs jambes avec une telle fluidité qu'il était impossible qu'elle contienne la moindre parcelle osseuse rigide.

Et leur queue n'était pas la seule partie glabre de leur anatomie. Ces petites créatures étaient complètement chauves, et, quelque part dans un coin de mon cerveau, je me demandai si elles se vautraient ainsi les unes sur les autres pour se tenir chaud. Une sorte de défense communautaire contre le froid ?

— Ce sont les monstres, répondit Tod à voix basse.

Alors, pour la première fois, je pris conscience qu'il se comportait bizarrement — il parlait doucement, marchait avec nous, au lieu de se propulser à l'autre bout du stade pour y chercher d'autres entrées. Ses talents de Faucheur d'âmes n'avaient-ils donc aucune efficacité dans le monde des ténèbres ? Je décidai de réserver ma question pour plus tard.

— Ça ne peut pas être des monstres, objectai-je. Ils sont trop petits.

Ils ne m'arrivaient même pas à la ceinture. D'après la description que Libby nous en avait donnée, je m'attendais à des monstres énormes, superbaraqués, cognant comme des sourds sur les portes de la décharge, littéralement prêts à tout pour une dose de souffle démoniaque.

— Ce n'est pas la taille qui compte, affirma Tod d'un ton docte qui me fit grincer des dents. Ce sont eux, les monstres, tu peux me croire. Regarde comme ils se grimpent les uns sur les autres pour atteindre la porte. Ce qui ne leur servira à rien, d'ailleurs. Elle est probablement verrouillée de l'intérieur.

Oh ? J'avais donc tout faux ! Ils n'essayaient pas de se tenir chaud, ils tentaient tout bêtement d'entrer dans le stade par effraction. Je donnai un coup de pied dans un éclat de béton et réfléchis.

— Si c'est fermé à clé de l'intérieur, comment les Faucheurs font-ils pour entrer ?

— Ils doivent traverser en partant de l'intérieur du stade.

Un exploit des plus faciles pour un Faucheur qui, dans le monde humain, avait le pouvoir de se matérialiser en un clin d'œil sur le terrain de football, même après les heures d'ouverture au public.

— Alors comment allons-nous entrer ?

— Je ne sais pas encore, répondit Tod, la mine sombre, sans quitter les monstres des yeux.

— Tu ne pourrais pas te téléporter à l'intérieur ?

Il secoua la tête lentement et feignit de s'intéresser à une fissure dans le trottoir.

— La plupart des pouvoirs des Faucheurs sont inefficaces ici, maugréa Nash, comme pour confirmer mon intuition.

Tod poussa un soupir et croisa mon regard. Des rides de frustration creusaient profondément son front.

— J'aurais pu le faire à partir du monde humain, mais je doute que ceux qui travaillent là-dedans soient disposés à aider un simple Faucheur débutant qui débarque sans autorisation et n'apporte même pas de souffle démoniaque.

— Tu n'es donc pas plus avancé que nous.

Je ne pouvais détacher mon regard des petits êtres qui s'escaladaient les uns les autres pour tenter de parvenir à la porte. Tandis que je les observais, une créature enroula sa queue autour du cou de l'un de ses congénères et tira dessus pour l'arracher brutalement du sommet de la pile et le balancer deux mètres plus loin. La victime dégringola la montagne de corps frétillants, heurta le sol de béton sur lequel il s'écorcha un côté du visage et finit par se relever, couvert de sang.

C'était comme regarder une foule prise de panique jouer des coudes pour sortir d'un bâtiment en feu. Sauf que, eux, ils essayaient d'entrer.

Et c'est alors que je remarquai plusieurs monstres qui se tenaient un peu à l'écart et regardaient leurs camarades empotés se battre bec et ongles pour se faufiler aux premiers rangs. A part le spasme convulsif qui, par intervalles, leur secouait le corps tout entier, ils avaient juste l'air de petits bonshommes tout nus et pourvus d'une longue queue.

— Nous devrions peut-être demander à l'un d'eux, chuchotai-je en les désignant du doigt. On dirait qu'ils ont l'habitude de venir par ici.

— Kaylee, tu ne peux pas aborder un monstre comme ça et engager la conversation, murmura Nash en me prenant par la taille pour m'attirer contre lui.

Mais, cette fois, je perçus son geste moins comme une intention de me réconforter que comme une volonté de me protéger. De m'éloigner des monstres.

— Pourquoi pas ?

Je reportai mon regard sur l'amoncellement des créatures qui s'acharnaient à gravir les poutres apparentes et les portes vitrées. Bon, d'accord, ils paraissaient assez féroces. Mais ils étaient aussi minuscules. Si l'un d'eux nous attaquait, il nous suffirait sûrement de… lui marcher dessus.

— Parce qu'ils sont venimeux, répondit Tod. Et ils mordent.

— Ils mangent de l'humain ?

Je reculai prudemment de plusieurs pas, plissant de plus belle les yeux pour scruter les petits êtres. Ils n'étaient même pas assez gros pour dévorer ma main d'une seule bouchée.

Peut-être qu'ils sont du genre à partager leur festin…

A part que, vu la violence qu'ils mettaient à se disputer les premières places, j'en doutais sérieusement.

— Non, ils ne mangent pas les gens. En tout cas, pas les humains ni les *banshee*. Nous ne sommes pas très nombreux par ici. Mais ils mordent tout ce qui se met en travers de leur chemin et leur salive est toxique pour les êtres originaires du monde humain.

Je fis un pas de plus en arrière, mais trop tard ! Nous avions attiré leur attention. Enfin, moi, surtout.

Le monstre qui se tenait au milieu du petit groupe traversa le parking dans ma direction, rebondissant presque à chaque pas. Deux autres le suivirent, agités de mouvements convulsifs nettement perceptibles.

— Quelque chose à grignoter ? demanda la deuxième créature d'une voix haut perchée et impatiente, pareille à celle d'un enfant bourré de sucreries.

Lorsqu'il ouvrit la bouche, j'entrevis, sur chacune de ses deux mâchoires, une double rangée de dents pointues et acérées, semblables à des aiguilles de métal.

Elles brillaient d'un éclat sanglant sous la lune rouge.

Les monstres s'approchèrent, tortillant leurs doigts avec avidité. Des gouttes de salive se formaient aux commissures de leurs minces lèvres grises.

Mon cœur fit un bond dans ma poitrine et, à ma grande humiliation, je poussai un glapissement et saisis le bras de Nash. Je tentai de reculer encore d'un pas, mais mon pied se prit dans quelque chose et, si je n'avais pas eu le réflexe de me cramponner à Nash, je me serais étalée par terre à plat ventre.

Baissant les yeux, je compris immédiatement ce qui m'avait fait trébucher. Une vague brûlante de frayeur se déversa dans mon système sanguin, avec une violence telle que j'en eus le tournis. Une mauvaise herbe, fine et brillante, poussait dans une crevasse du sol en béton, aussi rouge que les feuilles d'un érable du Japon en automne. Ce fichu truc s'était enroulé autour de ma cheville droite et avait planté dans mon jean ses piquants, aussi aiguisés que les dents d'une scie miniature.

Je tirai sur mon pied pour le libérer, les yeux scotchés sur les monstres qui continuaient lentement d'approcher, mais tout ce que je réussis à faire fut de resserrer l'étau de la plante sur ma cheville. Les épines transperçaient la toile et s'enfonçaient dans ma chair en une douzaine de petites piqûres affreusement douloureuses.

— Aïe ! gémis-je avant de plaquer aussitôt ma main sur ma bouche.

La dernière chose dont j'avais besoin, c'était bien d'attirer un peu plus l'attention sur moi.

Nash réagit avec la promptitude de l'éclair. Il se laissa tomber sur un genou, dégaina son canif. Mais impossible, hélas, de glisser la lame entre la tige et ma jambe sans me taillader la peau. Alors, il trancha le pied de la plante puis me tira en arrière avant que les vrilles survivantes ne puissent m'agripper à leur tour.

De la tige sectionnée s'écoulèrent quelques gouttes rouge foncé sur le béton. A moins que ce ne fût mon sang. Un haut-le-cœur me tordit le ventre, se noua autour de mon estomac, comme la plante grimpante autour de ma jambe.

Qu'est-ce que je fais ici ? Ma cheville me brûlait aux endroits où les épines m'avaient piquée. Mon sang battait dans mes oreilles, si fort que je n'entendais presque plus les monstres se bousculer contre les portes vitrées.

Avions-nous le temps de traverser en sens inverse pour regagner le monde humain, avant que ces horribles créatures ne passent à l'attaque ? Parce que j'avais soudain la certitude que c'était exactement ce qu'elles projetaient de faire.

— Ils sentent bon, dit le troisième monstre, avant d'éclater d'un rire hystérique. Vous croyez qu'ils embrassent les démons ?

Ses dents claquèrent avec un bruit de métal creux quand il ferma la bouche. Mon pouls s'accéléra.

— Est-ce que leur haleine sent le souffle démoniaque ?

Lentement, Nash, Tod et moi commencions à nous éloigner à reculons des petits monstres qui, c'était indéniable désormais, en avaient après nous.

Je n'étais pas certaine que Tod ait quoi que ce soit à craindre de leur part, mais, de toute évidence, le Faucheur ne voulait prendre aucun risque.

— Non, répondit le premier. Ils n'y touchent pas.

— Dommage..., regretta le deuxième monstre de sa voix aiguë.

Sur quoi, les deux créatures pivotèrent sur leurs petits talons nus et rejoignirent, bondissant et se trémoussant, la horde de leurs congénères occupés à grimper sur les murs du stade.

Maintenant que la menace qui pesait sur nous avait diminué des deux tiers, mon pouls ralentit quelque peu. Malgré tout, le premier monstre continuait à nous fixer du regard. A *me* fixer du regard. Il humait l'air de ses petites narines évasées.

— Etrangère !

Son bras gauche se tordit violemment, à croire qu'il essayait de s'arracher du reste de son corps. Puis il secoua son pied droit, comme pour le réveiller. Seulement, je doutais fort qu'il l'ait fait exprès. Il lui fallait sa dose à tout prix, et son corps ne fonctionnerait pas correctement tant qu'il ne l'aurait pas ingurgitée.

— Vous n'avez rien à faire ici, humains ! lança-t-il.

Les coins de sa bouche agités de spasmes, il avança encore de quelques pas. Il me dévisageait avec assurance, me jaugeait. Bien qu'il fût clairement en proie à une sorte de manque, il continuait malgré tout à penser et à parler de façon assez cohérente. En tout cas, davantage que ses camarades.

— Si vous restez ici, vous finirez par vous faire dévorer...

— Nous ne..., commençai-je.

Je n'achevai pas ma phrase. Nash me broya sans pitié la main pour m'empêcher de nier notre humanité.

— Nous recherchons un démon, repris-je.

Nash émit un grognement perceptible. Evidemment, ce n'était pas la meilleure manière d'engager la conversation dans le monde des ténèbres, je le reconnais.

Mais qui pouvait savoir ?

Or, la réponse du monstre me déconcerta.

— Comme nous tous, lâcha-t-il d'un ton mélancolique.

Stupéfaite, j'ouvris des yeux comme des soucoupes. Pourtant, oui, ça semblait logique. Dans la mesure où il leur fallait coûte que coûte leur dose de souffle démoniaque, quoi de plus naturel pour eux que de vouloir trouver un démon ?

— Euh... je veux dire que nous sommes à la recherche d'un démon en particulier, précisai-je.

Cette fois, ce fut Tod qui m'écrasa l'autre main. Mais je fis mine de l'ignorer. Si le monstre avait voulu nous mordre, il l'aurait fait depuis longtemps, et même plusieurs fois.

— Connaissez-vous un démon de l'avarice ?

Les yeux jaunes du monstre étincelèrent, et je crus même les voir s'embuer légèrement, comme attendris par un doux souvenir.

— Ah, l'avarice…, souffla-t-il d'une voix pointue qui me transperça jusqu'au milieu du cerveau. Mon parfum préféré.

Une excitation fébrile envahit mes veines, chassant les dernières et salutaires bouffées de peur. Il connaissait le démon de l'avarice. Ou, du moins, il connaissait *un* démon de l'avarice.

Je me risquai à faire un pas en avant, résistant de toutes mes forces à l'envie de m'accroupir pour le regarder dans les yeux. Nash agrippa fermement ma main pour me retenir d'avancer davantage.

— Pouvez-vous nous dire où trouver ce démon ?

— Possible, répondit la créature en hochant sa grosse tête chauve.

Et, dans la clarté rouge de la lune, je distinguai nettement les veines sombres qui serpentaient sur le dessus de son crâne, aussi saillantes que celles d'un haltérophile en plein effort.

— Mais il y a un prix à payer, ajouta-t-il.

Je fronçai les sourcils.

— Je n'ai pas d'argent.

— Je n'ai rien à faire de votre monnaie de papier. Elle n'a aucune valeur, cracha le monstre en retroussant ses lèvres grisâtres sur ses dents acérées. Je vous dis où trouver votre démon mais en échange d'une bouffée de son *souffle*. Payable d'avance…

La colère m'enflamma les joues. Les narines du monstre se dilatèrent, à croire que ma fureur embaumait l'air. Et, pour autant que je sache, tel était bien le cas.

— Allons-nous-en…, dit Tod en me tirant par l'autre bras.

— Non !

Je me retournai vers le monstre, m'efforçant de maîtriser ma voix. Visiblement, mon irritation lui plaisait, ce qui n'allait sûrement pas arranger mon cas.

— Si nous savions où nous procurer une dose de son souffle, nous n'aurions pas besoin de vous demander où il se trouve !

La créature se contenta de cligner les yeux et d'agiter ses petites mains. Visiblement, la façon dont j'allais m'y prendre pour la payer lui était complètement égale. N'y avait-il donc aucune logique dans le monde des ténèbres ? Comment étais-je censée…

Une possibilité se présenta brusquement à mon esprit. Je redressai les épaules.

— Dans une heure, ça vous va ?

Mes lèvres s'étirèrent sur ce qui me sembla être un sourire rusé.

Le monstre hocha la tête. Avec une sorte d'impatience.

— Je vous attendrai ici, dit-il. Une heure. De *mon* temps, précisa-t-il après coup.

Mon sourire s'élargit.

— Marché conclu !

Nash et Tod me fusillèrent du regard, mais, au lieu de me justifier, je congédiai l'horrible petite créature et fonçai à travers le parking, les deux garçons sur mes talons, les yeux braqués sur le sol devant moi, prenant garde d'éviter les plantes mortelles.

17

— Où allons-nous ? demanda Nash en s'installant au volant, tandis que je posais mon pied droit sur le tableau de bord.

— Je ne sais pas encore. Tiens, attrape !

Je me tournai pour balancer mon portable sur la banquette arrière. Seulement, Tod n'était plus tout à fait avec nous, il s'était dématérialisé — à cause du stress, peut-être ? — et le téléphone retomba sur le siège après lui être passé au travers du corps, comme s'il s'était enfoncé dans un hologramme. Les fesses du Faucheur et mon mobile occupaient maintenant le même espace.

Un phénomène de ce genre n'était-il pas supposé tout chambouler dans le monde, ou quelque chose comme ça ?

Surpris, le Faucheur baissa les yeux puis tendit le bras à travers lui-même pour attraper le téléphone sur le siège — ce qui devait être l'une des choses les plus biscornues que j'aie jamais vues. Encore plus loufoque que les plantes tueuses ou les petits monstres chauves pourvus d'une queue et de dents pointues.

Le corps de Tod se réincarna et il me fixa d'un regard vide.

— C'est pour quoi faire ?

— Eh bien, la plupart des gens s'en servent comme moyen de communication, mais, à la rigueur, on pourrait probablement l'utiliser comme projectile.

Tod se renfrogna.

— Très drôle. Et à qui suis-je censé téléphoner ?

— A Addy. Trouve-la. J'ai une idée.

Pendant qu'il composait le numéro, je reportai mon attention sur la vrille hérissée de piquants toujours enroulée autour de ma cheville. Nash l'avait tranchée à ras de terre pour me libérer, mais il en restait encore suffisamment pour faire deux fois le tour de ma jambe, ses longues épines fines perçant à la fois la toile de mon blue-jean et ma peau. Tous les cinq centimètres environ pendouillait une grappe de quatre feuilles, vert sombre en leur centre, rouges sur leur pourtour en dents de scie.

— Fais attention avec ça, m'avertit Nash, détournant brièvement son regard de la route pour le poser sur ma cheville. J'ai l'impression que c'est du lierre pourpre, et, dans ce cas, les piquants sont vénéneux.

Evidemment ! Y avait-il quelque chose dans le monde des ténèbres qui ne fût pas toxique ?

— Trop tard ! Ces fichues épines ont déjà traversé mon jean.

Je pinçai l'extrémité de la plante grimpante entre le pouce et l'index — et vis avec horreur un mince filet de liquide rouge s'écouler du bout sectionné — avant de la décoller de ma jambe avec précaution. Par bonheur, maintenant que l'étrange liane rouge était morte, elle se déroulait facilement. Mais chaque fois qu'un piquant s'arrachait de ma peau, une douleur fulgurante me poignardait la cheville, comme si j'avais été foudroyée par une multitude d'éclairs miniatures. Quand je rejetai enfin le rameau sur le plancher — il faisait bien une vingtaine de centimètres —, une douleur cuisante irradiait dans ma cheville, m'élançant au rythme des battements de mon cœur.

Me mordant la lèvre inférieure, je retroussai avec précaution le bas de mon pantalon. Et étouffai un cri d'horreur. Ma cheville était déjà tout enflée. Une bonne douzaine de piqûres formaient des bourrelets minuscules, aussi rouges que la plante elle-même.

— Merde..., siffla Nash entre ses dents. Il n'y a plus de doute, c'est bien du lierre pourpre. Ma mère saurait quoi faire pour soigner ça, mais si nous lui en parlons, elle préviendra ton père aussi sec.

Le regard de Nash trouva le mien et je me demandai si j'avais l'air aussi désemparé que lui.

— Tu crois que tu peux attendre deux heures

ou est-ce que nous devons y aller tout de suite ? s'enquit-il.

A l'hôpital, bien sûr. Là où Harmony travaillait de nuit comme infirmière dans le service d'orthopédie.

J'appuyai mon pied sur le tableau de bord, pour voir. La douleur était constante et n'augmentait pas sous l'effet de la pression, ce qui voulait dire que je pouvais sans doute poser le pied par terre et marcher presque normalement.

— Je peux attendre, conclus-je.

Fermant les yeux, j'exhalai un soupir. Si j'avais encore gardé quelque espoir que mon père n'apprenne jamais ce que nous mijotions, force m'était à présent d'y renoncer. A cause de cette maudite blessure, la transparence serait désormais de rigueur — mais, avec un peu de chance, pas avant que nous ayons retrouvé les âmes d'Addy et Regan.

Il y avait fort à parier que, une fois que tout serait terminé, je serais condamnée à passer beaucoup de temps seule dans ma chambre.

— Allô, Addy ? fit Tod sur le siège arrière.

Je desserrai ma ceinture de sécurité pour me retourner et le regarder. Je guettai sur son visage le moindre signe qui m'eût permis de deviner l'autre moitié de la conversation.

— Je te réveille ?

J'entendis un rire amer à l'autre bout du fil, mais ne distinguai pas les mots qui l'accompagnèrent.

— Oui, j'imagine qu'à ta place je n'y arriverais pas non plus.

Tod arracha un fil de la toile usée jusqu'à la trame de son jean.

— Ecoute, où es-tu en ce moment ? Je crois que nous devrions passer te voir une minute...

Il me lança un regard interrogateur pour demander mon approbation et je hochai la tête. Addison prononça encore quelques paroles que je ne saisis pas.

— Très bien. Tu peux t'arranger pour être seule pendant quelques instants ?

Il y eut une autre pause.

— Nous serons là dans dix minutes.

— Vingt, corrigeai-je. Nous devons d'abord faire un arrêt.

Tod répéta mes paroles à Addison puis lui dit au revoir, raccrocha et me relança le téléphone.

— Elle est chez sa mère. C'est le seul endroit où elle peut échapper à tous ces parasites qui gravitent autour d'elle.

— Parfait.

Je glissai mon portable dans ma poche et jetai un coup d'œil par le pare-brise pour essayer de lire les panneaux routiers.

— Nash, il faut trouver un Wal-Mart ou n'importe quel magasin ouvert la nuit. Ou peut-être un drugstore.

Il opina et se faufila en douceur dans la file de droite, prenant à peine le temps d'allumer son clignotant.

— Il y a un Walgreen ouvert vingt-quatre heures sur vingt-quatre à trois ou quatre kilomètres de chez Addy. Ça ira ?

— Espérons-le. Et pendant qu'on y sera, tu crois que je pourrais trouver quelque chose pour ça ?

Je relevai le bas de mon blue-jean pour lui montrer ma cheville. Sur la banquette arrière, Tod eut un hoquet de surprise. Il s'agrippa à mon appui-tête et se pencha en avant.

— Kaylee, c'est la plante grimpante qui t'a fait ça ?

— Tout juste !

Je tapotai doucement une des piqûres à présent tout enflées. La douleur aiguë qui me vrilla l'articulation m'arracha un cri. Une gouttelette de liquide clair suintait de la blessure. Je la tamponnai avec un mouchoir en papier dont j'avais trouvé une boîte dans la console centrale.

— Nash pense que c'est du lierre pourpre.

— Il a raison. Dieu merci, cette cochonnerie était encore jeune. Bon, c'est vrai que, d'un autre côté, s'il avait atteint sa taille adulte, tu n'aurais pas marché dessus.

— Sa taille adulte ? Il peut mesurer jusqu'à combien ?

Tod haussa les sourcils, surpris par mon ignorance. Avait-il donc oublié que, deux mois plus tôt, je ne savais encore rien de ma propre espèce ?

— Une quinzaine de mètres, si ce n'est plus, répondit-il. Et une seule piqûre d'une plante de cette taille te tuerait dans les deux heures, à moins qu'elle ne t'ait d'abord brisé la colonne vertébrale. Elles ressemblent un peu à des pythons géants avec des racines.

— Et des piquants, ajoutai-je avec amertume.

Tod sembla vouloir dire autre chose, mais y renonça lorsque Nash prit la parole.

— Il faut que tu mettes quelque chose sur ta cheville, dit-il en y jetant de nouveau un coup d'œil.

Je m'empressai de rabattre la jambe de mon pantalon et de reposer mon pied sur le plancher de la voiture.

— Mais je ne suis pas du tout certain qu'un médicament humain soit efficace contre une toxine d'outre-monde, poursuivit-il.

Il s'interrompit un instant et, apercevant la sortie que nous devions prendre, actionna le clignotant droit.

— Que veux-tu acheter d'autre au Walgreen ?

— Des ballons gonflables.

Je souris devant l'expression perplexe qui se peignit sur son visage. Pour une fois, je savais mieux que lui ce qu'il convenait de faire.

Tod glissa la tête entre les deux sièges avant, l'air aussi dérouté que son frère.

— Nous allons apporter des ballons à Addy ? Est-ce qu'on ne devrait pas aussi passer prendre un gâteau d'anniversaire et un cadeau, pendant qu'on y est ?

Mon sourire s'agrandit.

— Les ballons ne sont pas pour Addison. Ils sont pour le monstre. Addy va juste… en gonfler un pour nous.

Un instant, les yeux de Tod se plissèrent. Puis ses traits se détendirent à mesure qu'il percutait. Un coin de sa bouche se releva.

— Astucieux…, reconnut Nash en hochant la tête en signe de respect. Ça me plaît, comme idée.

— Espérons que ça marchera.

Au Walgreen, Tod dénicha un sachet de ballons de baudruche en latex de toutes les couleurs tandis que Nash et moi partions à la recherche d'un tube de crème antibiotique. Lorsque nous nous retrouvâmes à la caisse, le Faucheur prit également trois barres chocolatées. Dès que j'eus payé — je savais bien que ma « monnaie de papier » me serait utile à un moment ou à un autre ! —, nous nous précipitâmes chez Addy, remerciant le ciel pour la fluidité de la circulation nocturne. Il ne nous restait plus qu'une demi-heure avant de devoir retourner au stade.

Nous nous garâmes à côté d'une Lexus rutilante dans l'allée d'Addison. Elle dut entendre le moteur de notre voiture car, avant même que nous ayons grimpé les marches du perron, elle nous ouvrit la porte d'entrée et nous invita à pénétrer dans le séjour.

Addy referma la porte derrière nous et resta plantée sur le seuil, les mains enfoncées dans les poches de son blue-jean délavé. Elle était encore tout habillée. Elle n'avait même pas essayé de dormir. Et ce n'était certes pas moi qui allais lui en faire le reproche.

— Où est ta mère ? demanda Tod, debout au milieu de la pièce vide.

Personne n'avait pensé à s'asseoir.

— Elle est dans sa chambre, complètement dans les vapes, répondit Addy avec un sourire ironique.

Pour une fois, elle se réjouissait des « problèmes » de sa mère.

— Et Regan ? demandai-je à mon tour.

Je frottai ma chaussure gauche contre ma cheville droite, résistant à grand-peine à une violente envie de me gratter. Je pressentais en effet que montrer au grand jour ma blessure d'outre-monde ne manquerait pas de soulever des questions auxquelles nous n'avions pas le temps de répondre. De plus, j'étais pratiquement certaine que le fait de me gratter ne réussirait qu'à faire suinter un liquide clair de mes piqûres au lieu de soulager les démangeaisons furieuses qui me torturaient.

— Elle est en train de cuver deux tranquillisants que j'ai piqués à ma mère, répondit Addison avant de baisser les yeux sur ses doigts de pied. J'ai été *obligée* de les lui donner. Elle devenait folle. Je voulais juste qu'elle arrête de crier et qu'elle aille se coucher. J'ai essayé de la prévenir, mais elle ne m'a pas écoutée. Elle n'écoute jamais…

J'eus soudain de la peine pour Addy, pour sa sœur et le lien qui s'était brisé entre elles. Elles me rappelaient ma propre relation avec Sophie ; cette pensée me laissa un goût amer dans la bouche, comme si j'avais avalé une des pilules de Mme Page.

— Tant pis, laissa tomber Tod.

A vrai dire, le sort de Regan lui était complètement égal. Il n'avait d'yeux — et d'intérêt — que pour Addison.

— Nous sommes à deux doigts de localiser le démon, ajouta-t-il, mais d'abord il faut que tu souffles dans un de ces ballons.

— Peut-être deux ou trois, intervins-je en lançant le sachet à Tod. Je ne sais pas exactement de quelle dose le monstre a besoin, ni quel taux de concentration elle a… à l'intérieur. Si ça se trouve, il en faudra plus d'un.

Tod déchira le sachet tandis qu'Addison nous

regardait tour à tour comme si nous étions devenus fous.

— C'est dans ton haleine, expliquai-je pendant que Tod extrayait un ballon rouge cerise et l'étirait pour le rendre plus facilement dilatable. Le souffle du démon. Il s'est déposé à l'intérieur de toi. Dans tes poumons. Je crois que, chaque fois que tu expires, tu en recraches un peu dans l'air.

C'était le monstre qui m'avait soufflé cette idée au moment où il avait voulu savoir si notre haleine sentait le souffle démoniaque. Ce n'était pas notre cas, bien sûr. En revanche, c'était bel et bien celui d'Addy.

Je ne savais pas avec certitude comment cela marchait. Si Addy perdait un peu de l'énergie qui la maintenait en vie à chaque expiration, ou si le souffle du démon se renouvelait au fur et à mesure qu'il se dissipait dans l'air. Mais s'il y avait une chose dont j'étais pratiquement sûre — sur la foi de l'étrange conversation que j'avais eue avec le monstre —, c'était qu'Addy portait en elle la monnaie d'échange dont nous avions besoin.

Elle prit le ballon des mains de Tod et le regarda fixement pendant une seconde, comme si elle s'attendait à ce qu'il lui pousse des dents et qu'il la morde. Puis elle mit l'embouchure entre ses lèvres. Debout autour d'elle, nous guettions avec anxiété le moindre de ses gestes.

Je l'arrêtai.

— Attends ! J'ai eu l'impression, quand Eden est morte, que le souffle de démon pesait plus lourd que l'air. Il a donc dû se déposer tout au fond de tes poumons. Il va falloir que tu les vides complètement pour expulser ce dont nous avons besoin. Alors, souffle de toutes tes forces à chaque expiration, d'accord ?

Addison hocha la tête d'un air hésitant. Puis elle porta de nouveau le ballon rouge à sa bouche, cependant que Tod en sortait un jaune du sachet. Elle commença à souffler, la baudruche se gonfla lentement, devenant un peu plus translucide à mesure qu'elle prenait du volume. Addy expirait sans reprendre sa respiration, expulsant plus d'air de ses poumons que je n'aurais cru possible, jusqu'au moment où son visage devint presque aussi rouge que le ballon.

Les chanteurs doivent avoir de sacrés poumons !

Quand elle n'eut plus d'air à exhaler, la baudruche était à moitié pleine. Elle en pinça l'ouverture entre le pouce et l'index, et je le lui pris des mains pour en nouer l'extrémité. Dès que je l'eus lâché, le ballon retomba aussitôt sur la moquette, à croire qu'on l'avait lesté d'un poids.

Tod tendit à Addy le ballon jaune, et elle recommença l'opération, sans un mot ni un regard dans notre direction. Lorsque le second ballon eut rejoint le premier sur le sol, je ne pus retenir un sourire en les contemplant. Dans le silence de la pièce, Addy soufflait déjà dans une troisième baudruche, violette celle-là.

Les ballons sur la moquette avaient un petit air festif, dans le genre goûter d'anniversaire un brin ringard. Ils semblaient vouloir tourner en dérision leur dangereuse cargaison. Mais, tout compte fait, peut-être était-ce approprié, étant donné l'origine de ladite cargaison — un monde dont les habitants se seraient fait un plaisir de nous dévorer tout crus. A condition que les plantes ne nous aient pas tués d'abord.

Lorsque Addy eut fini de gonfler le troisième ballon, Nash décida que cela suffisait. Non parce que nous avions la conviction d'avoir recueilli une quantité suffisante de souffle démoniaque, mais parce que nous risquions de manquer de temps. Pourquoi n'avais-je pas eu l'idée de demander au monstre de nous accorder deux heures au lieu d'une ?

Au reste, ça n'avait pas tellement d'importance. Même sans l'échéance imposée par la créature, le temps d'Addy était compté, sa dernière heure approchait. Selon les chiffres lumineux qui s'affichaient sur son lecteur de DVD, il était un peu plus de 1 heure du matin. Addy allait mourir au cours des prochaines vingt-quatre heures — en tout cas, pas plus tard — et chaque minute gaspillée nous rapprochait de cet instant indéterminé et néanmoins fatal.

— Nous reviendrons aussitôt que possible, dit Tod. En attendant, tâche de réveiller Regan.

Si seulement l'adolescente avait été en possession de tous ses moyens, nous aurions pu emmener les deux sœurs avec nous !

— Nous t'appellerons avant de venir, mais je ne peux pas te garantir que ce ne sera pas à la dernière minute.

Pour la bonne et simple raison que nous n'avions aucune idée de l'endroit où se trouvait notre fameux démon ni de combien de temps il nous faudrait pour y arriver. Et pour le dénicher.

Addy jeta un coup d'œil vers la cuisine.

— Je vais essayer. Elle ne boit pas de café, mais je crois que nous avons du Red Bull dans le frigo.

— Parfait. Je te téléphonerai quand nous en saurons davantage, promit Tod.

Sur ce, il lui posa un baiser sur la joue et sortit.

Debout sur le perron, Addison nous regarda redescendre l'allée en marche arrière. Les bras croisés sur sa poitrine, dans son T-shirt à manches longues, elle paraissait ne pas avoir conscience du froid de cette nuit de novembre. Encore qu'à mon avis cette fraîcheur-là n'était rien en comparaison du froid glacial qui l'habitait.

Nash avait repris le volant et je passai la première

partie du trajet à m'appliquer de la pommade antiseptique sur la cheville. Et la seconde partie à m'en mordre les doigts. J'avais à peine essuyé le surplus de l'épaisse crème blanche que des bulles commencèrent à se former sur les plaies et à émettre un sifflement, à croire que j'y avais versé de l'eau oxygénée à la place. La douleur agaçante que j'avais essayé d'ignorer tout au long des quarante dernières minutes explosa comme un volcan dans ma cheville.

Je m'évertuai à retirer le plus de pommade possible avec des mouchoirs en papier. Si au moins Emma avait gardé dans ses trésors une boîte de lingettes, j'aurais pu me laver la cheville ! Le peu de pommade restant dans les trous qui criblaient ma peau continuait à mousser doucement en répandant de minuscules gouttelettes de liquide blanchâtre. Le temps que nous arrivions au parking du stade, un réseau de fines lignes rouges avait commencé à irradier à partir de la double rangée de piqûres. Ce qui faisait penser à une toile d'araignée s'étendait sur moins de trois centimètres pour l'instant, mais semblait vouloir se déployer à vitesse grand V.

Nash jeta un regard sur ma cheville, puis un autre, et les plis de son front se creusèrent. J'envisageai de plus en plus sérieusement d'accepter son offre de me conduire à l'hôpital. Histoire de faire cesser la douleur qui envahissait ma jambe et de soulager notre conscience une bonne fois pour toutes. Excepté que cela mettrait définitivement un terme à notre équipée nocturne et du même coup condamnerait Addy à mourir privée de son âme. La vouerait à une éternité de torture. Et cela, je ne pouvais m'y résoudre. Pas en sachant ce qui était arrivé aux âmes que ma tante avait vendues. Comment aurais-je pu permettre qu'Addy subisse le même sort ?

Au reste, il serait toujours temps de soigner mes blessures une fois que nous aurions repris possession des âmes des sœurs Page, pas vrai ? Parce que si je devais en croire Tod, quel que soit l'état de ma cheville, je ne risquais pas de mourir tant que mon nom ne figurait pas sur la liste d'un Faucheur. Et quand ce moment viendrait, aucune pommade ou pilule d'outre-monde n'aurait le pouvoir de me sauver, de toute façon. Quant au fait que la perte d'un pied ou d'une jambe ne fasse pas partie des choses mentionnées sur les fameuses listes, je refusais tout bonnement d'y songer. Il ne me restait donc qu'à continuer, malgré la douleur.

Nous avons donc traversé le parking dans le monde humain — nos ballons colorés sous le bras — pour ne pas risquer de marcher sur d'autres rameaux de lierre pourpre. Nous ne nous sommes arrêtés pour traverser qu'une fois arrivés à l'endroit où, d'après mes calculs, nous avions négocié avec le monstre. Nous nous sommes déplacés alors de plusieurs pas sur la gauche, histoire d'éviter cette cochonnerie de plante grimpante. J'étais presque certaine d'avoir correctement évalué les distances, car, d'après mes estimations, il ne s'était produit aucun décalage temporel lors de la précédente traversée. Le point d'ancrage du stade était très solide.

Tod traversa le premier pour s'assurer que la voie était libre et que le monstre nous attendait bien au lieu de rendez-vous. Car il était, bien sûr, hors de question que je fasse l'effort de venir si l'horrible petite créature nous avait posé un lapin ou s'il y avait le moindre danger à se trouver dans le monde des ténèbres, en ce lieu et à cet instant précis. J'attendis que Tod revienne nous donner le feu vert pour invoquer mon cri funèbre — avec plus de facilité que jamais, désormais — et entraîner Nash avec moi dans le monde d'en bas.

Le monstre se tenait tout près de l'endroit où nous l'avions laissé, faisant sans relâche passer le bout de sa queue dans son petit poing à demi fermé. Il jetait des regards dans tous les sens, les mouvements convulsifs qui le secouaient s'étaient intensifiés et, visiblement, il était incapable de rester sans bouger. C'est alors que l'idée me traversa l'esprit — accompagnée d'un sursaut d'indicible horreur — que j'étais devenue dealeuse dans le monde des ténèbres.

Après avoir pris plusieurs profondes inspirations, je décidai que je pourrais m'en accommoder, du moment que la fin justifiait les moyens. D'abord, ce n'était pas moi qui avais rendu le petit monstre accro au souffle de démon. Et puis, je ne faisais que lui procurer une dose, pas vrai ?

Dès qu'il aperçut les ballons, le monstre écarquilla ses yeux jaunes. Ses pupilles s'étaient considérablement dilatées.

— Donne ! haleta-t-il en tendant ses petites mains boudinées vers le ballon rouge, le premier qui avait capté son attention.

A se demander s'il n'était pas daltonien ! En tout cas, il n'avait pas d'ongles. Au moins, je n'avais pas à craindre qu'il me griffe en m'arrachant sa drogue des mains.

— L'information d'abord, exigeai-je en levant au-dessus de ma tête les deux ballons que je portais.

— Non !

Ses bras commencèrent à trembler, sa queue à se tortiller furieusement. Il souffrait le martyre et s'il n'obtenait pas très rapidement ce dont il avait besoin, quelqu'un allait en pâtir. Hélas, je n'avais pas, comme lui, pour me défendre, de pointes métalliques à la place des dents.

Mais du courage, j'en avais, et je le sentais s'affermir de façon non négligeable.

— Dis-nous où se trouve le démon de l'avarice ou je fais éclater ces ballons l'un après l'autre. Ils sont trop hauts pour que tu puisses inhaler ce qu'ils contiennent.

Je fis un signe de tête à Nash qui aussitôt sortit son couteau pliant de sa poche et l'ouvrit en appuyant sur le bouton-pressoir.

— Non ! cria le monstre en faisant un bond pour essayer d'atteindre la baudruche.

Surpris, Nash sursauta, la pointe de son couteau perça le ballon qui éclata et répandit sur lui une pluie de petits bouts de latex violet. Nash toussota et agita une main devant son visage pour dissiper d'un geste désinvolte la substance à laquelle notre petit informateur était accro. Dont il avait *besoin*…

Le monstre se laissa tomber sur les genoux et ramassa les fragments de latex pour les renifler un à un. Mais au bout de quelques secondes, il leva les yeux vers nous, avec une expression de défaite amère et douloureuse.

Je tenais toujours le ballon rouge en l'air à bout de bras.

— Parle ou je fais éclater celui-là aussi, le menaçai-je à voix basse.

Je ne tenais pas à attirer l'attention des autres petites créatures qui s'acharnaient comme des fous à escalader les murs du stade. Un grand nombre d'entre eux gisaient à présent inconscients sur le trottoir, soit qu'ils n'aient pas eu leur dose de drogue, soit qu'ils se soient fait piétiner par des camarades plus costauds qu'eux.

Glapissant de fureur, notre monstre serrait ses petits poings. Sa queue fouettait rageusement l'air derrière lui, soulevant la poussière du parking.

— Monstres humains, sans pitié…, grommela-t-il.

Je faillis éclater de rire. Son espèce tout entière semblait prête à courir à sa propre perte pour une dose de substance que, pour commencer, ils n'auraient jamais dû priser. Ou sniffer. Ou quel que soit le terme. Et c'était nous qui étions sans pitié ?

— Parle ! ordonnai-je en approchant le ballon du couteau de Nash qui le brandissait d'un air menaçant.

Le petit être se releva et redressa les épaules, se drapant comme il le pouvait dans le peu de dignité qui lui restait.

— Les démons traînent dans les endroits où ils dénichent de quoi se nourrir. Celui que vous cherchez s'appelle Avari, l'un des démons de l'avarice. Vous le trouverez là où l'avidité trouve le plus à s'épanouir.

— Et où est-ce ? demandai-je en avançant le ballon un peu plus près de la pointe de la lame.

Le monstre haussa les épaules, mais d'un geste si heurté qu'il ne put masquer le tremblement qui secouait à présent tout son corps.

— Dans le centre-ville. Le plus grand bastion de l'avidité que je connaisse.

Le monstre s'essoufflait, à croire qu'il était devenu incapable d'inspirer une bouffée d'air suffisante. Du moins, une qui ne soit pas viciée par son poison favori.

— Les humains l'appellent *Prime Life*.

— La compagnie d'assurance ? s'étonna Nash en se raclant la gorge avec précaution, comme si elle lui avait fait mal.

Prime Life était la plus grande compagnie d'assurance du pays, et elle avait son siège à Dallas.

Hum... ça tenait debout, tout compte fait.

Le monstre acquiesça d'un hochement de tête silencieux.

— Bastion de la cupidité, répéta-t-il. Il y est sûrement en ce moment...

Il tendit ses deux petits bras, comme un enfant qui demande qu'on le porte. Sauf que cet enfant-là voulait un ballon rempli de toxine addictive venue d'outre-monde.

Je lui remis la baudruche, malgré les protestations de ma conscience contre l'acte le plus méprisable que j'aie jamais commis de toute ma vie. Puis, après avoir réfléchi une seconde, je lui donnai aussi le ballon jaune. Il ne nous serait plus d'aucune utilité, et la pauvre créature en avait visiblement besoin.

A cette pensée, mon estomac se révulsa avec une violence accrue.

Toujours est-il que nous avions obtenu ce que nous étions venus chercher, et je fis la traversée dans l'autre sens pour regagner le monde humain, satisfaite, à défaut d'être fière de moi.

Au bout du compte, la fin justifierait les moyens, non ? Alors, pourquoi avais-je l'impression d'avoir vendu *mon* âme… ?

18

— Ça va aller ? me demanda Nash lorsqu'il remarqua que je boitais pour retourner à la voiture.

— Oui, ne t'inquiète pas, répondis-je, pas du tout convaincue de la véracité de mes propres paroles.

Ma cheville me brûlait atrocement. Elle était tellement enflée qu'elle semblait ballotter à chaque pas. Mais j'avais si peur de la regarder qu'à la place je jetai un coup d'œil à ma montre.

2 h 15 du matin. Du jour où Addy était destinée à mourir. Nous n'avions malheureusement pas pensé à demander à Libitina qu'elle nous précise l'heure exacte. Et comme, pour comble de malchance, nous n'avions aucune possibilité d'accéder à la Liste puisqu'elle avait été mise sous étroite surveillance, depuis que Tod l'avait subrepticement feuilletée six semaines auparavant, j'avais l'impression que nous avancions à l'aveuglette. Quoi qu'il en soit, je n'aurais pas le temps de consulter un médecin tant qu'Addy et Regan n'auraient pas repris possession de leur âme et que le mal n'aurait pas trouvé à qui parler. D'ici là, je ferais semblant d'avoir une cheville

en acier, une sorte d'articulation bionique, et de ne ressentir aucune douleur. J'étais surhumaine, je pouvais faire tout ce que je voulais !

A part que je prendrais tout de même du paracétamol, au cas où. Beaucoup de paracétamol.

Nash se mit de nouveau au volant. Je ne me sentais pas du tout en état de conduire. J'avais plutôt envie de dormir, mais, pour le moment, il ne pouvait être question de me laisser aller, ni de faire quoi que ce soit d'un tant soit peu agréable, d'ailleurs.

Nash tourna la clé de contact et regarda son frère dans le rétroviseur.

— Nous allons chercher Addy et Regan, annonça-t-il tout en effectuant un demi-tour serré sur le parking désert. Pendant ce temps-là, toi, tu fonces chez *Prime Life* et tu vois si tu peux trouver Avari, ajouta-t-il. Tiens, prends ça !

Nash tendit son téléphone mobile à Tod par-dessus son épaule.

— Ton portable ne marchera pas dans le monde des ténèbres, fis-je remarquer. Et même s'il trouvait un réseau, je parie qu'il ferait drôlement exploser ton forfait.

Tod déroula le répertoire des contacts de son frère. Ou peut-être sa liste de lecture.

— Ouais, mais une fois que j'aurai localisé Avari, je pourrai retraverser pour vous appeler.

A la bonne heure !

Tod glissa le portable dans sa poche et se pencha en avant pour passer la tête entre les deux sièges.

— Merci, je vous revaudrai ça.

Il y avait gros à parier que mon sourire ressemblait plus à une grimace qu'à autre chose.

— Et ça aussi…, soulignai-je.

Je posai de nouveau mon pied sur le tableau de bord et remontai le bas de mon blue-jean pour découvrir ma cheville. Sur quoi, mon rictus se tordit en une expression de dégoût et de peur. Ma voix s'éteignit dans un silence épouvanté.

Ma cheville avait doublé de volume. Sous la double rangée de piqûres, la chair était enflammée et parcourue de ce drôle de lacis de nervures rouges qui se faufilaient maintenant sous mes chaussettes et remontaient jusqu'à mi-mollet. Du liquide semblait s'être épanché sous la peau, la faisant pendre juste au-dessus de la chaussure, là où la force de gravité la tirait vers le bas.

Nash poussa une exclamation effarée. Au lieu de surveiller la route, il me regardait avec horreur.

— Kaylee, il faut absolument que tu fasses examiner ta jambe !

— Tu crois ?

Je tentai un sourire, mais mon sens de l'humour m'avait abandonnée.

— Regarde la route !

Il redressa aussitôt le volant, sans pour autant

cesser de couler des regards affolés vers ma cheville, tandis que j'essayais de décider si je devais appuyer dessus ou la laisser tranquille.

— La pommade antiseptique n'a fait qu'aggraver les choses, constatai-je. Tu crois qu'un médecin humain saura soigner ce genre de blessure ?

— Ça m'étonnerait, répondit Nash, portant son attention tour à tour sur ma jambe et sur la route — heureusement peu fréquentée à cette heure de la nuit. Mais ma mère, elle, saura quoi faire.

Je me tournai vers Tod pour avoir son avis.

— Qu'est-ce que tu en penses ? Tu crois que ça peut attendre ?

Le Faucheur déglutit et examina ma cheville quelques instants. Puis il releva la tête pour croiser mon regard, ses yeux bleus noyés d'ombre.

— Je crois que oui.

— Tu es sûr ? demandai-je, ayant décelé un certain manque de conviction dans sa voix.

— Oui, répondit-il avec un hochement de tête résolu. De toute façon, nous n'allons pas traîner là-bas trop longtemps.

— Bon, d'accord.

Je m'enfonçai de nouveau dans mon siège, quelque peu soulagée que nous ayons finalement défini un plan d'action.

— Aussitôt que nous en aurons terminé à *Prime Life*, nous téléphonerons à ta mère pour lui demander de nous retrouver chez vous, dis-je à Nash, avant de me retourner vers Tod pour ajouter : Je vais appeler Addy pour la prévenir que nous sommes en route. Toi, tu vas chercher ce démon, Avari. Mais tâche de ne pas te faire voir de lui. Et s'il remarque quand même ta présence, ne lui dis surtout pas que nous amenons Addy et Regan. J'ai comme l'impression qu'il ne sera pas d'accord pour rendre leurs âmes, même si nous lui en offrons d'autres en échange.

Pour une fois, Tod m'approuva sans discuter. Puis, sans que je m'y attende, il me plaqua un baiser sur la joue et disparut avec le portable de Nash avant que je n'aie eu le temps de me remettre de ma surprise.

— J'imagine que c'est sa manière de me remercier, marmonnai-je en me frottant la joue à l'endroit où le Faucheur avait posé ses lèvres.

Des lèvres bien chaudes pour un mort !

Nash eut beau grogner, il n'avait pas l'air fâché. A ses yeux, le baiser de son frère était plus une marque de gratitude qu'autre chose.

Tandis qu'il fouillait la route du regard pour chercher la sortie que nous devions prendre, j'extirpai mon portable de ma poche. Mais avant même que je ne commence à afficher l'historique des appels récents pour trouver le numéro d'Addy, un petit message apparut en bas de l'écran pour me signaler que j'avais raté cinq appels.

Malheur ! Mon père avait découvert ma fugue.

Par pitié ! Pourvu qu'il n'ait pas prévenu la police…

Comme il fallait s'y attendre, trois des messages venaient de lui. Les deux premiers étaient arrivés moins de une heure après mon départ, pendant que nous marchandions avec le monstre dans le monde des ténèbres. Ils disaient pratiquement la même chose — la voix furieuse de mon père exigeait de savoir où je me trouvais et ce que je pouvais bien *foutre*. Mon père ne proférait pas souvent de jurons. Seulement quand il était très, très en colère. Ou qu'il avait peur.

Le troisième appel était d'Emma. Elle m'avertissait que mon père avait téléphoné chez elle à 1 heure du matin. Ce qui avait réveillé sa mère et provoqué une avalanche de questions qu'Emma avait dû éluder tant bien que mal.

Oups. Je notai dans un coin de ma tête de faire cuire des brownies pour Emma aussi. Histoire de me faire pardonner tous les ennuis que je lui causais.

Coup de chance, sa mère n'avait pas remarqué l'absence de sa voiture et il n'était pas venu à l'idée de mon père — du moins, pas encore — de demander si je l'avais empruntée.

Le quatrième appel venait d'Harmony. Elle était inquiète, je perçus même dans sa voix une pointe d'irritation. Elle disait que mon père était « hors de lui » et à deux doigts d'aller ratisser tout le quartier à ma recherche. Ensuite, elle voulait savoir si j'avais vu Nash, car il ne répondait pas à son portable. J'en conclus que lui aussi avait dû recevoir une flopée de messages.

C'était sa manière à elle de nous faire savoir qu'elle était au courant que Nash et moi étions ensemble dans ce coup-là — quel qu'il soit — et que nous ferions bien d'avoir une bonne explication à lui fournir quand nous rentrerions.

J'aimais bien Harmony et je craignais qu'en apprenant ce que nous complotions elle ne laisse plus à Nash la bride sur le cou. Il pourrait alors dire adieu à cette belle liberté dont il profitait depuis si longtemps — bien avant que je ne le rencontre, d'ailleurs. Et ça aussi, ce serait ma faute.

Le cinquième et dernier appel avait été passé par mon père — encore une fois — pour dire qu'il allait parcourir toutes les rues de la ville à ma recherche et que, s'il n'avait pas de nouvelles de moi avant 3 heures, il irait trouver la police.

Manquait plus que ça !

Un rapide coup d'œil à mon téléphone portable m'apprit qu'il était 2 h 45.

— Il faut que j'appelle mon père, dis-je en lançant un regard alarmé à Nash.

Il hocha la tête d'un air sombre. Visiblement, il avait entendu la dernière partie de mes messages.

Pendant que la sonnerie du téléphone de mon père

résonnait dans mes oreilles, je déroulai la jambe de mon pantalon et posai le pied sur le plancher. Le liquide accumulé se répandit d'un seul coup dans ma cheville et m'arracha un hoquet de douleur.

— Kaylee ? C'est toi ?

— Ouais, tout va bien, répondis-je sans lui laisser le temps de poser la question.

Et, somme toute, c'était vrai. Enfin, relativement. Après tout, je n'avais pas été agressée, ni kidnappée, ni jetée à la rue.

— Ecoute, enchaînai-je aussitôt, je n'ai pas beaucoup le temps de te parler, je voulais juste te dire que je regrettais d'avoir fait le mur. Mais j'étais *obligée*. J'ai quelque chose de très important à terminer, et ensuite je rentre à la maison. Dans deux heures, au plus tard.

— Nash est avec toi ?

Je poussai un soupir et me renversai dans mon siège. Les réverbères défilaient au-dessus de nos têtes à un rythme régulier. Presque hypnotique.

— Ce n'est pas sa faute, affirmai-je. Je lui ai demandé de m'aider. Je t'expliquerai tout à la maison.

— Kaylee…

— Il faut que j'y aille, papa. Mais ne t'en fais pas, tout va bien. Et s'il te plaît, ne va pas voir les flics. Ils ne comprendraient pas.

A peine avais-je refermé mon téléphone qu'il se mit à sonner. Au lieu de répondre, j'appuyai sur une touche pour refuser la communication et appelai Addison. Elle répondit dès la première sonnerie. Regan s'était levée, m'assura-t-elle, même si elle n'était pas précisément au mieux de sa forme.

Je lui conseillai de lui faire avaler un autre Red Bull et de l'habiller. Nous arrivions dans dix minutes.

Cette fois encore, Addy nous attendait à la porte. Regan était avachie sur le canapé, vêtue d'un jean de marque et de deux T-shirts à manches longues superposés. Elle regardait fixement devant elle de ses drôles d'yeux blancs. Lorsqu'elle s'aperçut enfin de notre arrivée, elle me sourit d'un air absent — si on peut qualifier de sourire ce retroussement de ses babines.

— Il faut qu'elle mette ses lentilles de contact, dis-je, détournant le regard pour ne pas voir ses yeux. Elle ne peut pas sortir comme ça.

Addison rejoignit sa sœur, un blouson de cuir plié sur son bras.

— Je n'arriverai jamais à les lui mettre, et elle n'est pas encore en état de le faire elle-même. Est-ce qu'elle ne peut pas simplement porter des lunettes de soleil ?

— En pleine nuit ?

Je saisis un des bras inertes de Regan et l'enfilai dans une manche du blouson que tenait sa sœur.

— Ce n'est pas pour lancer une nouvelle mode, Kaylee, protesta Addy en glissant l'autre bras de

Regan dans la deuxième manche. Il s'agit seulement de ne pas nous faire remarquer.

— Est-ce que nous risquons de tomber sur des paparazzi à 3 heures du matin ? demandai-je.

Addison s'était agenouillée pour passer une paire de chaussures de toile à paillettes aux pieds de sa sœur. Pas exactement une tenue d'hiver, mais ça pourrait à la rigueur passer. De même que les lunettes de soleil.

— Pas tant que nous sommes dans ta voiture, en tout cas, répondit la princesse pop.

Je ne pris pas la peine de lui faire remarquer que ce n'était pas *ma* voiture. Et qu'elle aurait eu encore plus la honte de se montrer dans ma voiture que dans celle d'Emma.

— A moins que quelqu'un leur ait filé un tuyau, reprit-elle. Et même dans ce cas, il y a des choses bien plus graves dont nous devons nous inquiéter.

Elle se redressa et tira sa sœur par les deux mains pour la faire lever.

Regan resta plantée là, comme un piquet.

— Combien tu lui en as donnés ? s'enquit Nash.

Il s'approcha de la jeune fille, les bras tendus comme pour l'empêcher de tomber. Parce que, à dire vrai, elle paraissait chancelante.

— Tu veux dire du Red Bull ou des comprimés ?

— Des comprimés.

— Deux. Mais à mon avis, c'est surtout à cause du choc qu'elle est comme ça.

Nash poussa un profond soupir.

— Prends un autre Red Bull, pour la route, conseilla-t-il.

Il enroula son bras autour des épaules de Regan et la conduisit vers la porte d'entrée. Addy fonça dans la cuisine pendant que je m'emparais d'une énorme paire de lunettes de soleil qui traînait sur le bar et les posais sur le nez de Regan. Nash lui fit descendre les marches du perron.

Addy s'assit à côté de sa sœur sur la banquette arrière tandis que je m'installais sur le siège passager et bouclais ma ceinture de sécurité. Je mourais d'envie de jeter un coup d'œil à ma cheville, mais je résistai. Je ne tenais pas à ce qu'Addy ou Regan voient le désastre.

En réalité, je ne voulais pas le voir non plus.

— Regan, tu m'entends ? demanda Nash, comme nous nous engagions sur la bretelle d'accès à l'autoroute.

— Mouais…

— Tiens, bois ça !

Addison arracha la capsule de la canette qu'elle porta aux lèvres de sa sœur.

— Non…, protesta celle-ci en la repoussant mollement.

— Il faut que tu reprennes tes esprits, Regan, dis-je. Tu ne veux pas récupérer ton âme ?

Comme j'aurais aimé à ce moment-là posséder l'influence de Nash, à la place de mes propres talents — beaucoup moins « caressants », eux !

Regan se contenta de hausser les épaules. Est-ce qu'au moins elle me regardait derrière ses grosses lunettes ? Je n'en aurais pas mis ma main à couper.

— Donne-lui encore à boire.

Je me tassai sur mon siège, tout entière concentrée sur la douleur dans ma jambe. Ce n'était pas le moment de m'endormir.

Mes yeux commençaient à se fermer lorsque mon téléphone vibra dans ma poche. Mon père avait encore appelé deux fois pendant que nous étions en route pour la maison des Page, mais je vérifiai tout de même le nom qui s'affichait sur l'écran. Au cas où. C'était Tod qui téléphonait avec le portable de Nash.

— Allô !

Je donnai un coup de coude dans le bras de Nash et articulai silencieusement le nom de son frère.

— Kaylee ? Je l'ai trouvé. Si vous pouviez arriver avant qu'il ne parte, on a une chance de réussir.

Tod s'interrompit un instant, le temps de reprendre son souffle. Sa voix était tendue, inquiète.

— Mais, Kay, cet endroit n'a rien de commun avec

le stade. C'est… très animé. Comme le bâtiment est encore fermé dans le monde humain, tu vas devoir traverser le parking et ensuite faire entrer les autres par une porte latérale. Et fais très attention. Ne touche à rien…

— Pas de danger ! l'interrompis-je. J'ai bien retenu la leçon cette fois…

— Et empêche aussi Addy et Regan de toucher à quoi que ce soit. Ou de parler à qui que ce soit.

— Ne t'inquiète pas, nous serons prudents.

Après tout, j'étais la première à vouloir me sortir saine et sauve de ce cauchemar.

— Empêche-le par tous les moyens de partir, repris-je. Nous serons là dans une quinzaine de minutes.

Heureusement, il était encore trop tôt pour les embouteillages et nous n'avions guère à partager la route qu'avec des camions.

— Je ne crois pas qu'il ait l'intention de s'en aller, répondit Tod. Ils sont tous ici pour absorber le surplus d'énergie vitale humaine qui suinte de partout, et ils ne vont sûrement pas repartir avant le début de la journée. C'est à ce moment-là que l'énergie ici crèvera le plafond.

Tod marqua un temps d'arrêt avant de conclure :

— Mais dépêchez-vous tout de même !

— Nous faisons aussi vite que possible.

Sans nous faire réduire en bouillie sur l'asphalte de la chaussée.

Le temps que Nash trouve une place pour se garer à l'étage inférieur du parking souterrain de *Prime Life,* Regan avait quelque peu émergé de sa torpeur. Soit parce que les effets des cachets s'étaient estompés, soit parce que le Red Bull avait commencé à agir. Ou peut-être parce qu'elle avait enfin capté l'importance de notre expédition.

Sa main tremblait lorsque Nash l'aida à sortir de la voiture. Elle se redressa de façon mal assurée et faillit faire tomber ses lunettes noires en voulant s'essuyer les yeux. Je me levai à mon tour pour aider Nash, mais, à la seconde où mon pied droit toucha le sol, une douleur fulgurante m'assaillit, si violente que je manquai de m'écrouler comme une masse, là, en plein milieu du parking.

Addison me rattrapa.

— Qu'est-ce que tu as, Kaylee ? Ça va ? me demanda-t-elle alors que je me remettais d'aplomb sur mes jambes.

Grimaçant sous l'effet de la douleur qui remontait jusqu'à ma hanche, je tâchai d'alléger le poids pesant sur ma jambe blessée.

— Ouais, ça va. Je me suis fait mal à la cheville tout à l'heure, et j'ai l'impression que ça ne s'arrange pas.

Je levai les yeux pour rassurer Nash d'un sourire.

— Dépêchons-nous d'en finir avec cette histoire, dit-il. Nous devons faire soigner ta jambe au plus vite.

Je me bornai à hocher la tête pour manifester mon approbation.

Retardées dans notre marche, et par ma claudication et par l'état d'hébétude de Regan, nous suivîmes Nash jusqu'aux portes vitrées fermées à double tour. Je me tournai alors vers les deux filles.

— Je vais vous faire tous traverser, expliquai-je. Un peu comme Bana s'y est prise avec vous deux. En vous tenant par la main. Mais quand nous serons là-bas, ce ne sera pas comme la dernière fois. Tod dit que l'immeuble de *Prime Life* est… très fréquenté à cette heure de la nuit dans le monde des ténèbres. Alors, il y a quelques règles qu'il va falloir suivre à tout prix.

Les deux sœurs acquiescèrent d'un signe de tête. Les faux yeux bleus d'Addison étaient écarquillés autant par la peur que par la détermination. Je ne pouvais voir ceux de Regan à travers ses lunettes — et, de toute façon, ça n'aurait rien changé —, mais la ligne mince que formaient ses lèvres serrées me confirma qu'elle m'écoutait et ne prenait pas mes recommandations à la légère.

Encore heureux !

Sans le vouloir, je reportai le poids de mon corps sur ma mauvaise jambe et laissai échapper un cri de souffrance. Pendant que je reprenais mon souffle, Nash enchaîna :

— Ne touchez à rien. Ne regardez personne dans les yeux. En fait, ne regardez personne, sauf nous.

— Et faites attention où vous mettez les pieds, ajoutai-je avec un sourire crâneur à l'intention de Regan qui semblait effrayée par ma douleur. Prêtes ?

Les deux sœurs hochèrent la tête et attrapèrent les mains que je leur tendais. Nash m'agrippa par le bras. Mais voilà qu'à la dernière seconde une crainte me saisit : et si le fait de ne pas toucher directement ma peau empêchait Nash d'être du voyage ? Je relevai aussitôt les manches de mon blouson et de mon T-shirt afin qu'il puisse se cramponner à mon poignet nu.

La traversée se révéla un peu plus difficile cette fois, ce qui, étrangement, me rassura. D'autant plus qu'Harmony m'avait mise en garde : la traversée finirait par devenir trop facile. De fait, la douleur dans ma jambe m'empêchait tellement de me concentrer que je n'arrivais pas à me convaincre que je désirais réellement retourner à l'endroit où je m'étais blessée. Toutefois, après quelques minutes de frustration, mon envie d'en finir fut plus forte que mon mal et ma volonté de traverser devint réelle.

Je rouvris les yeux en entendant Regan pousser une exclamation, pas plus étonnée que ça de la voir fixer d'un regard éberlué les portes vitrées derrière mon dos. La version ténébreuse de *Prime Life* avait déjà ouvert ses portes, et, étant donné le nombre de créatures que j'entendais grouiller à l'intérieur, c'était à se demander s'il leur arrivait jamais de fermer.

— Qu'est-ce que c'est que *cet* endroit ? murmura Regan en s'approchant de la porte.

Elle retira ses lunettes noires, comme si elles lui avaient gêné la vue. Tant mieux ! Du moins revenait-elle enfin à elle. En revanche, le spectacle de ses inquiétants yeux blancs, j'aurais pu m'en passer. Même si, dans ce monde-là, ils ne semblaient pas du tout détonner.

Nash devait penser la même chose. Il regarda tour à tour Regan, qui tenait ses lunettes à la main, Addy avec ses verres de contact, et moi, avec mes yeux bleus banals, humains.

— Addy, je crois qu'il vaut mieux pour toi que tu enlèves tes lentilles, conclut-il. Et toi, Regan, donne tes lunettes à Kaylee.

— Pourquoi ? demanda Regan.

Lançant à Nash un regard interrogateur presque identique à celui de sa sœur, Addison sortit de la poche de son blue-jean un étui à verres de contact.

— Parce que la plupart des créatures ici...,

commençai-je en pointant du doigt par-dessus mon épaule.

J'avoue que je n'avais pas encore trouvé le courage de *regarder* la fosse aux lions dans laquelle nous allions entrer.

— ... n'ont aucune raison de vous embêter si elles savent que vous n'avez pas d'âme, continuai-je. Seulement, moi, mes yeux me trahiront tout de suite.

Aucune des deux ne fit d'objection. Du coup, je me sentis presque coupable de ne pas avoir mentionné que l'une de ces créatures pourrait bien essayer de nous dévorer, avec ou sans âme. Pas assez coupable, toutefois, pour leur dire toute la vérité. A tous les coups, elles se seraient enfuies en hurlant dans la nuit ténébreuse.

Regan me donna ses lunettes, que je mis immédiatement, puis elle tint l'étui de sa sœur pendant qu'Addy retirait ses lentilles. Quant à Nash, il semblait prêt à se jeter dans la gueule du loup, sans rien pour se protéger les yeux. Bien entendu, il avait effectué la traversée plus souvent que moi et devait donc savoir ce qu'il faisait. Il ne me restait qu'à avoir confiance. Bien obligée. Finalement, comme nous étions tous prêts à pénétrer dans le bâtiment, je me forçai à pivoter sur mes talons et à regarder.

Le choc fut aussi puissant que la douleur qui m'élançait dans la jambe à chaque pas.

Je n'étais jamais allée au siège de *notre Prime Life*, mais j'étais prête à parier mon prochain salaire que l'immeuble tout entier était passé de l'autre côté : le mobilier, les sols de marbre, la fontaine et tout le tremblement. En revanche, les créatures qui occupaient cet espace avaient bien peu en commun avec leurs équivalents du monde réel.

Nous n'aurions jamais dû venir !

Nash tira la porte vers lui et la tint ouverte pendant que je menais Addy et Regan à l'intérieur. Une fois encore, Regan eut besoin qu'on la pousse un peu pour avancer. Ce n'était pas moi qui pouvais lui en vouloir.

Lorsque la porte se referma derrière nous, je concentrai tous mes efforts pour poser un pied devant l'autre sur le sol de marbre glissant. *Aïe ! Aïe !* Pas à pas, inspirant à fond pour oublier la douleur, m'appliquant à éviter de regarder dans les yeux les créatures présentes dans la pièce. Enfin, celles qui avaient des yeux, cela va de soi !

La respiration de Regan s'accélérait au point qu'elle se retrouva bientôt haletante. Du coin de l'œil, je vis ses mains trembler. Je les pris dans les miennes et les pressai pour lui faire comprendre qu'elle n'avait rien à craindre. Tout allait bien. Puis je m'obligeai à lever les yeux, même si je ne les posai sur rien en particulier. Je venais seulement de me rendre compte qu'à marcher ainsi, tête baissée, je m'affichais pratiquement comme proie potentielle.

Et il était hors de question qu'on me prenne pour une proie.

Près de la fontaine dans le centre de la pièce, deux formes humanoïdes sans tête nous tournaient le dos. Celle qui semblait être de sexe féminin se pencha pour tremper sa main dans l'eau épaisse et nauséabonde. Au moment où elles se retourneraient pour nous faire face, nous verrions les traits de leur visage incrustés sur leur poitrine, comme si elles avaient avalé leur propre tête et que leur figure disparue essayait de ressortir. Cela, je le savais pour avoir déjà eu un bref aperçu des êtres de cette espèce le jour où Emma était morte.

Par contre, ce que je n'avais pas vu — puisque, de l'endroit où je me tenais alors, tout m'avait paru grisâtre —, c'était que leur teint était en réalité d'un rose délicat, comme s'il n'avait jamais perdu le doux éclat de leur peau de bébé. A supposer, naturellement, que de telles créatures aient jamais été des bébés.

— Continuez de marcher, ne vous arrêtez pas, chuchota Nash, les mâchoires serrées et les mains dans les poches. Tod nous attend près des ascenseurs. Nous sommes presque arrivés.

Je suivis la direction de son regard. Tod, les bras croisés sur sa poitrine, était en effet planté à côté des ascenseurs — lesquels avaient d'ailleurs l'air tout à fait normaux. Le Faucheur affichait une expression résolue, impassible et arrogante, comme pour affirmer que s'il n'avait rien à faire dans cet endroit, pour autant, il n'avait pas peur.

Cependant, contrairement aux affirmations de Nash, nous n'étions pas encore arrivés. Loin de là. Nous n'avions pas fait un quart du chemin — mais assez, tout de même, pour attirer l'attention sur nous.

A mesure que nous progressions à travers la pièce et que les créatures remarquaient notre présence, les conversations s'éteignirent une à une. Le silence se fit. Puis, comme nous arrivions près d'un îlot de canapés bordeaux, le brouhaha reprit. A croire que je venais de bâiller pour me déboucher les oreilles et recouvrer l'ouïe. Cette fois, je saisis çà et là quelques mots, prononcés par des voix aux inflexions singulières :

— Des habitants d'en haut…

— … je sens leur peur…

— … enveloppe corporelle usée…

— … chair grassouillette, peau douce…

— … source d'énergie…

— … accablés de douleur…

— … cœurs jeunes et solides…

Un frisson me parcourut l'échine. C'est alors que je pris soudain conscience de mouvements ondulatoires et rampants qui, des quatre coins de la pièce, convergeaient vers nous. Et j'aperçus des créatures avec des bras en surnombre, des queues enroulées autour de leurs jambes, des yeux étincelants aux couleurs impossibles, qui nous suivaient de leurs chuchotements.

Quelque chose rejeta en arrière une mèche de mes cheveux par-dessus mon épaule puis descendit en rampant le long de mon dos. Je réprimai un frisson de répugnance et m'obligeai à regarder droit devant moi. A continuer de marcher.

— Celle-ci sent bon le pourri…, souffla une voix féminine à mon oreille, bien que la propriétaire de la voix en question se trouvât à l'autre extrémité du hall, derrière le comptoir de la réception.

Des mains squelettiques sortaient de ses longues manches évasées. Cependant, elle ne reposait sur rien qu'il me fût donné de voir. Ni pieds, ni pattes, ni palmes. Elle paraissait simplement suspendue en l'air. Ses yeux enfoncés dans leurs orbites brillaient d'un inquiétant éclat bleu sombre.

A mesure que nous avancions, la foule s'ouvrait devant nous de mauvaise grâce. Certains êtres se déplaçaient si lentement que nous devions attendre qu'ils s'écartent de notre chemin. Des vêtements à la texture singulière effleurèrent mon jean, des doigts brûlants tirèrent sur les manches de mon blouson. Et quelque chose de froid et de léger, comme une brise solidifiée, s'enroula autour de mes chevilles, m'empêchant d'avancer et ajoutant, par la même occasion, des picotements glacés à la douleur atroce qui m'élançait toujours dans la jambe.

Lorsque nous parvînmes enfin aux ascenseurs — j'en étais arrivée à les considérer comme notre planche de salut —, je poussai un soupir de soulagement. Sans un mot, Tod appuya sur un bouton et les portes coulissantes s'ouvrirent. Nous nous engouffrâmes dans la cabine. Aussitôt, d'un doigt tremblant, Addy écrasa à plusieurs reprises le bouton commandant la fermeture des portes.

Quand elle se retourna vers nous, ses yeux blancs débordaient de larmes.

— Mais où sommes-nous ? demanda-t-elle. C'est l'enfer, cet endroit !

— Tu ne crois pas si bien dire, marmonnai-je.

Dans le regard qu'elle posa sur moi, je vis qu'une colère noire avait, pour la première fois, enseveli toute trace de frayeur.

Parfait ! Laisser suinter sa peur dans le royaume des ténèbres, c'était comme perdre du sang dans un aquarium plein de requins.

— Vous auriez pu nous prévenir ! s'indigna-t-elle.

— Dans quoi pensais-tu donc t'engager quand tu as vendu ton âme ? rétorqua Nash sans cacher son mépris. Ces créatures se repaissent de la force vitale humaine qui s'écoule de notre monde et s'infiltre dans le leur. Certaines d'entre elles mangent des âmes. D'autres se nourrissent de chair. D'autres encore aiment simplement s'amuser avec de nouveaux jouets. Enfin bref, traverser ce hall, c'était comme agiter un morceau de viande saignante devant un tigre affamé. Mais Kaylee et moi, nous l'avons fait pour vous deux, bien qu'elle souffre le martyre et qu'à cause de vous elle soit dans le pétrin jusqu'au cou avec son père. Nous n'avons rien à gagner dans cette histoire, ni elle ni moi. Alors si tu as encore des réclamations à formuler, tu peux te les mettre où je pense, pop star de mes fesses, parce que personne ici n'en a rien à foutre de qui tu es ou de combien tu vaux. Sans nous, tu n'es qu'un morceau de viande, point barre. T'as compris ?

Addison cligna ses grands yeux vides. Puis, toujours tremblante, elle hocha la tête. Je ne pus retenir un sourire.

L'ascenseur s'arrêta avec un *ding*, et la porte s'ouvrit. Mon cœur me remonta si haut dans la gorge que j'eus l'impression de pouvoir le recracher par terre.

Tod sortit le premier. Nous lui emboîtâmes aussitôt le pas, soulagés de constater que le couloir était désert. Et moquetté, de surcroît, ce qui garantissait le silence de nos pas. Le Faucheur nous conduisit au bout du corridor, s'arrêta devant une porte et se retourna pour nous chuchoter :

— Il est là-dedans. J'y ai déjà jeté un coup d'œil avant votre arrivée.

Il hésita un instant, adressa un sourire contraint à Addy et Regan.

— Vous êtes prêtes ?

Addy acquiesça d'un signe de tête indécis, tout en pressant la main de sa sœur pour lui intimer de répondre par l'affirmative.

— Très bien, alors allons-y !

Tod posa une main sur la poignée de la porte. Mon cœur se mit à battre si vite que j'en eus le tournis. Le Faucheur tourna la poignée, et des flots brûlants d'adrénaline se déversèrent dans mes veines. Il ouvrit la porte, et je dus réprimer un haut-le-cœur.

Au milieu d'un bureau tout à fait banal, un homme d'allure normale — en costume-cravate et lunettes noires — était assis à une table de travail. Il ne manifesta aucune surprise à notre arrivée.

— Avari ? demanda Tod.

Sans un mot, l'homme hocha lentement la tête.

— Nous sommes venus renégocier les âmes d'Addison et Regan Page.

19

Avari se leva, posa ses deux mains à plat sur le plateau immaculé d'un bureau qui, bien que vide dans le royaume des ténèbres, était probablement encombré de toutes sortes de papiers, stylos et autres tasses à café, dans le monde humain du quelconque gratte-papier auquel il appartenait.

— Entrez, je vous en prie, dit-il.

Ses paroles avaient beau avoir l'onctuosité du chocolat, sa voix était loin d'être aussi agréable. Elle fit courir un frisson dans mes veines, qui me glaça le sang.

Tod entra. Nous le suivîmes avec réticence. Je fermais la marche, m'évertuant autant à ravaler une grimace de douleur qu'à refouler le gémissement coincé dans ma gorge. Je n'allais tout de même pas me signaler comme étant le maillon le plus faible de la chaîne !

Du centre de la pièce où il se tenait, Avari fit se fermer la porte d'un simple geste nonchalant.

— Bonjour, Addison. Bonjour, Regan.

Le démon inclina solennellement la tête et fit le

tour de son bureau pour venir se camper devant nous.

— Je suppose que vous êtes venues pour invoquer vos clauses de désistement respectives.

— Non, répondit Addy d'une voix ferme et claire, malgré le tremblement qui agitait ses mains derrière son dos. Nous ne voulons pas condamner quelqu'un d'autre à passer l'éternité avec vous. Nous sommes ici pour faire une autre sorte de transaction.

Avari s'appuya d'une fesse sur le coin de son bureau, tira sur les manches de son impeccable veston gris anthracite. Sans les lunettes de soleil — et le pouvoir de fermer les portes à distance —, il aurait pu passer pour un quelconque rouage de la compagnie d'assurance.

— Qu'est-ce qui vous fait penser que je suis prêt à accepter un échange ?

Une force irradiait de lui en vagues glacées qui me donnaient la chair de poule, jusque sous mon blouson.

— Vous êtes un démon de l'avarice, non ? commençai-je.

A part que lorsqu'il tourna la tête vers moi, les mots se figèrent dans ma gorge, au point que je fus obligée de toussoter pour les faire sortir.

— Pourquoi refuseriez-vous un marché qui vous offre davantage ? réussis-je enfin à articuler.

Les sourcils du démon se haussèrent jusqu'au-dessus de ses lunettes, et je sentis mon cœur cogner douloureusement à la pensée que c'était sur moi qu'il focalisait désormais son regard et son attention. Me faire ainsi scruter par un démon n'avait jamais fait partie du plan, que je sache !

Nash se rapprocha de moi d'un geste protecteur, sa main frôla la mienne. Avari ne sembla pas le remarquer.

— Tu empestes, jeune *banshee* !

Les paroles du démon s'infiltrèrent en moi en même temps qu'un courant d'air glacial. C'était à peine si je sentais encore mon cœur battre, paralysée comme je l'étais par le froid et la douleur lancinante qui me crucifiait.

— La pourriture est en train de t'envahir, précisa-t-il. J'en sens l'odeur. Je la devine, même si tu masques ta douleur avec une force et un courage peu communs. Deux qualités que je trouve très appétissantes dans une âme.

Il se redressa et fit un pas vers moi. Je reculai aussitôt. Et étouffai un cri au moment où mon pied blessé toucha le sol. Un élancement me déchira la cheville, remonta le long de ma jambe, alla même cette fois jusqu'à infester mon bassin tout entier.

Mon état empirait. Rapidement.

Le démon huma l'air, son long nez droit se fronça et une terrifiante lueur de convoitise éclaira un instant son visage par ailleurs inexpressif.

— Je peux avaler ta douleur, déclara-t-il. Et te sauver la vie.

Une vague de panique déferla sur moi, que je réussis néanmoins à endiguer. Cependant, mes mains en tremblaient.

— Quand viendra l'heure de ma mort, vous n'y pourrez rien. Et moi, je n'essaierai même pas de lunettes. Si je dois mourir empoisonnée par du lierre pourpre, qu'il en soit ainsi.

Bon, je n'étais pas exactement impatiente de passer l'arme à gauche, mais il n'était pas question non plus que je meure sans mon âme. Même en échange de la promesse d'une mort rapide et indolore.

— Et si tu ne devais pas mourir à cause de ce poison ?

Haussant de nouveau les sourcils, Avari fit un autre pas en avant. D'un mouvement brusque, je reculai en boitillant. Un mouvement si brusque que ma vision se voila de gris.

— Je vois ta ligne de vie s'étirer comme une route bien tracée, continua-t-il. Les kilomètres devraient encore défiler longtemps pour ta vie insignifiante. Et pourtant, la puanteur de la mort te colle à la peau. Elle coule dans tes veines comme une rivière dans son lit. Le poison atteindra ton cœur dans quelques minutes.

Il s'interrompit et je crus discerner un éclair sombre de plaisir derrière ses lunettes opaques.

— Si tu restes plus longtemps dans le royaume des ténèbres, tu y mourras.

La terreur monta comme une décharge électrique le long de mon dos et vint se loger en boule dans ma gorge. Mon regard alla du visage horrifié de Nash à celui, pétri de suffisance, du démon. Alors, malgré mon instinct qui me suppliait de me réfugier dans le silence, je posai la question que, visiblement, la créature infernale attendait. Il fallait que je sache.

— Vous venez pourtant de dire que ma ligne de vie est encore longue…

Je m'arrêtai pour reprendre ma respiration et laisser passer une autre vague de douleur.

— … Comment puis-je mourir ici dans ce cas ?

— La date inscrite dans ton corps périssable ne veut rien dire ici. Si tu reçois une blessure mortelle ou si tu contractes une infection fatale dans le royaume des ténèbres, tu mourras parmi nous. Comme l'une des nôtres. Mais il te reste encore quelques minutes. Assez de temps pour effectuer une transaction au nom de tes amies. Ou bien… pour t'enfuir et retourner dans ton monde à toi.

Disait-il la vérité ?

Une horreur indicible me fit serrer les poings si fort que mes ongles s'enfoncèrent dans ma chair. Si je fuyais le royaume des ténèbres pour sauver ma propre vie, il n'y aurait personne pour retenir les âmes d'Addy et Regan afin que Nash puisse les réinsérer dans leurs corps une fois que le démon les aurait relâchées. D'un autre côté, si je restais pour les aider, je mourrais.

A moins que je ne vende mon âme à Avari.

— Que choisis-tu, petite *banshee* ? demanda le démon avec un sourire faussement sympathique qui me transperça le cœur d'une flèche d'épouvante. Ta vie ou celle de tes amies ? Ou alors ton âme ?

— Tod ?

Sans quitter le démon du coin de l'œil, je me tournai vers le Faucheur et le suppliai du regard de me dire la vérité.

— Il essaie seulement d'acheter ton âme, Kaylee, me répondit-il d'un ton qui trahissait le conflit intérieur qui le torturait.

J'avais bien compris cela. Mais ce que je savais aussi, c'est que Tod aurait prétendu n'importe quoi pour sauver l'âme d'Addy, même s'il s'en défendait.

— Dis-moi la vérité, Tod. Est-ce qu'il est possible que je meure ici ?

Le Faucheur exhala un soupir, puis opina.

— Ta date de péremption n'a aucune valeur ici. Tu sais, c'est le genre « offre non valable dans le royaume des ténèbres, le triangle des Bermudes, et autres zones mystérieuses et inconnues de la planète… »

Je fermai les yeux un bref instant.

Une flambée de colère déferla en moi, fit fondre

les pointes de glace que la voix d'Avari avait laissées dans mes veines. Malgré tout, elle fut impuissante à apaiser la douleur atroce qui me déchirait toujours la jambe et montait à présent jusque dans ma poitrine.

— Merci de m'avoir prévenue *avant* de traverser.

Et soudain je compris. Les souvenirs remontèrent à ma mémoire.

— Tu le savais !

Il avait failli dire quelque chose quand, dans la voiture, je lui avais demandé son avis sur ma blessure. Il avait voulu m'avouer que ma cheville ne pourrait pas attendre. Puis il s'était ravisé.

A la lisière de mon champ de vision, je vis Nash serrer les poings, ses prunelles tournoyer furieusement de terreur et de rage.

— Je regrette, Kay, commença Tod tandis qu'Addy et Regan me fixaient d'un regard empli d'effroi. Je suis vraiment désolé…

Je lui tournai le dos. Ses excuses ne valaient rien !

— Si je meurs, ce sera en possession de mon âme, affirmai-je au démon, faisant appel à tout le courage qu'il m'avait reconnu. Elle ne sera jamais à vous.

En voyant une colère froide s'emparer rapidement de lui, je marquai un temps d'arrêt avant de reprendre :

— Compris, Tod ?

— Compris, murmura le Faucheur.

Si je devais mourir, Tod prendrait mon âme pour l'empêcher de tomber aux mains d'Avari. C'était bien le moins qu'il puisse faire pour moi. Ça, et verser quelques larmes sur ma tombe…

— Comme il te plaira, jeune *banshee,* dit le démon.

Sa voix avait le calme mortel d'un hiver arctique. Il reporta sa fatale convoitise sur Addison.

— Qu'as-tu à m'offrir ?

Addy fit un signe de tête à Tod qui avait presque recouvré son sang-froid.

— Votre collègue Bana n'est plus parmi nous, annonça le Faucheur. Du moins, pas physiquement.

L'expression du démon demeura imperturbable. Dans un silence angoissé, j'attendis sa réaction.

— Tu détiens l'âme de Bana ? demanda-t-il.

Un sourire se dessina lentement sur le visage de Tod.

— Exact. Elle avait plus de trois cents ans. Son âme a accumulé plus d'énergie que celles d'Addison et Regan réunies. Et je suis en mesure d'attester personnellement la qualité de cette énergie.

Il se tapota le ventre, du geste de qui vient juste de manger un hamburger particulièrement bourratif.

Le visage d'Avari ne trahit aucune émotion. Ce qui fit grimper ma frustration en flèche, en même temps que mon pouls. Je n'arrivais pas à savoir s'il était un tant soit peu intéressé par notre offre, encore moins si nous étions ou non sur le point de conclure un marché.

Tout le côté droit de mon corps n'était plus que souffrance, la douleur pulsait au rythme des battements de mon cœur. Une sourde angoisse avait remplacé le froid qui m'engourdissait par une chaleur torride. Je pouvais presque sentir le poison du lierre pourpre s'écouler en moi, s'emparer de mon corps, un membre après l'autre, une cellule après l'autre.

Le démon reprit enfin la parole, et je focalisai mon attention sur sa voix pour me distraire de la douleur qui me vrillait le dos et incendiait mes terminaisons nerveuses.

— Je ne marche pas, lâcha-t-il. Les âmes humaines sont pures, et celles des enfants sont particulièrement innocentes.

Il sembla alors braquer son regard sur Regan. Mais, bien sûr, je n'aurais pu en mettre ma main à couper, puisque je ne voyais pas ses yeux derrière ses lunettes.

— Si vous voulez que je vous rende vos âmes, vous allez devoir m'offrir une contrepartie plus équitable. Cela fait partie de l'accord que vous avez signé.

Regan émit un gémissement, sa sœur lui pressa la main.

— S'il vous plaît, supplia la pop star.

Elle fit un pas en avant pour se camper devant Regan afin de la soustraire à la vue du démon, et inversement. Mais à la seconde même où les mots sortirent de sa bouche, Nash et Tod se figèrent. Il ne me fallut pas longtemps pour en comprendre la raison. Addison venait de dévoiler au démon un autre maillon faible de notre chaîne en même temps que la meilleure façon de l'exploiter.

Le démon sourit. La température dans la pièce dégringola brusquement. J'eus l'impression de me transformer en glaçon. Même mon nez se mit de la partie et commença à couler, comme si j'avais attrapé un rhume. Je commençai à frissonner de la tête aux pieds, chaque tressaillement m'envoyant des ondes douloureuses dans tout le corps, qui atteignaient leur paroxysme dans ma cheville blessée.

— Tu veux sauver ta sœur ? demanda Avari.

Sa voix me transperça la poitrine, pareille à une lame de glace. Je ne pus étouffer un hoquet convulsif. D'ailleurs, je ne fus pas la seule ; Regan avait l'air de quelqu'un dont le sang s'est figé dans ses veines.

Addison hésitait, tandis que Nash essayait silencieusement d'attirer son attention. Sans succès.

— Oui, finit-elle par dire.

La peur et le désespoir déformaient son joli visage.

Le sourire du démon s'élargit. C'est alors que, du coin de l'œil, je perçus un léger mouvement sur le bureau. Une mince couche de givre bleuté était en train de se former sur le plateau de verre, se répandant en fines lianes de glace. Le givre se ramifiait dans toutes les directions, comme une dentelle neigeuse. C'était magnifique.

Et c'était aussi l'une des choses les plus terrifiantes que j'aie jamais vues.

— J'échange une seule âme humaine, vierge, contre la totalité de l'énergie accumulée par la Faucheuse, déclara sombrement Avari. Montrez-moi l'âme de Bana.

— Vous d'abord ! répliquai-je.

M'agrippant des deux mains le ventre que le poison continuait d'embraser, je retins mon souffle. Le feu du poison ne tarderait plus à rencontrer la glace que les paroles d'Avari avaient charriée dans ma poitrine, mais je savais qu'il ne fallait pas espérer voir les deux phénomènes se neutraliser réciproquement.

— Donnez-nous l'âme en premier.

Un grondement sortit de la gorge du démon, qui ébranla toute la pièce. Un courant d'air glacial déferla sur le bureau, fit déborder le givre qu'il précipita sur le sol. Avari arracha ses lunettes. Elles gelèrent instantanément dans sa main, de minuscules filets de glace dégoulinèrent de la monture. Il referma le poing, le plastique congelé vola en éclats et tomba sur le sol avec un tintement de verre.

Dans leurs orbites, ses yeux — enfin, on les voyait ! — étaient des sphères entièrement noires, exactement comme Addy nous les avait décrits. Mais ce que ses mots n'avaient pas réussi à rendre, c'étaient les ténèbres absolues contenues dans ces globes d'obsidienne. Regarder Avari dans les yeux, c'était comme plonger dans les profondeurs du néant.

Il était l'absence même de clarté et de bonté, et contempler ses yeux faisait remonter en moi l'une de mes pires craintes — la peur qu'en examinant mon propre cœur je n'y trouve rien de plus. Que je sois tout aussi vide que lui.

Mais cela, je ne le permettrais pas. Si je devais mourir, au moins mourrais-je en secourant une amie.

— Tu oses émettre des exigences ? mugit le démon.

Une lourde stalactite de glace qui pendait du plafond tomba avec fracas sur le sol. Les deux sœurs sursautèrent.

Je me contentai de sourire. La tête me tournait légèrement, la douleur et la pensée de ma fin prochaine me donnaient le vertige.

Je remarquai à peine l'effarement de Nash qui

allait grandissant. Il m'adressait des froncements de sourcils désespérés pour tenter de me faire taire, mais je n'y prêtai aucune attention. Qu'est-ce que j'avais à perdre ?

— De toute façon, je vais mourir, rétorquai-je. Si vous ne relâchez pas une âme immédiatement, Tod repartira avec celle de Bana et la mienne, et vous n'aurez rien gagné dans l'histoire.

Perdre. Cette perspective ne pouvait qu'irriter un démon de l'avarice.

Avari poussa encore un grognement, et d'autres pointes de glace tombèrent du plafond et vinrent se fracasser à nos pieds. Puis le grondement s'éteignit et le sol s'immobilisa sous moi — répit temporaire pour ma pauvre jambe martyrisée. Les lèvres d'Avari se retroussèrent dans le sourire le plus cauchemardesque que j'aie jamais vu.

— Très bien, dit-il. Prenez-la. Pour ce qu'elle vous servira…

Et sur ces mots, sans même avoir pris une seule inspiration, il expira profondément. Et ce que je pris tout d'abord pour une simple bouffée d'air chaud se révéla bientôt être une âme. Une âme humaine.

Nous avions réussi !

Je jetai un regard soulagé à Nash et Tod, ignorant délibérément les élancements qui se faufilaient à présent entre mes côtes pour assaillir mon épaule droite.

— Kaylee ! chuchota Nash, affolé.

Je suivis son regard. L'âme flottait maintenant en direction du plafond clouté de glaçons.

Oups ! J'avais oublié le plus important. Comme Regan n'était pas réellement en train de mourir, je n'avais ressenti aucun besoin de chanter ma plainte funèbre pour elle. Du coup, son âme s'échappait. Je mis d'urgence en pratique ce qu'Harmony m'avait appris pour faire naître mon chant à la demande et retins l'âme en suspens à l'aide de la mince bribe sonore que je laissai filtrer de mes lèvres par ailleurs hermétiquement closes.

L'âme monta jusqu'au plafond, s'enroula autour de l'une des stalactites de glace. Malgré la température glaciale, la sueur perlait au front de Nash qui s'appliquait à guider l'âme vers le corps de Regan. Tod observait la scène avec soulagement, Addy et Regan avec stupeur. Apparemment, dans le royaume des ténèbres, les âmes devenaient visibles à l'œil humain.

Quant à Avari, il avait l'air… amusé ?

Quelque chose m'avait-il échappé ?

Je me concentrai sur mon cri de lamentation, m'employant de toutes mes forces à en retenir la plus grande partie, afin de distraire mon attention de la douleur qui me vrillait maintenant l'épaule droite et descendait peu à peu dans mon bras. Nash attirait lentement l'âme vers le corps de Regan quand, tout à coup, pour lui faciliter la tâche, Addison poussa brusquement sa sœur en avant.

Mon cœur se mit à battre plus fort. Le déferlement d'adrénaline dans mes veines tenta d'engloutir la douleur dans mes os. Encore quelques secondes, et Regan et son âme seraient réunies. Nous pourrions crier victoire, au moins en ce qui concernait l'une des sœurs Page.

Nous n'avions pas pu aider Addy — elle avait fait son choix — mais nous avions tenté tout ce qui était en notre pouvoir.

C'est à cet instant qu'en voyant l'expression horrifiée de Nash je compris que quelque chose ne tournait pas rond.

— Elle ne rentre pas ! souffla-t-il, sans que je sois sûre d'avoir entendu sa voix ou seulement lu sur ses lèvres. Ce n'est pas la sienne !

Alors seulement, la raison de la surprenante amabilité du démon et de son expression amusée nous apparut clairement. Et une seule conclusion s'imposait : Avari nous avait roulés.

Il avait libéré l'âme d'Addison au lieu de celle de Regan.

20

— Non ! hurla Addy.

Je dois avouer que la puissance de ses poumons m'aurait été bien utile en cet instant où ma plainte assourdie s'affaiblissait de plus en plus. Toutefois, son cri de protestation ne sembla pas affecter Avari le moins du monde.

— Voilà ma proposition, dit-il. A vous de décider.

Sa voix s'était faite plus douce et, pourtant, ses paroles me faisaient encore l'effet de doigts immatériels et glacés sur ma peau. Elles me donnaient littéralement la chair de poule.

— Noooon ! gémit Addison. Non, gardez-moi à sa place. Vous aviez dit que vous prendriez mon âme.

Avari secoua lentement la tête, de l'air d'un professeur cruel qui gronde un élève naïf.

— Tu as mal interprété mes paroles. Cela arrive plus souvent que tu ne le penses.

Alors que mon chant vacillait, mon esprit tournait à plein régime. Qu'avait dit le démon exactement ?

Avait-il vraiment parlé d'échanger l'âme de Regan contre celle de Bana ? Ou bien seulement, *une* âme ? Je n'arrivais pas à me souvenir...

— Choisis ! dit Avari en faisant claquer sa langue. Tes amis ne pourront pas retenir ton âme indéfiniment. Pas avec celle-ci qui est si près de mourir.

Le regard du démon se planta dans le mien et brusquement la vérité se fit jour dans mon cerveau, dans toute sa cruauté. J'étais *en train de mourir.* Le poison s'était répandu dans ma main droite et se propageait désormais vers mon côté gauche. Vers mon cœur. Je ne serais pas en mesure de chanter pour l'âme d'Addy encore bien longtemps.

Tout en m'efforçant de raffermir ma plainte funèbre dans ma gorge, j'implorai Addison du regard.

Les yeux pleins de larmes, elle me dévisagea. Puis elle se tourna vers Regan qui, figée d'épouvante, se cramponnait à elle avec une telle force que sa main était devenue cramoisie. Enfin, elle porta de nouveau son regard vers moi et fixa un point par-dessus mon épaule. Je crus voir une lueur d'espoir dans ses yeux monstrueusement blancs.

Etait-ce possible ? Avait-elle eu une idée ?

Addy se tourna vers Tod et articula en silence quelque chose que je ne saisis pas.

Puis elle s'adressa à moi et les mots que ses lèvres formèrent silencieusement disaient : « Encore une minute. S'il te plaît ! » L'espace d'un instant, je fermai les yeux, les rouvris et hochai la tête. Je tiendrais le coup, encore un petit moment.

Addison me remercia d'un sourire, puis, regardant de nouveau par-dessus mon épaule, inclina la tête d'un air décidé.

Un instant plus tard, elle s'affaissa. Ses jambes se plièrent, sa tête heurta le marbre recouvert de givre. Aucune importance, de toute façon. Elle était morte avant de toucher le sol.

— Oh, non ! s'écria Regan, les joues inondées de larmes.

Titubante, elle voulut s'élancer vers sa sœur, mais Tod lui entoura les épaules de ses bras pour la retenir.

La surprise tarit le filet de son qui s'écoulait de ma gorge. Le temps que je me remette à pousser ma plainte funèbre, l'âme d'Addy en avait profité pour s'échapper. Ensuite, les choses devinrent encore plus hallucinantes.

Une silhouette surgit derrière moi, s'avança, la bouche grande ouverte. Déjà, elle aspirait le flot épais du souffle de démon qui sortait du corps inanimé d'Addison.

Libitina ! Mon cœur se serra. C'était elle qu'Addy avait vue par-dessus mon épaule. C'était à elle qu'elle avait fait un signe de tête, pas à moi !

Tod prit alors la parole. Dans mon esprit, les pièces du puzzle commençaient à se mettre en place.

— Les termes du marché sont modifiés, annonça le Faucheur. Si vous voulez l'âme de Bana, il vous faut prendre celle d'Addison avec et nous rendre celle de Regan. Sinon, nous repartons en emportant les deux âmes en notre possession, et vous ne gardez que celle que vous détenez déjà.

Bon sang ! Ce fut comme une décharge électrique qui me traversa de la tête aux pieds et vint se mêler à la douleur qui consumait à présent toutes les cellules de mon pauvre corps. Addison savait donc qui était Libby et ce qu'elle était venue faire ici. Etait-ce Tod qui le lui avait dit, ou bien l'avait-elle compris dans les tout derniers instants de sa vie ?

Quoi qu'il en soit, d'un simple signe de tête, Addison avait demandé à Libby de mettre fin à sa vie afin d'obliger le démon à prendre son âme à la place de celle de Regan. Car l'âme d'Addison était récoltable dès à présent, alors qu'il ne pourrait prendre possession de celle de Regan qu'à la mort de l'adolescente.

Le visage d'Avari devint pâle de rage, le vide dans ses yeux sembla tournoyer, même s'il était impossible de détecter aucun mouvement dans des globes aussi sombres.

— Je compte jusqu'à cinq, déclara Tod, tandis que Nash transpirait de plus belle et que ma voix faiblissait. Nous sommes un peu pressés.

Il fit un signe de tête dans ma direction et je

compris qu'il avait l'intention de me ramener chez moi avant que je ne rende mon dernier soupir. Dès lors qu'il n'avait pu sauver Addison, il essaierait de m'arracher à la mort.

Pour l'heure, tout ce que j'étais capable de faire, c'était de chanter. Et de regarder Libby s'emparer du souffle de démon. Et d'attendre.

— Cinq… quatre…, comptait le Faucheur d'une voix moqueuse.

Regan sanglotait en silence, Avari rugissait de rage. Le givre rendait le sol glissant sous mes pieds et mon haleine formait de la buée dans l'air glacé.

Puis, au moment où je croyais tout perdu — Addison avait donné sa vie pour rien —, le démon exhala avec force une bouffée, et l'âme de Regan s'envola vers le plafond.

Au signal de Nash, je laissai partir l'âme d'Addy et me mis à chanter pour celle de sa sœur. Libitina avala les dernières molécules du souffle de démon avant de se volatiliser sans même nous accorder un regard. Quant à Avari, il engloutit l'âme d'Addison en moins de temps qu'il n'en fallut à Nash pour réincorporer celle de Regan.

Alors seulement, Tod relâcha l'âme de Bana.

Tandis qu'Avari la dévorait, Nash se précipita vers moi, tirant par la main Regan, abasourdie. Je n'eus que le temps de remarquer que les yeux de la jeune fille avaient retrouvé leur belle couleur bleue. Et leur humanité. Tous deux se ruèrent sur moi, avec une telle hâte qu'ils faillirent me renverser.

— Maintenant ! chuchota Nash d'un ton pressant en me forçant à m'accroupir de façon à les toucher tous les trois — lui, Regan et le bras inerte d'Addison. Ramène-nous ! Tout de suite !

Cette fois, je n'eus aucun problème à faire surgir en moi la volonté de traverser. Du reste, j'étais déjà en train de pousser mon cri funèbre. Les hurlements de fureur d'Avari déclinèrent rapidement dans mes oreilles. Quelques instants plus tard, je m'effondrai sur le sol d'un banal bureau paysager recouvert d'une moquette bon marché. Addy gisait près de moi. Nash et Regan me regardaient fixement, les traits empreints d'un mélange de chagrin et de soulagement.

Puis Tod se matérialisa à côté de son frère.

— Ça va ? me demanda Nash en s'agenouillant près de moi.

Je ne pus que secouer la tête. J'avais complètement perdu ma voix et je souffrais tellement que le seul fait de respirer me faisait atrocement mal.

— Appelle maman ! ordonna Nash.

Il glissa une main derrière mon dos, l'autre sous mes genoux et m'emporta dans le couloir, suivi de Regan en pleurs. Elle se mit à fouiller dans le répertoire du téléphone de Nash à la recherche d'un nom qu'elle ne reconnaîtrait même pas. Elle n'avait pas le choix, c'était Tod qui portait le corps de sa sœur.

Le temps que mit l'ascenseur à arriver fut pour moi un véritable calvaire. J'avais mal partout, et surtout aux endroits où Nash me touchait. Malgré tout, j'en remerciais le ciel.

— Ça va aller, murmura Nash. Ta date de péremption redevient effective ici. Tu ne mourras pas. Seulement, en attendant qu'on puisse te soigner, ça va te faire un mal de chien.

Oui, j'avais deviné.

J'en étais arrivée à la conclusion que les ascenseurs de *Prime Life* ne fonctionnaient pas en dehors des heures de bureau, lorsque les portes coulissantes s'ouvrirent avec un doux bruissement. Arrivés au rez-de-chaussée, nous traversâmes un hall d'entrée étrangement désert. Nash m'allongea sur un canapé bordeaux, le temps pour lui d'ouvrir d'un coup de pied les portes vitrées fermées à clé qui conduisaient au parking souterrain. Il dut s'y reprendre à trois fois. N'empêche, sa force m'impressionna !

Harmony décrocha son téléphone au moment où Nash m'installait sur le siège avant et bouclait ma ceinture de sécurité. Regan tendit le portable à Tod qui refermait le coffre dans lequel il venait de poser délicatement le corps d'Addison. Le Faucheur n'expliqua à sa mère que le strict minimum et lui demanda de nous retrouver chez moi avec le matériel médical nécessaire. Elle répondit qu'elle y serait dans dix minutes.

Il nous en fallut une vingtaine pour arriver. Après nous avoir déposés, Nash et moi, Tod raccompagna les sœurs Page chez elles — où Regan « trouverait » le corps de sa sœur sur le parquet de sa propre chambre. Ensuite de quoi, il irait rendre sa voiture à Emma.

Nash et moi n'avions même pas atteint le perron que la porte d'entrée s'ouvrit à toute volée. Sans un mot, mon père m'arracha des bras de Nash. La peur avait temporairement éclipsé sa colère, une peur comme je n'en avais pas vu depuis ce jour lointain dont je me souvenais à peine.

Le jour où ma mère était morte pour me sauver la vie.

— Non, pas ça, pas encore une fois ! marmonna-t-il en m'allongeant sur le canapé.

Je poussai un gémissement, des larmes jaillirent de mes yeux.

— Elle va s'en tirer, dit Harmony en le repoussant avec douceur.

Je n'avais même pas remarqué sa présence, mais soudain elle était là, à mon côté, ses doigts frais sur mon bras, une seringue remplie dans chaque main.

— Tod dit que c'est du lierre pourpre.

— Où diable a-t-elle trouvé du lierre…

Les yeux de mon père s'agrandirent d'horreur. Une flamme de colère se ralluma en lui.

— Kaylee, qu'est-ce que tu as fait ?

— Elle vous expliquera plus tard, Aiden, dit Harmony d'un ton ferme.

L'aiguille s'enfonça dans mon bras et, bien qu'elle fût délicieusement froide, le médicament qui envahit mon organisme eut sur moi le même effet brûlant que les piqûres du lierre vénéneux.

— Pour l'instant, laissez-la dormir. Il faudra lui injecter une autre dose de ceci dans quatre heures.

Elle agita l'autre seringue sous le nez de mon père. Il hocha la tête.

— Si ce lacis rouge n'a pas disparu quatre heures après la deuxième injection, appelez-moi.

Mais elle reviendrait vérifier mon état de santé avant cela, je pouvais y compter. Nash y veillerait.

— Allez, viens, Nash, ordonna-t-elle.

La pointe de dureté que je perçus dans sa voix me souffla qu'il ne s'en tirerait pas, lui non plus, à si bon compte.

— Non..., geignis-je, surprise par le son agonisant que produisit ma propre voix cassée.

De toutes les forces qui me restaient, j'agrippai le poignet de Nash.

Harmony me considéra un instant, puis regarda mon père.

— Est-ce qu'il peut rester, Aiden ? Elle le veut près d'elle.

Mon père ne répondit pas. Je le suppliai du regard. J'avais besoin de Nash autant que de lui. Je n'avais jamais été si mal en point de ma vie, mais la voix de Nash aurait le pouvoir d'apaiser mes souffrances. J'en étais convaincue.

— Très bien, finit-il par laisser tomber. Mais il faut que tu dormes, jeune fille.

Nous discuterions de cette histoire de « jeune fille » plus tard. Pour le reste, j'étais d'accord.

La dernière chose que je vis avant de sombrer dans le sommeil — sommeil merveilleusement indolore —, ce fut leurs deux visages côte à côte, empreints de la même expression d'inquiétude à mon endroit.

21

— Merci d'être venus…

Regan était en noir. Les pleurs avaient rougi ses magnifiques yeux bleus, pourtant il émanait d'elle un calme et une force purs. Sa mère se tenait près du cercueil, le regard vague et lointain, posé quelque part au-delà des pierres tombales, plongée qu'elle était dans un état d'hébétude chimique. Elle affrontait la mort d'Addison de la seule façon qu'elle connaissait : réfugiée dans les pilules, l'alcool et le mutisme. Elle n'était pas sortie de chez elle depuis une semaine et n'avait mis le nez dehors, cette fois, que pour se rendre à l'enterrement. Et encore, parce que Regan l'y avait obligée.

Regan qui s'était occupée de tout. Elle avait choisi les fleurs, la musique et le poème préférés d'Addison, de même que le cercueil et l'emplacement de la tombe. C'était beaucoup de responsabilités pour une fille de treize ans déjà anéantie par la mort de sa sœur — et par son sacrifice —, et cela me brisait le cœur qu'elle ait dû, si jeune, se montrer à la hauteur d'une situation tellement tragique.

Malgré tout, elle s'en sortirait. La détermination qui s'affichait sur son visage et dans la dignité de son maintien le laissait clairement pressentir. Oui, quoi qu'il arrive, Regan Page s'en tirerait. Addy avait fait ce qu'il fallait pour cela.

Regan lança un regard vers sa mère, puis vers la foule des paparazzi attroupés derrière une barrière. Enfin elle reporta son attention sur moi.

— Comment te sens-tu ?

— Tout à fait bien, maintenant. Vraiment, ajoutai-je comme elle semblait en douter.

Le lacis de veinules rouges s'était effacé de ma peau le soir même du jour où Addy était morte, mais il avait encore fallu trois jours pour que les dernières sensations douloureuses se calment. Les piqûres avaient laissé des cicatrices autour de ma cheville gauche — un double anneau de petites taches rouge vif. Je n'étais pas retournée à l'école de toute la semaine, mais Nash, lui, n'avait pas eu cette chance. Harmony ne lui avait permis de manquer que le jeudi, et encore, uniquement parce que nous étions restés debout toute la nuit du mercredi.

Et comme je me sentais suffisamment en forme pour assister à l'enterrement, je reprendrais les cours dès le lundi.

La cérémonie funèbre devait se dérouler dans l'intimité, mais Regan nous fit tout de même entrer. Tod, que nous n'avions pas revu depuis la nuit fatale, pleura pendant tout le service religieux. La mort d'Addy l'avait pratiquement tué. Une fois de plus. Levi lui avait donné deux semaines de congé et le remplaçait en personne à l'hôpital. Je crois qu'il lui était extrêmement pénible de penser que l'âme d'Addison appartenait désormais à un démon et qu'il allait lui faire subir interminablement des souffrances atroces.

J'avais moi-même beaucoup de mal à l'accepter. J'avais vraiment voulu la sauver. Et j'allais avoir tout le temps de ruminer mon échec, puisque j'étais interdite de sorties pendant trois mois entiers. Mon père ne s'était pas laissé fléchir par la générosité de mes intentions. Il considérait que rien sur cette planète — que ce soit dans l'un ou l'autre monde — ne valait la peine que je risque ma vie.

Difficile après ça de me plaindre d'être punie, quand bien même cela signifiait ne plus voir Nash qu'au lycée et à l'occasion de mes leçons de *banshee*.

Dans tout ce gâchis, il n'y avait que deux points positifs à retenir : le fait d'avoir récupéré l'âme de Regan, et de n'avoir jamais été soupçonnés d'être entrés par effraction dans l'immeuble de *Prime Life*. Comment aurions-nous pu expliquer ça à la police ? Déjà que ça n'avait pas été facile de l'expliquer à mon père !

— Que vas-tu faire, maintenant ? demandai-je,

tout en cherchant tout contre Nash un peu de chaleur et de réconfort.

Regan haussa les épaules, repoussa une mèche blonde derrière son oreille.

— Je vais m'occuper de ma mère, je suppose. Et, autant que possible, éviter John Dekker.

Nous étions tous fiers de Regan. En hommage au sacrifice de sa sœur, elle avait rompu son contrat avec Dekker Media et cherchait déjà d'autres pistes pour poursuivre sa carrière d'actrice. Le bruit courait que la chaîne Teen Network — les plus gros concurrents de Dekker — voulait la faire tourner dans un pilote, mais elle refusait de leur répondre avant d'avoir accompagné Addison à sa dernière demeure.

A voir les requins se précipiter autour d'elle, c'était à se demander si quelqu'un, dans l'industrie du spectacle, était encore en possession de son âme !

Quant à Dekker Media, à ma connaissance, ils n'allaient plus pouvoir continuer à fournir des âmes à Avari, faute de Faucheuse pour escorter les jeunes et naïves starlettes dans le monde des ténèbres. Du coup, les adolescents d'Hollywood n'avaient plus rien à craindre, du moins pour le moment. N'empêche, j'éprouvais un sentiment d'angoisse chaque fois que je pensais à toutes ces victimes privées de leur âme et condamnées à souffrir pour l'éternité entre les mains d'Avari.

Face à cela, j'étais impuissante.

Mon père affirme que je ne peux pas sauver tout le monde et, dans mes bons jours, je suis bien obligée de reconnaître qu'il a raison. Les êtres humains doivent apprendre à faire leurs choix et à en assumer les conséquences.

Et moi aussi, qui suis pourtant une *banshee*.

— Je crois que ton père est là-bas, dit Regan.

Je suivis son regard. Effectivement, mon père — plus beau que jamais dans son costume sombre — m'attendait patiemment devant sa voiture propre comme un sou neuf.

— Oui, je ferais bien d'y aller, répondis-je.

Comme je m'écartais de Nash, Regan m'ouvrit les bras pour m'embrasser.

— Merci, Kaylee, chuchota-t-elle à mon oreille tout en me serrant très fort contre elle. Je te remercie de tout mon cœur.

Trop émue, elle marqua une pause, puis reprit d'une voix chargée de larmes :

— Je n'oublierai jamais ce que tu as fait pour moi. Ce qu'Addy a pu faire grâce à toi.

Pour toute réponse, je l'étreignis. Je ne savais quoi lui dire. *Il n'y a pas de quoi ?* Oh, mais si, il y avait de quoi ! J'avais frôlé la mort ! *N'importe qui aurait fait la même chose à ma place ?* Ça non plus, ce n'était pas vrai. J'avais aidé Addy et Regan parce que je ne pouvais pas ne *pas* les aider. Parce que, dans la plupart des cas, je crois que les gens ont droit à une seconde chance. Et parce que je ne me serais jamais pardonné d'être demeurée les bras croisés à les regarder mourir sans leur âme.

Finalement, Regan recula et plongea dans les miens ses yeux débordants de larmes.

— Je veux que tu saches que je comprends très bien le sacrifice qu'Addy a fait pour moi. Et que je vais faire tout mon possible pour le mériter.

— Je n'en doute pas.

Sur ces mots, je pressai sa main puis me retournai vers Tod qui, debout sous les branches squelettiques d'un grand chêne, contemplait fixement le cercueil. Il fallait que je lui parle avant de partir. J'avais une question très importante à lui poser et qui sait quand j'allais le revoir ?

Lorsque Nash comprit où j'avais l'intention d'aller, et ce que j'allais dire, sa main se crispa sur mon bras. Pas de doute ! Lui aussi voyait son frère.

— Kaylee, ça ne peut pas attendre ? Il a beaucoup de peine.

— J'ai besoin de savoir si c'est lui qui a fait *ça*.

Je vis les yeux de Nash tournoyer lentement, mais je fus incapable de déterminer quelle émotion les agitait.

— Est-ce vraiment vital pour toi ? Ce qui est fait est fait, et la justice n'est pas toujours jolie-jolie. De toute façon, est-ce que tu as vraiment envie de savoir ?

— Oui, je veux entendre la vérité, et de la bouche de Tod.

Parce qu'une part de moi se refusait à croire qu'il s'était vengé.

La mine maussade, Nash finit par me suivre. Arrivée sous l'arbre de Tod, protégée par le corps de Nash des regards curieux des traînards qui s'attardaient autour du cercueil, je sortis de ma poche une coupure de presse pliée en deux.

— Tu es au courant de *ça* ? demandai-je à Tod.

Il prit le papier, le déplia. Ne jeta guère plus qu'un coup d'œil sur le gros titre. Son visage ne trahissait aucun sentiment, mais la rage soulevait de violents remous dans ses iris. Que cela se voie ne pouvait signifier qu'une chose : cette fureur l'habitait jusqu'au tréfonds de son âme, et cette pensée m'épouvanta.

— Ne pose pas de questions si tu ne veux pas connaître les réponses, Kaylee, déclara le Faucheur d'une voix plus dure et sinistre quand il constata mon effroi.

— Alors, c'est ça ? Tu l'as tué ? murmurai-je.

Pour la centième fois, je baissai les yeux sur l'article de journal et sa manchette :

DISPARITION DU P.-D.G. MILLIARDAIRE

SA FAMILLE CRAINT LE PIRE

— Non, laissa tomber Tod, sans l'ombre d'un

remords dans la voix. La mort serait trop douce pour lui.

L'expression impitoyable qui se peignait sur ses traits me fit froid dans le dos.

— Où est-il, dans ce cas ? demanda Nash quand il se rendit compte que son frère n'entrerait pas dans les détails. Où est Dekker ?

— Je l'ai déposé dans le bureau d'Avari.

Mon ventre se noua. Soudain, j'entendis mon propre pouls battre dans mes oreilles.

— Tu l'as *abandonné* dans le royaume des ténèbres ?

Le Faucheur haussa les épaules.

— Ils ne le tueront pas. Ce n'est pas si souvent qu'ils peuvent s'amuser avec un jouet vivant.

— Ils feront pire ! objectai-je, indignée.

Tod leva un sourcil.

— Il ne le méritait pas, à ton avis ?

Prise de court, je me tus. Des douzaines d'adolescents avaient perdu leur âme par la faute de John Dekker, lequel s'était en outre employé à empêcher Addy et Regan de réclamer la leur. Dans ce cas, ne méritait-il pas, en effet, la damnation éternelle ?

Sûrement. Mais ce n'était pas à moi qu'il appartenait d'en décider. La seule pensée d'exercer un tel pouvoir me terrifiait.

En revanche, ça ne semblait pas avoir troublé Tod le moins du monde.

— Je n'arrive pas à croire que tu aies fait ça…

Il se passa la main dans les cheveux et répondit :

— Pourtant, tu ne m'as pas demandé de le ramener. Ce que je crois, moi, c'est que tu aurais voulu le faire toi-même.

— Non ! protestai-je, déconcertée.

Etait-ce pour cette raison que mon père ne voulait pas que je fréquente Tod le Faucheur ? Parce que, comme il me l'avait toujours affirmé, Tod *était* infiniment dangereux ?

Je chassai cette idée de mon esprit. J'avais déjà bien assez de tourments en tête et de regrets qui me hantaient. Je repris Nash par la main et fourrai la feuille de journal dans ma poche.

— Je dois y aller, dis-je en me dirigeant vers la voiture de mon père.

— Kaylee ! lança Tod, dans mon dos. Tu n'as qu'un mot à dire et je retourne le chercher.

Heureusement, personne ne l'avait entendu, pas même Nash, cette fois, je m'en rendis compte.

— Tu n'as qu'un mot à dire, répéta Tod, et je le ramène. Je le délivre d'une éternité de torture. La balle est dans ton camp…

Des larmes amères me montèrent aux yeux, l'horreur me remplit le cœur. Ce n'était pas à moi de décider ! Il n'avait pas le droit de me faire porter le poids d'une telle responsabilité ! Ce n'était pas juste !

Cependant, alors que je m'avançais vers la voiture de mon père, mes lèvres demeurèrent hermétiquement closes. Une terreur indicible m'étreignait à la pensée de ce que mon silence révélait du tréfonds de mon être.

Mon père mit le contact, Nash m'embrassa doucement ; je m'enfonçai dans le siège passager, puis je ramassai les plis de ma jupe et fermai la portière.

Expulsés de mon esprit, John Dekker et Tod.

Refoulés dans un coin de mon cerveau pour faire de la place à Nash.

Car je ne penserais plus qu'à Nash, désormais. J'avais confiance en lui. Je l'aimais. Je le comprenais, comme je ne comprendrais jamais son frère.

Tandis que mon père roulait au pas afin d'éviter des journalistes épars, je vis Nash me dire au revoir, dans le rétroviseur latéral. J'appuyai alors mon front contre la vitre glaciale, et regardai sa silhouette s'éloigner de moi. Mieux valait ne pas penser aux siècles qui allaient s'écouler avant que nous puissions de nouveau nous retrouver seuls.

Deux mois, trois semaines, cinq jours et quatre heures, avant que mon interdiction de sorties ne soit levée.

Deux mois, trois semaines, cinq jours, trois heures, cinquante-neuf minutes et cinquante-quatre secondes. Cinquante-trois secondes... Cinquante-deux secondes...

Compter les heures, moi ?

Kaylee croit en avoir fini avec le mal. Mais que fera-t-elle quand un habitant du monde des ténèbres s'infiltrera... dans son lycée ?

Ne manquez pas la suite, à venir dans Darkiss en décembre 2010.

SÉRIE

LES VOLEURS D'ÂMES

Découvrez en exclusivité

Sauve mon âme !

la suite des aventures
de Kaylee

Le tome 3 : *Sauve mon âme*
sera disponible dès le 1er décembre 2010
dans la collection DARKISS.

La soirée avait lieu dans un quartier très calme — un quartier où l'entretien des pelouses coûtait l'équivalent de ce que mon père gagnait en six mois.

Nash m'entraîna dans le bureau du père de Scott, ferma la porte et m'embrassa. Sa bouche avait un goût délicieux. Un goût de menthe. Nous échouâmes sur le divan de cuir et je devins aussitôt incapable de réfléchir.

— Tu es la seule, Kaylee, me murmura Nash.

De doux frémissements envahirent mon corps. Grisée, je savourai notre baiser. C'est là que…

— Et blablabla ! lança une voix blasée, qui ruina notre intimité par ses sarcasmes. Et que je t'aime par-ci, et que je t'adore par-là, et regarde comme on est un beau petit couple bien ringard…

— Nom d'un chien, Tod ! s'exclama Nash, furieux.

Il s'était redressé. Pour ma part, je fermai les yeux en soupirant. Le cuir du canapé crissa tandis que nous nous asseyions pour faire face au frère de

Nash, Tod le Faucheur. Assis à califourchon sur une chaise, les bras croisés sur le dossier, il venait de se matérialiser brusquement et nous observait avec un air d'ennui qu'atténuait à peine son léger sourire angélique.

Je remis de l'ordre dans ma tenue. Contrairement à Nash, j'avais du mal à en vouloir à Tod de ses apparitions intempestives. Nous ne l'avions pas vu pendant des semaines, après le funeste destin qui avait emporté Addy, la fille dont il était amoureux et qui était morte sans réussir à récupérer son âme. Qu'il se manifeste de nouveau était plutôt bon signe. Aujourd'hui de retour, il avait juste repris ses mauvaises habitudes. Lesquelles consistaient essentiellement, semblait-il, à nous empêcher, Nash et moi, d'être seuls. Sur ce point, il valait mon père.

— Fiche le camp, grogna Nash.

Tod se leva et poussa la chaise de côté.

— O.K., dit-il. De toute façon, ce n'est pas pour vous que j'étais venu.

A ces mots, je considérai le Faucheur avec une certaine inquiétude. Emma, ma meilleure amie, l'avait rencontré une fois, brièvement. Nous avions commis l'erreur de les mettre en présence. A une ou deux reprises, Tod l'avait observée en cachette. Mais depuis la mort d'Addy et le chagrin qu'il en avait éprouvé, je croyais que Tod avait cessé d'épier mon amie. Apparemment, ce n'était pas le cas.

— Je t'ai dit de la laisser tranquille ! s'écria Nash.

Le Faucheur croisa les bras d'un air goguenard.

— Alors comme ça, tu ne veux pas que je l'approche, mais ça ne te dérange pas qu'elle soit en train de monter en voiture avec un type bourré ? J'avoue que ta logique m'échappe.

— Quel type bourré ?

D'un bond, Nash s'était mis debout. Je fis de même, remerciant Tod à mi-voix de nous avoir prévenus.

— Kaylee !

Emma sourit et s'écroula dans mes bras. Je lançai un coup d'œil furieux à Doug Fuller. Elle n'était plus en état de savoir ce qu'elle faisait ; quant à lui, il se conduisait comme un parfait imbécile.

— Emma, tu sais ce qu'on avait dit ? On arrive ensemble, on reste ensemble…

Elle trébucha et je la rattrapai.

— … On part ensemble, acheva-t-elle.

— Fuller, elle a bu, alors lâche-la, ordonna Nash.

Puis il poussa Doug, et celui-ci s'effondra sur le siège de sa voiture, dont la portière était ouverte.

— Ramène Emma à l'intérieur, ajouta-t-il à mon adresse.

J'entrepris de raccompagner mon amie et de la calmer tandis que nous avancions d'un pas incertain sur le trottoir. Et, soudain, j'entendis un moteur rugir dans la nuit. Juste après, il y eut un bruit d'impact, un froissement métallique, puis un énorme fracas. Avant même de voir, je sus ce qui était arrivé.

Ma voiture…

Ma pauvre voiture venait d'être *écrabouillée*.

Et Doug n'était pas encore sorti de la sienne.

Horreur.

Nash appela à ce moment.

— Viens m'aider !

— M'a fichu une de ces trouilles…, marmonna Doug tandis que je débouclais sa ceinture de sécurité. Il était *là*, sorti de nulle part !

— Tais-toi ! dis-je. Il n'y a personne. Tu es soûl.

J'étais très tentée de l'abandonner dans la voiture jusqu'à l'arrivée de la police. Mais un événement inattendu m'en empêcha : je venais de recevoir en pleine face son haleine.

Ou plutôt son *souffle*.

Je me figeai. Un profond malaise s'empara de mon

corps, comme une douloureuse crampe. Des doigts glacés me cramponnèrent le cœur tandis que la terreur se répandait dans mes veines : Doug n'était pas soûl, il ne sentait pas l'alcool. Apparemment, le défenseur vedette du lycée d'Eastlake, un garçon on ne peut plus *humain*, avait trouvé le moyen de mettre la main sur la substance la plus dangereuse du monde des ténèbres.

Doug Fuller sentait *le souffle de démon* à plein nez.

— Tu en es sûre ? chuchota Nash, la mine sombre.

— Oui, certaine.

De ma vie, je n'avais humé que deux bouffées de souffle de démon, dans le monde des ténèbres, mais cette odeur piquante, douce-amère, plus proche d'un relent de parfum que du parfum lui-même, demeurait inscrite dans ma mémoire olfactive.

— Où a-t-il bien pu s'en procurer ? murmurai-je.

— Je n'en sais rien, soupira Nash.

Il m'enveloppa de ses bras et je me laissai aller à ce bien-être familier.

— Les humains ne peuvent pas passer dans le monde des ténèbres pour aller y chercher du souffle, et les démons ne peuvent pas passer dans le nôtre pour leur en vendre.

— C'est donc qu'il existe une autre manière de ramener du souffle.

Le nom de cette substance était une évocation littérale de son essence — *souffle de démon : exhalaisons toxiques d'un démon, drogue très violente dans le monde des ténèbres, et substance qui fait faire aux humains de vrais trips d'enfer.* Pire encore, puisque le souffle était capable de ronger l'âme d'un Faucheur s'il le gardait trop longtemps dans ses poumons, la chose se vérifiait-elle également pour les simples mortels ? Doug en avait-il inhalé suffisamment pour pourrir son âme ?

Les fêtards qui n'avaient pas détalé en apprenant l'arrivée de la police n'étaient guère nombreux. Tous regroupés autour de Scott, sur la pelouse devant l'entrée, ils observaient les opérations de la dépanneuse à distance respectueuse. Les policiers étaient au courant qu'une soirée avait eu lieu, et qu'on y avait consommé de l'alcool. Cependant, aussi longtemps que Doug demeurait cantonné dans son propre jardin et ne se risquait pas à prendre le volant, ils semblaient tout disposés à le laisser tranquille — grâce soit rendue à l'influence considérable qu'exerçait son père dans les environs.

Emma n'aurait pas eu cette chance. Dieu merci, en attendant qu'on la raccompagne, elle avait trouvé refuge quatre maisons plus loin avec Sophie, dans le salon de Laura Bell, la meilleure amie de Sophie et l'une de ses partenaires dans l'équipe de danse. Cependant, celle-ci n'avait laissé entrer Emma que parce que Nash avait usé de l'influence envoûtante et rassurante de sa voix. Au cas où, nous avions tout de même dépêché Tod afin qu'il veille sur Emma. En toute invisibilité, bien entendu.

Un agent de police marchait d'un pas pesant dans notre direction.

— Mademoiselle…

Il hésita, jeta un coup d'œil sur le bloc-notes qu'il avait en main.

— Mademoiselle Cavanaugh, avez-vous besoin qu'on vous raccompagne ?

— On va me ramener, ne vous inquiétez pas.

Je lui laissai entendre que Nash serait mon chevalier servant. L'agent dévisagea Nash. Il y avait au moins deux heures qu'il n'avait pas bu, mais, tout à coup, je craignis que ce policier ne lui fasse passer des tests d'équilibre, ou ne l'oblige à souffler dans le ballon. Dieu merci, Nash demeura impassible, si bien que le policier se désintéressa de lui.

— Voulez-vous que je prévienne vos parents ? me demanda-t-il.

J'eus un instant d'hésitation, histoire d'avoir l'air

de me poser sérieusement la question. Et puis je secouai la tête.

— Non, merci, affirmai-je en montrant mon téléphone portable. Je vais appeler mon père.

— Votre voiture va être remorquée à la casse sur la Troisième Avenue. Ils vous diront ce qu'ils peuvent faire d'ici à deux ou trois jours. Personnellement, j'ai idée que, sur un simple coup de fil de votre avocat, M. et Mme Fuller seront disposés à vous racheter une voiture. D'après ce que j'ai vu, c'est tout à fait dans leurs moyens.

L'agent s'interrompit pour lancer un regard dédaigneux par-dessus son épaule.

— ... et je vous parie une année de salaire que ce gamin, c'est la prunelle de leurs yeux. Ils l'emmènent au Airlington Memorial. Alors franchement, si j'étais vous, je m'arrangerais pour que mon avocat ait accès aux résultats de ses analyses sanguines.

J'acquiesçai, éberluée. Le policier reporta son attention sur Nash, juste derrière moi.

— Débrouillez-vous pour la ramener chez elle en toute sécurité.

Nash hocha la tête. Quand le flic fut hors de portée de voix, je me tournai vers lui. Les iris de Nash tournoyaient sereinement, dénués de cette angoisse qui continuait à me tourmenter.

— Tu crois que les analyses de sang donneront quelque chose ?

— Aucune chance. Aucun laboratoire humain n'est doté des équipements capables de détecter une substance provenant du monde des ténèbres.

J'appelai mon père sur le chemin du retour ; une fois de plus, il faisait des heures supplémentaires, et je tombai sur son répondeur. Je raccrochai sans laisser de message — il me semblait que « Salut papa. Ma voiture vient d'être ruinée par un footballeur shooté au souffle de démon » était plutôt le genre d'annonce à faire de vive voix et en personne.

Il était presque minuit, mon couvre-feu officiel, quand j'engageai la voiture d'Emma dans l'allée qui menait chez nous. Mon amie s'était endormie sur le siège arrière. Nash la transporta à l'intérieur et la déposa sur mon lit. Je lui retirai ses chaussures, puis retournai dans le séjour et me pelotonnai contre Nash sur le canapé, un bol de pop-corn à la main, avant de mettre à la télé une chaîne de science-fiction qui diffusait la version originale de *La nuit des morts-vivants,* un grand classique de week-end.

La porte d'entrée s'ouvrit au moment même où, à l'écran, le premier zombie se frayait un chemin à grands coups de dents pour pénétrer dans la ferme, et je sursautai, répandant tout le pop-corn sur le canapé.

Mon père apparut dans l'encadrement de la porte, vêtu d'un jean délavé et d'une chemise de flanelle. C'était bien un zombie, mais d'un tout autre genre : à force d'enchaîner les heures supplémentaires pour boucler nos fins de mois, il était exténué. Il fit quelques pas puis sembla se raviser et ressortit sur le perron ; je savais exactement ce qu'il cherchait.

— Où est ta voiture ?

Dans sa voix, je perçus l'angoisse qui le disputait à l'épuisement.

Il balança sa veste sur le dossier d'une chaise.

Je me levai pendant que Nash commençait à ramasser le pop-corn éparpillé.

— Eh bien, il y a eu un petit problème…

— Tu n'as rien, au moins ? coupa mon père, soucieux.

Il me détailla de la tête aux pieds.

— Non, je n'étais même pas à l'intérieur de la voiture.

— Où étais-tu, d'ailleurs ?

Ne sachant que faire de mes mains, je les enfonçai dans les poches arrière de mon pantalon.

— A une soirée. En partant, Doug Fuller a accidentellement… embouti ma voiture.

— Tu avais bu ?

— Non.

Dieu merci, c'était vrai. Mon père me dévisagea

longuement, et je décelai le moment exact où il décida que je disais la vérité. Ce problème réglé, il détourna le regard pour le poser sur Nash, qui se tenait à présent debout derrière moi, le bol de pop-corn en main.

— Nash, rentre chez toi.

Une réplique classique de son répertoire.

Nash me tendit le bol.

— Tu veux que je ramène Emma chez elle ?

— Emma… ?

En soupirant, mon père passa la main dans ses épais cheveux bruns. Où est-elle ?

— Sur mon lit.

— Ivre ?

J'hésitai à mentir. Je ne savais absolument pas comment il allait réagir.

— Oui. J'aurais dû faire quoi ? Lui balancer les clés de contact en lui souhaitant bonne chance ?

Mon père soupira. Et puis, à ma grande stupéfaction, il déclara :

— Non, tu as fait ce qu'il fallait.

— Alors elle peut rester ?

Je n'en croyais pas mes oreilles. Il n'avait même pas l'air en colère.

— Pour cette fois. Mais si ça se reproduit, j'appelle sa mère. Nash, on te voit demain, je suppose ?

— Oui, monsieur.

Nash serra fort ma main puis se dirigea vers la

porte. Il habitait à deux pâtés de maisons ; il allait repartir à pied, comme après chacune de ses visites à l'époque où j'étais consignée chez moi.

Mon père verrouilla la porte derrière Nash puis s'écroula dans son fauteuil favori tandis que je m'installais sur le canapé. Je me tâtais : devais-je ou non lui dire toute la vérité ? En particulier en ce qui concernait le souffle de démon ?

— Il y a beaucoup de dégâts ? me demanda-t-il.

Je soupirai en me préparant psychologiquement aux retombées de l'explosion qui n'allait pas manquer de s'ensuivre.

— Doug a enroulé ma voiture autour de la boîte aux lettres du voisin.

— Il avait bu, n'est-ce pas ?

Le ton de mon père était comminatoire, et je réprimai un sourire. Moi qui avais craint de me trahir et qu'il ne devine cette histoire de souffle de démon — par le biais d'une fonction télépathique bizarre, un de ces traits *banshee* dont j'ignorais peut-être encore l'existence —, voilà qu'il réduisait l'affaire à un problème d'ados de base. Cette idée semblait le soulager un peu, et je n'allais certainement pas le détromper.

— Je ne sais pas, peut-être.

— Et où est ta voiture, maintenant ?

— La dépanneuse l'a emportée à la casse sur la Troisième Avenue.

Mon père se leva et m'adressa un véritable sourire. Il était tout à la joie d'être enfin confronté aux mêmes problèmes que les autres parents, les parents *normaux* d'enfants *normaux*.

— J'irai jeter un coup d'œil dans la matinée. En attendant, va donc dormir un peu.

La confrontation étant achevée, je quittai la pièce avec le sentiment d'avoir évité de peu la peine capitale ! J'enfilai mon pyjama, me brossai les dents et m'allongeai dans le lit à côté d'Emma. Tout en écoutant sa respiration, je ne pouvais m'empêcher de penser à la façon dramatique dont les choses auraient pu tourner si elle était vraiment montée dans la voiture. J'avais déjà perdu Emma une fois et je n'avais pas l'intention de réitérer l'expérience dans les années à venir.

Ce qui impliquait qu'il me fallait découvrir comment son petit ami, ce Doug Fuller, avait bien pu mettre la main, une main *humaine,* sur du souffle de démon.

— Doug s'est fourré dans une sale affaire. Ça ne nous regarde pas, déclara fermement Nash.

— Il prend du souffle de démon, chuchotai-je avec un regard nerveux en direction de la porte, espérant que sa mère se trouvait toujours dans la cuisine. Et toi, tu voudrais qu'on fasse comme si de rien n'était ?

Il se leva et attrapa un T-shirt sur le dossier de sa chaise de bureau.

— Tu ne veux pas savoir comment il se l'est procuré ? Il aurait pu tuer quelqu'un, cette nuit. Et s'il continue d'en prendre, il va certainement finir par se tuer, lui.

Nash se laissa tomber sur la chaise.

— Tu dramatises, Kaylee.

— C'est toi qui sous-estimes la gravité de la situation. Est-ce qu'on n'est pas censé veiller sur ses amis ?

— Et tu veux que je fasse quoi ? Que je me pointe chez Fuller en disant : « Dis donc, mon pote, je ne sais pas comment tu as récupéré ce vieux bol d'air tout droit sorti des poumons d'un démon dont tu ignores jusqu'à l'existence, mais il faut que tu décroches avant d'en crever » ? Tu ne crois pas qu'il va trouver ça bizarre ?

D'un coup de pied, il envoya valser une chaussure à travers la pièce pour ponctuer son sarcasme. Je croisai les bras et luttai pour ne pas hausser le ton.

— En tout cas, je ne le laisserai pas entraîner Emma dans tout ça.

La colère sur le visage de Nash s'estompa, laissant place au désarroi.

— Qu'est-ce que tu veux dire ?

— Hier soir, ils étaient pendus au cou l'un de l'autre, Nash. Doug était défoncé au souffle de démon. Et ce n'était sûrement pas la première fois. Elle a très bien pu inhaler par accident l'air qu'il recrache.

Nash se figea dans une expression d'horreur qui fit tournoyer des cercles vert et brun dans ses iris.

— Et d'après Tod, ajoutai-je, les humains finissent *toujours* par en mourir.

— Bon, très bien : on va essayer de savoir s'il est conscient de ce qu'il prend, et où il se l'est procuré. Mais s'il n'a pas idée de ce qu'est le souffle, tu ne lui dis rien,

— Est-ce que ça en valait la peine ? me demanda Harmony, la mère de Nash.

— D'être privée de sorties ? demandai-je.

Elle hocha la tête.

— Mille fois oui si c'était le prix à payer pour récupérer l'âme de Regan.

Quelques semaines d'assignation à résidence n'étaient rien en comparaison de l'éternité de souffrance que Regan, la petite sœur d'Addy, aurait endurée sans son âme.

— Mais on n'a rien pu faire pour Addy.

Chaque fois que j'y pensais, mon estomac me remontait dans la gorge comme si j'étais en chute libre ; cet échec me faisait ressentir un mélange de culpabilité et d'horreur. Une idée effrayante me vint alors.

— Vous croyez que ça va aller, pour Regan ? Je veux dire, à cause de cette histoire de souffle de démon.

— Ne t'inquiète pas pour elle. Elle n'a pas pris le souffle pour se droguer ; le souffle lui a juste permis de tenir, tout le temps qu'elle était privée de son âme. Ça reste dangereux, comme l'est tout ce qui relève de la vente d'âme. Mais, physiquement, elle ne risquait pas grand-chose.

— Parce qu'elle n'avait pas d'âme, achevai-je en réfléchissant à toute allure. Mais imaginons que, maintenant qu'elle a retrouvé son âme, elle inhale de nouveau du souffle ?

— Dans ce cas, elle courrait à sa perte. Le souffle de démon détruit l'âme ; il fait pourrir la personnalité profonde. Un peu comme une drogue hallucinogène très puissante.

Voilà qui expliquait que Doug ait été persuadé que *quelqu'un* se trouvait avec lui dans sa voiture…

— Une drogue très addictive, reprit Harmony.

Quand elle ne tue pas rapidement, elle provoque des troubles psychotiques.

— Vous voulez dire que ça rend fou ?

— On perd complètement le contact avec la réalité. L'état de manque est terrible aussi : tout le système nerveux entre en état de choc.

Ce qui, en d'autres termes, signifiait qu'en voulant sauver Doug nous risquions tout bonnement de le tuer…

— Ton père a dû être fou en voyant les résultats de tes analyses ! lança Nash à Doug.

Doug se mit à sourire.

— Les analyses étaient nickel, au contraire, à part quelques traces d'alcool ! Le toubib des urgences a dit à mon père que c'était sans doute le choc qui m'avait rendu euphorique.

— Mais qu'est-ce que tu avais pris, bon sang ?

— Un truc qu'on appelle du « givre ». Ça donne l'impression de sniffer un chiffon à poussière à l'intérieur d'un congélateur mais, avec ça, tu planes pendant des heures…

Des frissons coururent sur ma peau et je frémis en me remémorant les hordes de créatures qui rampaient les unes sur les autres dans le monde des ténèbres, prêtes à tout pour inhaler une bouffée de ce « givre ».

— Et tu en as encore, de ce « givre » ?

— Non. J'avais un ballon de rabe, mais je l'ai vendu hier.

Le coin de sa bouche tressauta à deux reprises. Mon Dieu… la créature infernale à laquelle nous avions eu affaire dans le monde des ténèbres présentait exactement le même tic. Un tic provoqué par le *manque* !

— A qui ? lançai-je alors, affolée. A qui as-tu vendu l'autre ballon ?

Mais je devinai la réponse avant même que Doug n'ouvre la bouche. *Scott Carter.* Mon cœur s'arrêta. Doug Fuller avait vendu l'autre ballon au petit ami de Sophie, ma propre cousine, qui avait certainement, elle aussi, commencé à inhaler de ce « givre »…

Dès le 1er septembre,

2 nouveaux romans à découvrir

dans la collection

DARKISS

à partir de
11,50 €
seulement

La voleuse d'âmes

11,50 €

de Rachel Vincent — 480 pages

Qui sera la prochaine fille à mourir sans son âme ? Quand la pop star Eden s'effondre sur scène devant des centaines de fans, Kaylee comprend : Eden n'a pas d'âme. Elle l'a vendue, en échange de la gloire, en ignorant que ce marché déloyal la voue aux tourments éternels à très brève échéance. Eden n'est que la première victime sur la Liste. Où trouver la suivante avant qu'il ne soit trop tard ? Kaylee et Nash sont seuls à savoir. Mais percer les secrets du monde des ténèbres a un prix…

Le Tome 3 : *Sauve mon âme !*
à découvrir dès le 1er décembre

Le souffle d'émeraude

12,50 €

de Maria V.Snyder — 576 pages

Une année, une seule. C'est le temps dont dispose Elena pour développer ses pouvoirs de magicienne. Mais le parcours est semé d'embûches. Les détracteurs d'Elena cherchent à la manipuler, voire à la détruire. Triomphera-t-elle de la jalousie des Magiciens, de la traîtrise du Prince exilé, et de la haine que lui voue son frère ? Libre et rebelle, elle poursuit sa quête. Avec, pour allié, le mystérieux Valek qui lui insuffle, en pensée, la force de devenir elle-même…

Le Tome 3 : *Les secrets d'opale*
à découvrir dès le 1er décembre

Composé et édité par les
éditions Harlequin

Achevé d'imprimer en Allemagne
par GGP Media GmbH, Pößneck
en août 2010

Dépôt légal en septembre 2010
N° d'éditeur : 15216